Über den Dächern von Rosenheim

Nachdem er als Amateurboxer, Volleyballtrainer, Jetpilot, Kommandeur im Kampfgeschwader und Direktor in der Industrie tätig war, widmet sich Hannsdieter Loy seiner Leidenschaft, dem Schreiben. Er lebt dort, wo seine Romane spielen: in Oberbayern. www.oberbayern-krimi.de

HANNSDIETER LOY

Über den Dächern von Rosenheim

OBERBAYERN KRIMI

emons:

Bibliografische Information der Deutschen Nationalbibliothek
Die Deutsche Nationalbibliothek verzeichnet diese Publikation in der Deutschen Nationalbibliografie; detaillierte bibliografische Daten sind im Internet über http://dnb.d-nb.de abrufbar.

MIX
Papier aus verantwortungsvollen Quellen
FSC® C083411
FSC www.fsc.org

Umschlagmotiv: iStockphoto.com/FooTToo
Umschlaggestaltung: Tobias Doetsch
Gestaltung Innenteil: César Satz & Grafik GmbH, Köln
Lektorat: Hilla Czinczoll
Druck und Bindung: CPI – Clausen & Bosse, Leck
Printed in Germany 2016
ISBN 978-3-95451-992-7
Oberbayern Krimi
Originalausgabe

Der Abdruck des Stadtplans auf Seite 6 erfolgt mit freundlicher Genehmigung des Kartografischen Verlags Huber & Steuerer, Kiefersfelden.

Den Männern und Frauen der Rosenheimer Polizei

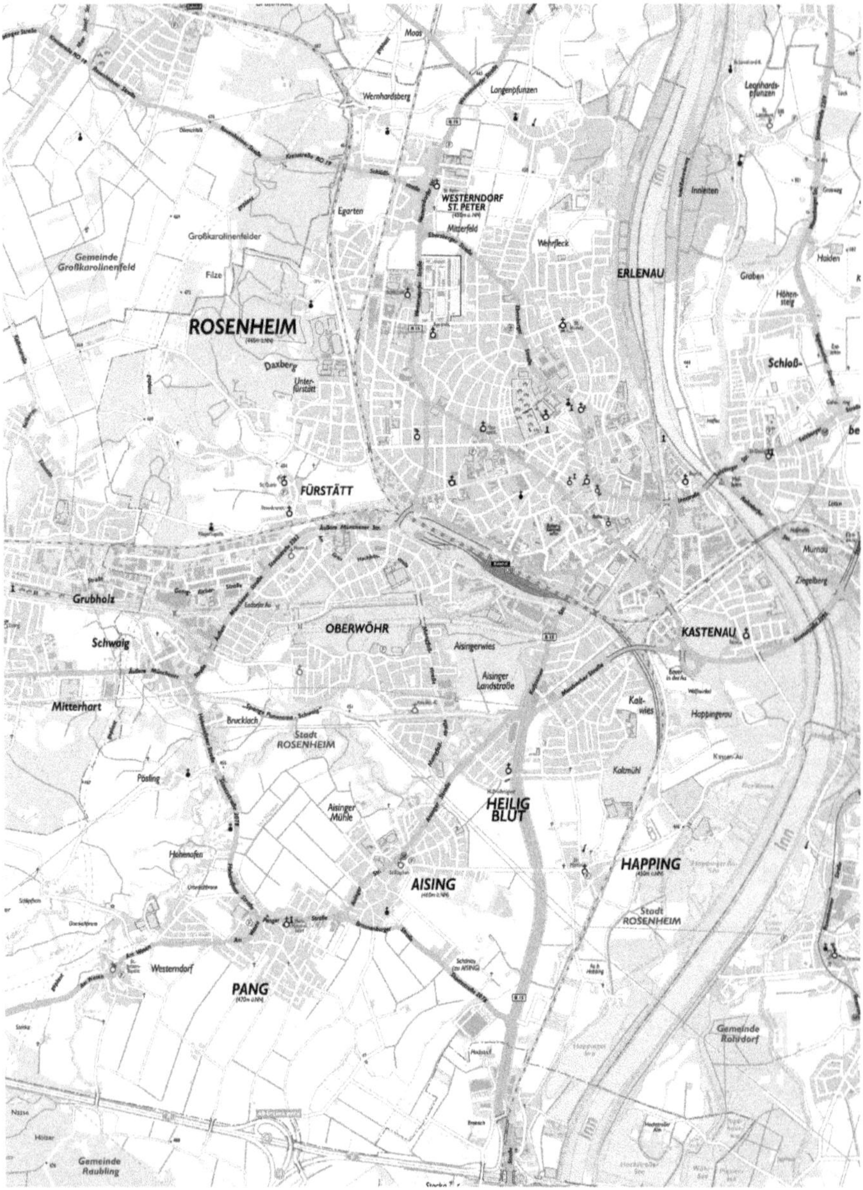

ROSENHEIM
WESTERNDORF ST. PETER
ERLENAU
FÜRSTÄTT
OBERWÖHR
KASTENAU
HEILIG BLUT
HAPPING
AISING
PANG
Gemeinde Großkarolinenfeld
Großkarolinenfelder
Filze
Daxberg
Egarten
Mitterfeld
Wehrfleck
Moos
Wernhardsberg
Langenpfunzen
Innleiten
Graben
Haiden
Schloß-
Grubholz
Schwaig
Mitterhart
Brucklach
Stadt ROSENHEIM
Aisingerwies
Aisinger Landstraße
Kaltmühl
Happingerau
Pösling
Aisinger Mühle
Hohenofen
Westerndorf
Murnau
Ziegelberg
Gemeinde Rohrdorf
Gemeinde Raubling
Inn

1

Claus Claussen war ein Mann mit langem, schmalem Schädel, schütterem blonden Haar und einem durchdringenden Blick. Diese Augen waren es, die ihn bei den Frauen unwiderstehlich zu machen schienen. Reihenweise fielen sie auf ihn herein.

Claus Claussen war achtunddreißig Jahre alt, als er nach Rosenheim kam. In einem Kaff in Nordfriesland war er aufgewachsen. Das Dorf lag vier Kilometer südlich der dänischen Grenze, dreimal so weit westlich der Eckernförder Bucht und hieß Norderby. Der Vater war Bürgermeister, die Mutter betrieb den einzigen Fischladen im Ort. Sie hieß Marie, man nannte sie Mariechen Fisch. So wie man den Leiter der Feuerwehr Harry Brand nannte, den Küster Heini Orgel und den mit dem kurzen Arm treffend Uwe Kurz. Deshalb wuchs Claus Claussen, der schon im Kindergartenalter bei Mutter im Laden mithalf, mit dem ehrenvollen Namen Fisch-Fiete auf. Mit dreizehn legte der Fisch-Fiete sein erstes Opfer flach, ein Mädchen aus der Parallelklasse namens Wiebke. Von da an hieß sie Wiebke Bums.

Nicht dass es Claus Claussen darauf anlegte. Die Mädels kamen zu ihm, und er nahm sie wohlwollend auf. Mit neunzehn, kurz vor dem Abitur, lernte er Tanja kennen. Er wirkte damals wie ein etwas zu schnell gewachsener Junge bei einer Mutprobe. Er trug diesen langen, hübschen Kopf auf einem schlaksigen Körper, kurz geschnittenes blondes Haar und spitze, sorgfältig ausrasierte Koteletten bis zu den Kiefergelenken, was Tanja etwas doof fand.

Es war auf einem Scheunenfest im nahe gelegenen Ladelund. Claussen stand da, die Rechte in der Hosentasche, in der Linken ein leeres Glas, und versuchte sich nicht anmerken zu lassen, dass er besoffen war. Bei anderen Mädchen mochte das funktionieren. Doch Tanja merkte sehr rasch, dass die Hand, die das Glas hielt, zitterte. Außerdem hatte er Mühe, die Augenbrauen so weit hochzuziehen, dass die Lider oben blieben. Der durchdringende Blick war dahin, eine Folge der vielen Kurzen, die damals üblich waren. Doppelkorn, Korn, Aquavit, Apfelkorn, geeler Köm. Geeler Köm war ein Kümmelschnaps, nach dessen heftigem Gebrauch in vielen Trainingseinheiten sich Tanja den ehrenvollen Namen Tanja Köm eingefangen hatte. Kein Wunder also, dass sie sich auf diesem Gebiet auskannte.

Tanjas Freund stand in nächster Nähe zu ihr und Claussen. Was Tanja am allerwenigsten vertragen hätte, war eine Szene mit ihm in Gegenwart eines abgefüllten Mannes, der seinen Arm um ihre Hüfte gelegt hatte und den sie gern wiedersehen würde.

»Ich glaube, ich sollte gehen«, sagte sie daher zu Claussen und befreite sich aus seiner Umklammerung.

»Gute Idee«, sagte er. »Ich komme mit.« Nebenbei war er mit seinen Augenbrauen beschäftigt. »Wo wohnst du?«

Wenn in diesem Augenblick nicht ihr Bruder angekommen wäre, um Tanja abzuholen, wäre sie vielleicht ihren bisherigen Prinzipien untreu geworden. Aber so verabschiedeten sie sich mit zwei über Gebühr langen Wangenküssen und der Zusage, sich unbedingt wiederzusehen.

Als Claussen später leise die Tür zu dem kleinen rot geklinkerten Haus aufschloss, in dem die Familie wohnte, brannten im Wohn-Esszimmer alle vier Kerzen des Adventskranzes, der Fernseher lief, und seine Mutter saß tränenüberströmt vor dem Streifen »Der kleine Lord«.

Es war die Weihnachtszeit.

Woher ich das alles weiß, werden Sie sich irgendwann fragen. Diese Erklärung bin ich Ihnen schuldig.

Ich heiße Rico Stahl, bin zweiundvierzig Jahre alt, habe ein paar Narben am Körper und eine im Mundwinkel und bin Chef der Mordkommission von Rosenheim. Mit meiner Kollegin Chili Toledo habe ich vor zwei Jahren den Fall Claussen aufgeklärt. Claus Claussen bekam lebenslänglich mit anschließender Sicherheitsverwahrung. Ich besuchte ihn im Gefängnis. Nicht aus Mitleid oder aus Anhänglichkeit, sondern weil ich herausfinden wollte, warum er die Tat tatsächlich begangen hatte. Sozusagen die Seele des Mörders ergründen. Die Details, die ich hier beschreibe, stammen aus seinem Mund.

Im Vorfeld dieses Interviews haben wir uns bemüht, so viel wie möglich über Claus Claussen in Erfahrung zu bringen. Chili und ich gingen die Polizeiakten und die Tatortfotos durch, Autopsieberichte, Gerichtsprotokolle, alles, was Motive und Persönlichkeit erhellen könnte. Außerdem war dies der beste Weg, um sicherzustellen, dass Claussen keine Spielchen zu seinem eigenen Vergnügen oder Nutzen mit mir spielte und er schlicht mit der Wahrheit herausrückte. Zusätzlich bereiste Chili Schleswig-Holstein und fuhr nach Norderby und Ladelund, um sich dort mit Nachbarn und Bekannten zu unterhalten.

Sie bekam bestätigt, dass Claussen immer schon ein großer Weiberheld gewesen war, dass er rauchte wie ein Schlot und die Schule nicht abgeschlossen hatte. »Aber er war trotzdem ein Jung zum Anbeißen«, bekam sie auch zu hören. Claussen kellnerte, soll zeitweise eine spanische Bar an den Landungsbrücken in Hamburg geführt haben, machte den Guide bei Hafenrundfahrten und segelte für sein Leben gern. »Tja, der war man für sein Leben gern aufm Wasser«, lobte ihn eine ältere Frau. »Und er mochte Tiere«, erklärte ihr Mann. »Er mochte sie alle.«

Für einen Mörder hielt ihn keiner. Niemand hätte sich das vorstellen können.

Es ist nicht immer einfach, und es ist niemals angenehm, sich in die Haut solch eines Menschen zu versetzen – oder in seinen Kopf. Doch genau das war mein Ziel, die Absicht, die hinter meinem Besuch in Claus Claussens Zelle steckte. Dieser Mann war nicht der erste Mörder, mit dem ich so ein Interview führte. Als ich früher während meiner Tätigkeit im BKA Gespräche mit inhaftierten Mördern hatte, saß ich mit einem Kreis von Gewaltverbrechern im Gemäuer einer hessischen Justizvollzugsanstalt zusammen. Jeder Einzelne war für sich ein interessanter Fall – ein Polizistenmörder, ein Kindermörder, ein Drogendealer, ein Erpresser, ein Vergewaltiger. Die Erfahrungen, die ich dort gemacht hatte, wollte ich auch bei Claus Claussen anwenden. Seine Neugier und vermutliche Langeweile ausnutzen.

Und ich hatte damit Erfolg.

***

Der Besuch eines Hochsicherheitsgefängnisses ist jedes Mal eine wenig erbauliche Angelegenheit, selbst für einen Profi wie mich.

Zuerst muss man seine Schusswaffe aushändigen. Selbstverständlich sollen keine Waffen, mit wem auch immer, in den Zellentrakt gelangen. Als Zweites wird man aufgefordert, eine Verzichtserklärung zu unterschreiben, in der man bestätigt, dass man das Gefängnis von jeder Verantwortung befreit, falls man als Geisel genommen wird. In einem solchen Fall würde es auch keine Verhandlungen geben. Nachdem diese und weitere Formalitäten geklärt waren, führte man mich auf den Flur, auf dem Claus Claussens Haftraum lag.

Die Einzelzelle war zwei mal drei Meter groß und hatte gegenüber der Tür ein vergittertes Fenster. In dem Augenblick, in dem sich die Tür öffnete – es war kurz nach halb neun in der Früh –, füllte sich der schmale Haftraum mit Sonnenlicht. Es drang schräg durchs Fenster ein und wurde von den Gitterstäben gebrochen. Das sah aus wie ein staksiger Kiefernwald in der frühen Morgensonne. Der etwas kräftigere Stab in der Mitte warf im milchigen Licht einen zwei bis drei Zentimeter breiten Schatten, der bis an den Boden reichte.

Rechts von dieser Stelle, an die Wand gerückt, stand das Bett. Es war schmal und der Länge nach mit einem weiß und olivgrün gestreiften Tuch bedeckt. Links gegenüber ein einfacher Holztisch mit der Schmalseite zur Tür. Die Lampe darüber war nicht angeschaltet. In der Ecke die offene Toilette neben der Tür. Sie hatte eine glänzend schwarze Brille. Die Tür war mit einer Kostklappe versehen, durch die das Essen gereicht wurde.

Claus Claussen saß auf der einen Seite des Tisches, er trug keine Handschellen und schien sich in einer Art von hilfloser Aufregung zu befinden. Ich nickte dem Wärter, der mich hereingeführt hatte, zu, gab Claussen die Hand und setzte mich dem Häftling gegenüber auf den leeren Stuhl auf der anderen Seite des Tisches. Lange Zeit sagte ich nichts. Schweigend verfolgte ich mit den Augen das Spiel des Lichts. Die Anspannung wich langsam aus Claus Claussen. Fast schien es mir, als ob er schon dabei wäre, sich mit der Situation zu arrangieren.

»Gefällt Ihnen mein neuer Anzug?«, begann er unser Gespräch mit hochgezogener Augenbraue. Die Gefängniskluft war ungewohnt.

Ich weiß noch, dass ich zu lächeln versuchte und mit den Schultern zuckte. Und wieder schwieg. Vorerst. Dann aber begann ich, Claus Claussen anzusehen, ihn genauestens zu mustern. Um vielleicht schon im Vorhinein irgendwie zu erkennen, warum der Mann, der mir da gegenübersaß, diese Brutalitäten begangen hatte, für die er verurteilt worden war.

Der aber rührte sich nicht. Er hatte die Unterlippe etwas vorgeschoben, als ob er schmollte. Die hellen Haare waren gut gekämmt und zu einem Scheitel gelegt. Auch die Wimpern waren blond. Sein Gesicht wirkte fein und sensibel, dieser Ausdruck passte gar nicht zu dem Monster, das er wohl oder übel sein musste. Wohl aber zu der Tätigkeit, die er täglich von sieben bis sechzehn Uhr dreißig in der Anstalt ausüben musste: Er arbeitete in der Wäscherei.

Glauben Sie mir: Draußen war ein fabelhafter Sommertag. Einer dieser großen Sommertage, die mich glücklich machen konnten. Das Blau über Rosenheim schien allgegenwärtig zu sein, die Luft war warm, die Dinge besaßen klare, scharfe Konturen. Unter solchen Umständen war es fast eine Qual, eine Tortur, die wertvolle Zeit aus freien Stücken in einem finsteren Gefängnis zu verbringen. Wesentlich lieber hätte ich draußen den sanften Morgen geatmet und nicht die verbrauchte Luft der engen Zelle. Zu allem Unglück hatte ich mir vorher genehmigen lassen, Claussen ein Päckchen Zigaretten mitzubringen. Die er nun in aller Seelenruhe vor sich hin paffte, eine nach der anderen. Nun ja, ich war selbst schuld.

Ich bekam mit, dass sich durch das Rauchen Claussens Körpersprache allmählich veränderte. Dass er sich öffnete. Bei vielen meiner Fragen nickte er nur. So weit, so gut. Ich habe nichts gesagt, was allzu schwer zu erahnen oder zu erraten gewesen wäre. Mir ging es hauptsächlich darum, dass er zuhörte und mir mit voller Aufmerksamkeit folgte, denn: Wenn so ein Täter genau zuhörte, konnte man ziemlich sicher sein, dass man auf etwas gestoßen war. Das hatte ich bei meinen früheren Gefängnis-Interviews gelernt und konnte es nun in dieser Befragung immer wieder einsetzen. »Sie sind gar nicht so zahm, wie Sie sich hier geben, nicht?«, bemerkte ich zum Beispiel. »In Ihnen glüht ein ständiges Feuer.« Ich merkte, wie es in ihm arbeitete. Mühsam nur konnte er sich beherrschen. Schnell kehrte ich zurück zum Ausgangspunkt meiner Befragung.

»Warum sind Sie eigentlich nach Rosenheim gekommen?«, wollte ich von ihm wissen. »Haben Sie sich in Ihrer alten Heimat nicht mehr wohlgefühlt?«

Er wurde feuerrot im Gesicht. Es war nicht zu erkennen, ob aus Wut, aus Erregung, aus Anspannung oder gar aus Verlegenheit. Er wirkte wie in Trance, und ich meinte zu erahnen, dass er sich in Gedanken wieder am Tatort befand.

»An einem sonnigen Oktobermorgen«, begann er, »komme ich in Rosenheim an …«

2

An einem sonnigen Oktobermorgen kam Claus Claussen nach einer Ganztagesfahrt mit einem geliehenen Transporter in Rosenheim an. Sechzig Kilometer nach Süden waren von München aus noch zurückzulegen gewesen, der bayrischen Landeshauptstadt, die gleichzeitig Dorfidylle und schillernde Millionenmetropole sein wollte.

Als er sich Rosenheim näherte, entdeckte er in einiger Ferne den Wendelstein. Das Bild des breit hingelagerten Bergmassivs – im Volksmund »die schlafende Jungfrau« genannt – mit deutlich erkennbarem ersten Schnee auf Knie- und Stirnspitze fesselte ihn sofort. Schnee im Oktober, für einen wie ihn, der aus dem hohen Norden stammte, undenkbar. Beinahe irritiert war er von den flachen, lang gezogenen Schnee-Inseln, die im gefleckten Grau des zerklüfteten Gesteins zu schweben schienen, ein wenig verwischt und flimmernd. Klare, scharfe Konturen und schwer definierbare Farben darum herum. Nicht viel hob sich von diesem Bild ab: ein altgedienter, sturmgepeitschter Sendeturm, der vom Gipfel in den Himmel ragte. Eine in geheimnisvolles Grün getauchte Alm mit verwitterter Hütte im Zentrum des Gebirgsstocks. Und schließlich weit davor die Stadtsilhouette Rosenheims mit spitzen Dächern und auffallend vielen Kirchtürmen. Aufragende Kräne, die nicht ins Bild passten, sprachen eine deutliche Sprache. Es schien viel gebaut und renoviert zu werden.

Claussen atmete erleichtert auf. Er war am Ziel. Er hielt an, stieg aus und fotografierte. Im Nu standen zwei hübsche, mittelblonde junge Dinger bei ihm und baten ihn, auch sie vor diesem Motiv abzulichten. Sie wirkten wie große, langbeinige Vögel, die aus ihrem Nest herangestelzt kamen, sich über ihn hermachen und ihm etwas Nahrung in den geöffneten Schnabel träufeln und stopfen wollten. Warum nicht?, dachte er. Warum sollte er sie nicht fotografieren?

Sie waren freundlich und höflich und stellten sich als Studentinnen für Innenarchitektur an der Hochschule Rosenheim vor. Das war neu für ihn: Es gab eine Hochschule in dieser Stadt. Die Mädels drängten sich um ihn und beäugten ihn. Er tat ihnen den Gefallen und fotografierte sie. Sie wollten aber noch ein Foto und noch eines und noch eins. Dann schienen sie seine wachsende Ungeduld zu spüren.

Die Größere kritzelte etwas auf einen Zettel, den sie aus ihrer Gesäßtasche geholt hatte. »Meine Mailadresse«, sagte sie und reichte ihm das Papier. Die junge Frau trug ihr Haar an den Seiten sehr kurz geschnitten, während sie in der Mitte einen hochgegelten Kamm stehen ließ. Das linke Ohr zierte ein halbes Dutzend silberfarbener Ringe, das andere ein einziger großer leuchtend orangefarbener Reif, was den Gesamteindruck etwas in Schieflage brachte. Während sie mit Claussen sprach, sah sie mit einem zarten, jugendlichen Lächeln zu ihm auf.

Er sollte ihr also die Fotos senden! Solche Arbeit lag ihm, obwohl sie rein gar nichts mit seinem Beruf zu tun hatte. Er nahm sich vor, aus den Bildern, die bestimmt nichts Besonderes sein würden, ein paar Kabinettstückchen zu machen. Ihm würde etwas einfallen, womit er das Ganze würzen könnte. Dann würde er die Datei absenden und auf begeisterte Zurufe der beiden Mädels warten. Weiß der Henker, was daraus noch werden konnte.

Mit einem freundlichen Winken verabschiedeten sich die beiden. Claussen war etwa doppelt so alt wie sie, meinte aber, ein verdächtiges Flackern in den Augen der Größeren zu erkennen. Na gut, ihre Adresse hatte er ja.

Unentschlossen stand er da und sah den beiden Vögeln nach, wie sie davonstaksten. Seine Gedanken begannen sich langsam wieder zu drehen. Das überraschte ihn nicht. Nicht zum ersten Mal stellte er sich vor, wie er einer jungen Frau die Hände um den Hals legte und langsam zudrückte. Gaaanz langsam, er konnte es richtiggehend in den Händen spüren, dieses Prickeln des jungen, weichen Fleisches. Doch jetzt wäre der falsche Zeitpunkt für so etwas.

Wieder einmal stellte er fest, dass eines seiner größten Talente die Fähigkeit zu warten war. Geduld zu haben. Dabei ging es nicht einfach darum, den richtigen Zeitpunkt abzuwarten oder gelassen auszuharren. Claus Claussen betrachtete sich vielmehr als eine Art Regisseur. Als jemand, der einen gesamten Handlungsverlauf Akt für Akt und Szene für Szene bis zum Ende vor sich sah. Er war ein Mann, der jeden erdenklichen Schluss im Voraus kannte, da er alles ausnahmslos selbst entwickelt hatte.

Und das hier wäre zu wenig entwickelt. Null entwickelt. Zu früh.

Auf eine Weise hasste er es, auf dieser Art von Minenfeld zu leben. Er schnaubte auf, um seiner Unzufriedenheit mit sich und der Welt Luft zu machen.

Dann saß er wieder in seinem Transporter, hatte die beiden vorderen Seitenfenster heruntergefahren und atmete die sanfte Herbstluft ein. Links von ihm, hinter den Mädchen, glänzte der Chiemsee. Im gleißenden Licht der halbhoch stehenden Oktobersonne schimmerte seine Oberfläche wie flüssiges Gold, über das winzige weiße Dreiecke hinwegschwebten. Ein paar dünne Wolken huschten über den See. Es herrschte eine angenehme Temperatur.

Claussen fuhr noch nicht an, sondern hielt Ausschau nach der Schafwaschener Bucht auf der Westseite des Sees. Dort, im Gasthof Seehof, mit der Ortschaft Rimsting im Rücken, hatte er vor Kurzem knappe zwei Wochen Urlaub verbracht. Schon seine Eltern hatten von diesem Gasthof und der ganzen Gegend geschwärmt …

Bevor wir uns in Romantik verlieren, muss ich eingreifen. Wenn Claus Claussen das Erlebnis mit den Mädels erzählt, klingt das so, als wäre ihm der Gedanke, das größere erwürgen zu wollen, lästig. So ist das aber nicht. Er fühlte sich vom ersten Augenblick an, als die beiden auf ihn zukamen, wie unter Strom.

Reiß dich zusammen, befahl er sich. Nichts von wegen abwarten und Tee trinken und planen und Regie führen. Schon als Jugendlicher hatte er diesen Drang verspürt, fanden wir im Lauf unserer Ermittlungen heraus. Nicht nur einmal hatte er droben in Schleswig-Holstein einem Mädchen, das mit ihm ging, die Hände um den Hals gelegt. Eine hatte ihn schließlich angezeigt.

An Norderby, Claussens Wohnort, führte ein kleiner Flusslauf schräg vorbei – der Norderbek –, der in einen mit Schilf bewachsenen See mündete. Claussen war siebzehn, als er Ella, ein Mädchen aus dem Dorf, dort spazieren führte. Ella war neunzehn Jahre alt, eine nordische, schmale Schönheit mit einem Gesicht von vollständiger Symmetrie. Zuerst gingen sie Hand in Hand, dann blieb er stehen und legte den Arm um sie. Ella ließ sich von ihm küssen. Sie hielt es für Leidenschaft, als sie seine Hände um ihren Hals spürte. Sie war ruhig und gefasst, nur ein bisschen nervös, hat sie zu Protokoll gegeben. Erst als er anfing, sie zu würgen, begann sie sich zu wehren. Wer weiß, was passiert wäre, wäre nicht ein Angler mit seiner Beute vom anderen Ufer vorbeigekommen. Claussen entschuldigte sich bei Ella für diesen Anfall, doch sie blieb konsequent und zeigte ihn an. Dies und die Male an ihrem Hals brachten Claussen eine saftige Jugendstrafe ein.

Meine Kollegin Chili Toledo war es gewesen, die nach seiner Festnahme für mich nach Schleswig-Holstein reiste und diese Sache herausfand. Als sie sich weiter im Dorf herumtrieb, hörte sie von Gerüchten, Claus Claussen habe öfter Mädchen auf diese und andere Weise belästigt. Chili kam zu dem Schluss, dass Claussen, sonst ein eher introvertierter Typ, von einer dunklen Seite getrieben wurde. Er neigte schon damals zu Depressionen und schwieg Probleme lieber aus. Offenbar musste er aufpassen, nicht zur Marionette seiner unkontrollierten Gefühle zu werden. Diese Erkenntnis sollte noch zu einer bedeutenden Entdeckung für unsere späteren Mordermittlungen werden.

An dieser Stelle sollte ich vielleicht erklären, dass Chili eine große Liebe zu der nordischen Landschaft verspürt. Diese Dienstreise hatte sie gern angetreten. Denn sie war die Tochter des verstorbenen Torsten Toledo, der Chef der Flensburger Hafenpolizei gewesen war. Chili war ein optimistischer Typ mit einem hellen Lachen, das Menschen für sie einnehmen konnte. Es war ein Lachen, das zuerst im Hals kratzte, dann in der Mundhöhle gurrte und schließlich glitzernd ans Tageslicht trat wie eine sprudelnde Bergquelle in der Oktobersonne. Sie hätte ebenso gut Musikerin werden können oder Friseurin oder Modedesignerin. Doch sie verehrte ihren Vater, wollte es ihm gleichtun und wurde nach kleineren Irrfahrten und zwei, drei Zwischenstationen Kommissarin bei der Rosenheimer Mordkommission, damals noch unter der Leitung von Joe Ottakring, der ein Freund ihres Vaters gewesen war.

Claussens Eltern waren beide stark alkoholabhängig, fand Chili weiterhin heraus. Ob das der Grund für seinen Charakter war, stand nicht fest. Doch die Tatsache mochte eine Rolle spielen. Er hatte von frühester Kindheit an keinen Halt im Leben gefunden und war unentwegt auf der Jagd danach.

Es ist die Spannung der Jagd, die solche Menschen antreibt. Denken Sie an einen dieser Naturfilme aus der Serengeti. Ein Löwe sieht eine große Herde von Antilopen an der Wasserstelle. Er beobachtet die Tiere. Sein Blick bleibt schließlich an einem einzigen der tausend potenziellen Opfer hängen. Er ist darin geübt, Schwäche, Verletzlichkeit herauszufiltern. Etwas, wodurch sich diese individuelle Antilope vom Rest der Herde unterscheidet. Was sie zur leichtesten Beute macht.

Ähnlich ist es mit Menschen wie Claus Claussen. Täglich, unablässig befindet er sich auf der Jagd, auf der Suche nach einem Opfer, das ihm Wärme, Liebe, Halt zu geben vermag. Er muss in der Lage sein, das Persönlichkeitsprofil eines Opfers zu erstellen. Er muss herausfinden, welches der Mädchen, die ihn umschwirren, das verletzlichste, das leichteste Opfer ist. Er muss es danach beurteilen, wie es gekleidet ist, wie es sich bewegt, wie seine Mimik ist. Muss die nonverbalen Signale aufnehmen, die das Mädchen aussendet. Stets mit der Zielrichtung, Wärme und Halt zu finden. Doch sein Handwerkszeug ist das falsche.

Bei Ella lag Claussen vollkommen daneben.

Verhalten spiegelt Persönlichkeit. Je mehr wir über einen Täter und Komponenten seiner Persönlichkeit herausfinden, desto größer ist die Wahrscheinlichkeit, ihn durch die Analyse der Art und des Ortes seiner Tat zu ergreifen. Schon bis dahin hatte ich eine Menge über Claussen erfahren. Was mir noch an Wissenswertem fehlte, versuchte ich nun durch den Besuch bei ihm im Gefängnis zu ermitteln.

***

Eine Zigarette nach der anderen musste dran glauben. Wie ein Verrückter irrte er mit dem Transporter durch die Stadt, um einen Parkplatz zu finden. Die Straßen, die Claussen in Rosenheim befuhr, die Plätze, die er querte, die Kreisel, die er überwand, sie waren ihm alle fremd. Sie sollten ihm aber bald vertraut werden, das hatte er sich vorgenommen. Wo es der Verkehr zuließ, hielt er Ausschau nach dem, was sein Herz seit vielen Tagen am meisten begehrte: nach einem Ort, an dem seine Krabbenstube entstehen konnte. Sein Lokal durfte nicht zu weit draußen liegen, in Aising etwa, in Pang oder gar im Norden, in Leonhardspfunzen. Es musste möglichst nah am Stadtzentrum liegen.

Er fand, dass er eine Marktlücke für die Region entdeckt hatte. »Claussens Krabbenstube« würde ein Renner werden. In den zehn Tagen Urlaub, die er am Chiemsee verbracht hatte, wurde die Idee geboren. Während Segelboote an ihm vorüberzogen und Möwen ihn wild flatternd und kreischend umkreisten, fühlte er sich an seine Heimat erinnert. Ja, hier wollte er zu Hause sein!

Lachskrabbensülze mit krossen Bratkartoffeln und Remoulade, das Rezept schwirrte ihm durch den Kopf. Die Bayern konnten alles zubereiten – Leberkäs, Wollwürste, auch der Zwiebelrostbraten gelang meist. Doch von krossen Bratkartoffeln hatten sie keine Ahnung. Bei ihnen nur hellbraune Pampe. Die Gäste würden sich um seine Spezialität schlagen!

Ebenso um sein Krabbenfrühstück aus der Bratkartoffelpfanne mit Spiegelei. Jedes Bistro, das in diesem Rosenheimer Land etwas auf sich hielt, bot sechs oder sieben verschiedene Frühstücksvariationen an. Aber eben keine Krabben!

Hausgemachte Nordseefrikadellen mit Büsumer Krabben, dazu Kartoffelsalat, selbst zubereitete Remoulade und ein bunter Salat.

Er musste nur noch darüber nachdenken, woher er die frische Ware beziehen würde. Doch auch dieses Problem würde er rasch und gut gelöst haben. Genauso wie er im Handumdrehen den Entschluss gefasst hatte, sich mit der Krabbenstube nicht in Prien, Gstadt oder Seebruck am Chiemsee niederzulassen. Der Einzugsbereich für seine Kunden war hier zu mickerig, das leuchtete jedem ein. Er musste irgendwohin, wo er mehr Kunden gewinnen konnte, auch wenn dort die Konkurrenz größer war. Mit dem Finger auf der Karte, mit Google Maps und auf der Straße hatte er die Gegend erkundet und rasch begriffen, dass allein die Stadt Rosenheim die Kapazität besaß, zum neuen Ort seiner Küchenträume zu werden. Deshalb war er heute hier. Nur deshalb. Die weißen Segel und die kreischenden Möwen vermisste er allerdings schon jetzt.

Selbst wenn er in Rosenheim wohnen sollte, könnte er in einer halben Stunde am Chiemsee sein, wenn er Sehnsucht verspürte. Und wenn er erst einmal ein Auto besaß. Ja, innerhalb dieser halben Stunde könnte er in Prien-Stock an der Hafenmole stehen und die Schiffe beobachten, die von der Fraueninsel oder von Gstadt kommend in den Hafen hinein- und unter Getöse und Gehupe wieder auf den offenen blauen Chiemsee hinausfuhren. Doch jetzt galt es, Umschau zu halten. Besser, den Transporter nicht länger hier draußen nach einer Parkgelegenheit suchen zu lassen, sondern in ein Parkhaus zu fahren.

Er folgte der Prinzregentenstraße ein Stück, bog in die Frühlingstraße ein und fuhr ins P4 Mitte. Damit entfloh er auch dem düsteren Tageslicht. Am Eingang las er die Preise und musste schmunzeln. Drei Euro für zwei Stunden. In Hamburg fünf Euro für eine Stunde.

Ein silberner Pkw kurvte drinnen langsam von links in die Ausfahrt. Eine Frau am Steuer, ein Mann daneben. Sie unterhielten sich. Die Frau sah aus, als hätte sie panische Angst. Es war fünfzehn Uhr dreiundvierzig.

»Bist du völlig von Sinnen?«, fragte Emma Gerstl ihren Freund. »Mitten in der Stadt!« Sie stand kurz vor einer Panik.

Gotti lächelte überlegen. »Es musste sein«, sagte er. »Der alte Sack hat dich damals vergewaltigt. Du hättest es mir schon viel früher sagen müssen. Meinst du nicht?« Doch auch er war nervös. Er warf einen kurzen Blick auf die Uhr. Fünfzehn Uhr zweiundvierzig. Dann schaute er aus dem Autofenster.

Emmas Fingerknöchel waren weiß. Krampfhaft umklammerte sie das Lenkrad und kurbelte wie wild, um die enge Abwärtskurve auf die nächstuntere Ebene zu nehmen. Ihr Herz raste, Schweiß perlte von ihrer Stirn. Als sie um die Kurve war und ein Stück geradeaus fuhr, warf sie einen kurzen, aber intensiven Blick auf den Rücksitz.

»Sei doch nicht so nervig«, erboste sich Gotti. »Der Typ tut uns nicht mehr weh.« Er machte eine kurze Pause. Dann sah er sie an und sagte: »Und vor allem dir nicht.«

Emma zuckte die Achseln und leitete die nächste, die letzte Abwärtskurve ein. Mit immer noch hastig klopfendem Herzen lenkte sie den Wagen auf die Schranke zu. Auf der Einfahrtseite hielt ein Auto am Ticketautomaten. Der Mann schien sich für die Parkgebühren zu interessieren, zog das Ticket und sah herüber. In diesem Augenblick spürte sie, wie sich hinter ihr etwas veränderte. Fieberhaft blickte sie über die Schulter. Der Tote sackte aus seiner Sitzposition gemächlich zur Seite. Sein Kopf fiel gegen die Scheibe, sie hörte das leise Plopp, als er aufprallte. Unwillkürlich lenkte sie ihr Augenmerk auf den Mann im Transporter schräg gegenüber. Der machte große Augen, als er die Leiche sah. Dann richteten sich seine Augen mit demselben Ausdruck auf sie.

»Dort, der Mann«, zischte sie leise.

»Ja, ich seh ihn«, sagte Gotti. »Was ist mit ihm? Lass uns doch endlich hier rausfahren.«

Sie steckte das Ticket in den Schlitz. Der Automat weigerte sich, das Ticket kam zurück. Sie wollte es noch einmal versuchen.

»Oh verdammt«, platzte Gotti heraus. »Wir haben nicht bezahlt. Nimm das Ticket wieder an dich.«

Die Augen des Mannes im anderen Auto blieben abwechselnd auf sie und den Leichnam geheftet. Die Schranke blieb zu. Nichts rührte sich. Wie ein Schatten klebte der Mann gegenüber in seinem Wagen. Seine Augen ließen nicht locker.

Glücklicherweise stand niemand hinter ihnen. Emma legte den Rückwärtsgang ein. Der Tote machte einen kleinen Sprung nach vorn. Gotti griff nach hinten. Er versuchte, ihn wieder aufzurichten.

Drüben ging die Schranke hoch.

Der Automat stand rechts hinten. Sie parkte davor. Gotti stieg aus und kramte in seiner Jackentasche.

Das Fahrzeug von gegenüber kam um die Ecke und blieb direkt neben ihnen stehen. Der Blick des Fahrers war auf den Toten gerichtet. Er lächelte vielsagend. Dann senkten sich die Augen. Der Mann schien das Nummernschild zu lesen. Weiter zeigte er keine Reaktion.

Gotti kam mit dem Ticket zurück und schlüpfte durch die offene Beifahrertür ins Auto, Sekunden später fuhren sie los.

RO-AD 573. Claus Claussen notierte die Autonummer und zündete sich eine Zigarette an. Was hatte das zu bedeuten? War der Tote auf der Rückbank echt? Transportierten die Bayern ihre Verstorbenen im Privatwagen? Um sie danach in Höhlen zu begraben? Zuzutrauen wär's ihnen ja nach allem, was er bisher beobachtet und erlebt hatte. Er fuhr hinein, parkte, erledigte in der Stadt das, was er vorgehabt hatte, holte den Transporter und verließ das Parkhaus wieder. Den Vorfall von vorhin hatte er fast schon abgelegt. Was sollte er sich in fremde Dinge einklinken?

Er kreuzte ein paar Minuten, dann fand er einen freien Parkplatz direkt am Bahnhof, der groß genug für den Transporter war. Er zog ein Parkticket, danach hatte er nur wenige Minuten zu gehen, und er war wieder in der Innenstadt. Er würde sich weiter umsehen. Zeit hatte er ja mehr als genug.

Die Straßen im alten Stadtkern rund um den Max-Josefs-Platz hatten sich gefüllt, es herrschte eine fast ausgelassene Stimmung. Noch fehlte Claussen die Fähigkeit, zu unterscheiden, wer Einheimischer und wer Fremder war. Zuerst meinte er, all diejenigen, die Tracht trugen, seien von hier. Spätestens als er dem ersten Schwarzen mit Lederhose und Filzhut auf einem Fahrrad begegnete, begrub er diese Vorstellung. Er wunderte sich, wie wenige Einheimische es gab. Denn an der Art zu sprechen, also am Dialekt, konnte er sie bald auseinanderhalten.

Die vielen hübschen Mädchen fielen ihm auf. Diese jungen Frauen waren gegenüber allen anderen Gruppen – Männern, Alten, Kindern – in der Überzahl. Meist traten sie in Scharen auf, selten allein.

»Wie heißt dieser Park?«, fragte er zwei von ihnen, die Arm in Arm aus einer Anlage mit hohen Bäumen herausschlenderten.

Sie lächelten ihn an und zeigten blendend weiße Zähne. »Des is unser Salingarten«, sagte die eine und deutete mit dem Daumen nach hinten.

Salingarten? Klang nach Saline wie Salz. Eine gepflegte Anlage mit kurz geschnittenem Rasen, hohen Bäumen, breiten Wegen und Ruhebänken. Diese waren ausschließlich von Schwarzen besetzt, Flüchtlingen aus Afrika wohl. Rosenheim war ein Zentrum für Flüchtlinge, die über den Balkan und Österreich nach Deutschland reisten. In Rosenheim wurden sie von der Bundespolizei als Illegale aus den Zügen geholt. Viele von ihnen blieben hier hängen. Diese hier im Salingarten mussten wohl über das Mittelmeer gekommen sein.

»Wo kommt ihr her?«, fragte er die fünf, die dicht gedrängt nebeneinander auf einer Bank saßen. Einer hatte ein fremdes Zupfinstrument auf dem Schoß.

Sie grinsten ihn fröhlich an. Einer antwortete in einer Sprache, die er nicht verstand. Er bot ihnen Zigaretten an, doch sie winkten ab.

»Die verstehen Sie nicht«, rief ihm ein Mann zu, der unweit neben einem Kiosk stand. »Die kommen aus Eritrea und Äthiopien. Sie rauchen nicht und trinken keinen Alkohol. Freundliche, harmlose Menschen, die hier ihre Zeit totschlagen. Arbeiten dürfen sie ja nicht.«

Der Mann war zehn, zwölf Meter entfernt. Er hatte etwa Claussens Größe, war aber älter als er. Er hatte eine Stirnglatze, trug eine dicke Hornbrille und musterte den Fremden von oben bis unten, als amüsierte er sich über irgendwelche Details seines Aussehens oder seiner Kleidung.

Claussen stand etwas hilflos und unentschlossen da.

Der andere redete einfach weiter und begann ein Frage-Antwort-Spiel. Er sprach ein gepflegtes Oberbayerisch.

»Wo haben Sie Ihren Wagen geparkt?«

»Warum wollen Sie das wissen?«

»Sehr gut. Und wo ist Ihr Gepäck?«

»Ich habe kein Gepäck.«

»Und Ihre Frau?«

Claussen wurde es langsam zu bunt. Doch der mit der Stirnglatze machte einen aufgeschlossenen und fröhlichen Eindruck. Auf keinen Fall war er aggressiv. Nur etwas neugierig auf die naive Art. Wer weiß, vielleicht konnte man so einen irgendwann gebrauchen.

»Ich bin allein unterwegs«, sagte er.

»Sie sind nicht verheiratet?«

»Ich bin allein unterwegs.«

»Sie sind doch Tourist, oder seh ich das falsch?«

Bei Claussen verflogen die letzten Zweifel. Er trat ein paar Schritte auf den Fragesteller zu. »Prima, dass Sie sich so um mich kümmern. Mit wem hab ich denn die Ehre?« Claussen klang freundlich. Er hatte das Gefühl, hier war jemand, der sich für ihn interessierte. Doch innerlich war er unsicher.

Der Mann winkte ihn mit einer knappen Geste zu sich heran und führte ihn wenige Meter Richtung Münchener Straße, wo der Kiosk stand. »Brauchen Sie Zigaretten?«, fragte er mit einer Handbewegung zum Stand hin. »Oder eine Zeitschrift? Eine für Erwachsene vielleicht? Kaugummi?«

»Ist das Ihr Kiosk?«, fragte Claussen.

Der andere bejahte nicht ohne Stolz. »Ich heiße Alberto«, stellte er sich vor. »Wenn Sie etwas brauchen oder wissen wollen in dieser Stadt – fragen Sie mich.« Er reckte sich und wechselte zu einer tiefen Stimmlage und zu Hochdeutsch. »Man sagt, ich sei die Dorfzeitung im Salinpark.«

Die Zahnräder in Claussens Hirn begannen sich zu bewegen. Sollte er ihn fragen, was es mit den bayerischen Bestattungsmethoden auf sich hatte? Warum sie ihre Toten einfach auf dem Rücksitz transportierten? Oder würde Alberto seine Fragen nach dem hiesigen Fischkonsum beantworten können?

Als hätte er die Gedanken, die Claussen durch den Kopf gingen, gelesen, griff Alberto nach einem Päckchen, bot ihm eine Zigarette an und steckte sich selbst eine zwischen die Lippen. »Ich sehe doch, dass Sie Raucher sind«, sagte er, auf der kalten Zigarette kauend. »Es kommt mir vor, als suchten Sie nach etwas Bestimmtem. Doch wohl nicht nach einem Job als Flüchtlingshelfer?« Er warf einen Blick zu den Parkbänken hinüber. »Was machen Sie eigentlich beruflich so?«

Claussen kam aus der Einsamkeit des Nordens. Aus der Gegend der Weite, des Windes, der schwarzbunten Kühe und der zurückhaltenden Fragesteller. Er war es nicht gewohnt, so überfallen zu werden. Trotzdem empfand er Alberto nicht als unangenehm. Und der Mann hatte recht, er suchte wirklich etwas, und zwar dringend. »Ich suche ein Lokal«, sagte er.

Alberto machte große Augen. »Oh, da hab ich was für Sie. Diese Trattoria müssen Sie kennenlernen. Unbedingt.«

»Hallo!« Eine Frau war zwischen sie getreten. Alberto stand

vor seinem Kiosk, Claussen drei Meter entfernt am Straßenrand, die Frau mit dem Rücken zu ihm dazwischen.

»Hallo, Emma!«, rief Alberto laut und erfreut. »Schön, dass du mich besuchst. Du siehst schlecht aus. Ist was? Geht's dir gut?«

Emma, noch immer mit dem Rücken zu Claussen, zog die Schultern hoch. Hinter ihnen rauschte der Verkehr vorbei. Man musste schon laut sprechen, um sich verständlich zu machen.

»Darf ich dir …« Alberto breitete beide Arme aus und wies zu Claussen hin. »Wie ist denn eigentlich Ihr Name? Ich kann Sie ja meiner Nichte nicht einmal vorstellen.«

Die vermeintliche Nichte drehte sich langsam um und lächelte ihn an. Nur eine halbe Sekunde. Dann gefror ihre Miene.

»Ja, ich heiße Emma«, sagte sie wenig später.

»Und ich heiße Claus.«

Sie hatten die Trattoria aufgesucht, die Emmas Onkel so heiß empfohlen hatte. Claussen fingerte eine Zigarette aus der Schachtel und führte sie zum Mund.

Sie drückte die Hand mit der Zigarette nach unten. »M-m, Rauchen nicht erlaubt.«

Er seufzte. »Ach ja, das verdammte Rauchverbot. Immer vergess ich das. Ich war erst kürzlich drüben in Tirol, da ist Rauchen noch nicht verboten.«

Die Trattoria bestand aus einem einzigen nicht allzu großen Speiseraum mit einer langen Glasfront zur Straße hin. Es gab lauter Vierertische mit weißen Decken, und an der Wand gegenüber der Glasfront hing eine Schiefertafel, auf der in schnörkeliger Schrift die Speisen des Tages mit Kreide notiert waren.

Der Wirt, stellte sich heraus, war schon etwas älter und betrieb die Trattoria zusammen mit seiner Frau. Er bediente, sie kochte, und manchmal kam sie mit sauberer Schürze ebenfalls aus der Küche ins Restaurant. Dann standen sie beide stumm hinter der Theke und beobachteten, wie ihren Gästen das Essen schmeckte.

Die meisten von ihnen saßen allein am Tisch, vielleicht Männer auf der Durchreise. Einige falteten die mitgebrachte Tageszeitung auseinander und lasen, während sie aßen. Ganz hinten an der Wand neben der Tür, die zu den Toiletten führte, saß eine Familie mit zwei Kindern. Sie unterhielten sich rege und auf Bayerisch.

»War der Mann auf dem Rücksitz – tot?«, fragte Claus Claussen. Der Tisch, an dem er mit Emma saß, grenzte mit seiner Kante an die weiße Seitenwand des Restaurants. Claussen hatte die Frau aus dem Parkhaus sofort erkannt. Seine Frage kam wie aus dem Nichts.

Emma zuckte nicht und zeigte sich auch sonst nicht überrascht. Irgendwann musste dieses Thema ja zur Sprache kommen. Sie legte den Kopf schief und nickte. »Eine eigenartige Geschichte«, sagte sie an Claussen gewandt. Ihre Miene war ernst. »Aber Ihnen die zu erzählen, dazu hab ich keine Lust. Viel harmloser, als Sie womöglich annehmen. Ein Mann, der seiner Leidenschaft zum Opfer fiel.« Damit wischte sie die Geschichte vom Tisch.

»Aber Sie haben mich doch vorhin ziemlich entgeistert angesehen«, entgegnete er, »als Sie mich erkannt haben. Warum denn?«

»Ach, vergessen Sie's.« Sie wandte den Kopf ab. Ihr Gesicht war schmal und blass. Blasser als das der meisten Gäste, die sich im Lokal befanden. Die Augen waren von einer durchscheinenden Farbe, die bei dieser Beleuchtung Blau oder Türkis oder Grün sein konnte, je nach Betrachtungswinkel. Dunkelblond war ihr Haar, und zwischen den Augen hatte sich eine senkrechte Falte gebildet.

Claussen bewunderte ihre Ruhe und Gelassenheit. Er war dagegen weitgehend unsicher in Gegenwart von Frauen, die ihm gefielen. Und Emma gefiel ihm. Er versuchte, sich selbst mit Emmas Augen zu sehen. Seine Hände und Füße erschienen ihm aus ihrer Sicht zu groß, wie bei einem jungen

Hund. Die Ohren begannen abzustehen, der Haaransatz zog sich zurück. Beim Sprechen hatte er das Gefühl, seine Lippen würden dick, wie aufgespritzt. Ja, das waren die Augenblicke, in denen er sehr selbstkritisch wurde.

Bei Frauen dagegen, die ihm nicht gefielen, passierte ihm das nicht. Deswegen hatte sein Liebesleben – nach Tanja – aus einer langen Reihe kürzerer Affären mit Frauen bestanden, die ihm nicht gefielen. Und ein paar wenigen unerfüllten Liebesgeschichten mit solchen, die er verehrte. Hätte er damals seinem Drang nachgegeben, hätte er fraglos die Hälfte davon erwürgt. Doch er hatte Glück, und keine weitere Frau hatte ihn angezeigt.

Emma sah aus und wirkte so, als könnte sie einer dritten Kategorie angehören. Einer, der er noch nie begegnet war. Sie schien sich in seiner Gesellschaft wohlzufühlen. Bis auf die Kleinigkeit, dass sie, wenn sie auf die Begegnung im Parkhaus zu sprechen kamen, unsicher wirkte. Nervös wurde. Deshalb versuchte er, sich nicht auszumalen, was in Wirklichkeit hinter dieser Sache steckte.

Claussen spürte wieder eine unbestimmte Unruhe in sich. Diesen Drang, die Hände um ihren weichen Hals zu legen und zuzudrücken. Er blickte kurz um sich. Das Lokal war voll. Was wäre, wenn er sich allein mit ihr auf einem Spaziergang befände?

Emma senkte für einen Moment den Blick. Sie legte die Unterarme auf die Tischplatte, lehnte sich vor, schaute ihm in die Augen und sagte: »Gell, du wirst diese Sache nicht hinausposaunen?«

Eine Sekunde lang hatte Claussen vergessen zu atmen. Jetzt holte er tief Luft. Er fühlte, wie sein Herzschlag, sein Atem sich beschleunigte und sich alles um ihn zu drehen begann. Als befände er sich im freien Fall aus einem düsteren, windgepeitschten Himmel.

3

Wir befinden uns an einer entscheidenden Stelle zu Beginn seiner Geschichte, so wie Claus Claussen sie mir in seiner Gefängniszelle geschildert hat. Ich wollte schließlich herausfinden, was der innere Antrieb für seine Taten war. Er paffte eine Zigarette nach der anderen, während er mit mir sprach.

»Also, dass die Emma die Nichte vom Alberto war, das fand ich hammergeil«, bekannte er.

»Warum?«, fragte ich neugierig zurück.

»Ist doch klar. Erstens, weil der Alberto ein echt cooler Typ war, das hab ich gleich erkannt. Und natürlich zweitens, weil Emma ein rassiges Weib war.«

Hätte man zu jenem Zeitpunkt erkannt, was aus diesen beiden Bekanntschaften entstehen würde, besonders aus der zweiten, hätte man die Zeit zurückgedreht. Aber wer hätte das schon wissen können?

Wenn ich mir Männer wie diesen Claussen ansehe, wenn ich ihnen in ihrer engen Zelle gegenübersitze, versuche ich mir vorzustellen, wie sie wohl ausgesehen und geklungen haben, als sie ihre Verbrechen verübten. Ich habe sämtliche Akten studiert, welche die Tat betrafen, sodass ich weiß, was jeder Einzelne von ihnen getan hat und wozu er in der Lage ist. Das alles muss ich in meinem Kopf sammeln und auf den Menschen projizieren, der mir da gegenübersitzt.

Jedes polizeiliche Verhör, jede Anhörung wie diese ist eine große, eine einzige Verführung. Jede Seite versucht, die andere zu verführen, ihr zu geben, was sie will. Zu sagen, was die andere Seite hören will. Man muss seinen Kandidaten einschätzen, bevor man weiß, wie man mit ihm reden soll.

»Du sadistisches Tier! Hattest du denn gar kein Mitleid?« – Entsetzen oder moralische Verurteilung bringen überhaupt nichts. Man muss herausfinden, was ihn bewegt hat, einem freiwillig zu begegnen. Ist es Sensationsgier, Narzissmus, Prahlsucht? Claus Claussen hatte sich freiwillig für dieses Gespräch zur Verfügung gestellt, er hätte es nicht tun müssen. Bei ihm – das merkte ich sehr bald – konnte ich geradeaus und sachlich sein, solange ich klarstellte, dass ich die Fakten kannte und er mich nicht aufs Glatteis führen konnte. Bei Leuten wie Claussen habe ich gelernt, offensiver vorzugehen. Ich werde, wenn sich in Zukunft ähnliche Szenarien ergeben, schneller tieferen Einblick in diese Sorte Mensch bekommen. Auch das war natürlich Sinn und Zweck dieses Aufwands.

Ich hatte mich intensiv auf das Gespräch vorbereitet und mit allem beschäftigt, was dazugehört. Claus Claussen war zum Zeitpunkt dieses Interviews ein zu einer brutalen Strafe verurteilter Mörder. Wie war es dazu gekommen? Okay, der interessierte Leser mag eine Vermutung aus der Erkenntnis hegen, dass Claussen immer wieder einmal diese beinahe zwanghafte Phantasie hatte, seine Hände um den weiblichen Hals zu legen und zuzudrücken. Ich kann aber jetzt schon verraten, dass dieser Druck später bei seinen Taten keine allzu gewichtige Rolle spielen sollte.

Mehr oder minder zufällig stolperte nun Emma in Claussens Leben und in die Geschichte. Einerseits, weil ein Fremder – nämlich er – sie im Parkhaus in einer sehr skurrilen und ungewöhnlichen Situation beobachtet hatte. Andererseits, weil sie ganz banal Albertos Nichte war und Claussen den Alberto ebenso zufällig im Salingarten kennengelernt hatte. Welche Rolle Emma zukünftig in Claussens Leben spielen sollte, wird aus dessen weiteren Schilderungen deutlich.

Erst spät ist mir – in der Nachbetrachtung – klar geworden, was es mit dem reglosen Mann auf dem Rücksitz auf sich hatte, den Claus Claussen entdeckte. Der Polizei gemeldet hat er den Vorfall nicht. Wie sich später herausstellte, nahm er die Begegnung nicht ernst. Er hat sie einfach gedanklich abgehakt, weil sie nicht in sein Denkschema passte. Doch wenn die Sache schon damals ans Licht gekommen wäre, hätte es den weiteren Verlauf entscheidend verändert. Er hätte nur zur Polizei zu gehen brauchen.

Ich beschäftigte mich an diesem Tag kürzer als beabsichtigt mit diesem Live-Interview. Irgendwann vertrug ich die miefige, stickige Gefängnisluft nicht mehr. Der Himmel draußen über dem Rosenheimer Land war klar und weit. Von Wolken und Eintrübungen, die schon für die Nacht angekündigt worden waren, keine Spur. Ich war sicher, alle Zeichen für ein Hoch ausmachen zu können, das zumindest ein paar Tage lang stabil bliebe. Also verließ ich Claussen, nachdem er mir ausgemalt hatte, wie es weiterging mit Emmas Onkel Alberto und später dann mit ihr.

***

Claus Claussen hatte seinen ersten Freund gewonnen, Alberto. Er mochte Alberto, und Alberto mochte ihn. Wenn Claussen in die funkelnden Augen hinter Albertos dicken Brillengläsern sah, durchströmte ihn eine Welle der Sympathie. Immer stärker bildete sich eine Ahnung heraus, dass dieser Mann ihm irgendwann sehr nützlich werden konnte. Ob die Ahnung realistisch war, werden wir sehen.

»Ich bin müde«, sagte Alberto. Dabei wirkte er gar nicht so. Sie hielten sich beide vor seinem Kiosk auf, Claussen mit einer Zigarette zwischen den Fingern, die Alberto ihm angeboten hatte. »Ich bin seit vier Uhr wach. Um Viertel vor sieben musste ich hier sein, da kam die erste Lieferung. Und schon zu dieser Zeit sitzen die Eritreer auf den Bänken. Auf ihren Bänken, hätte ich fast gesagt. Ich weiß nicht, ob sie in der Früh erst kommen oder ob sie sich die ganze Nacht hier um die Ohren schlagen. Das hab ich noch nicht geprüft.«

Claussen merkte recht bald, dass Alberto im Grunde gar nicht mit ihm sprach, sondern eher mit sich selbst. Auf diese Weise bekam er nebenbei einiges aus Albertos Leben mit und erfuhr, was sich am Tag im Salingarten alles so abspielte. An den starken oberbayerisch-italienischen Akzent hatte er sich erstaunlich schnell gewöhnt. Für einen von der Waterkant wie ihn musste es wie Urwalddeutsch klingen.

»Babbo ist damals auch oft auf einer dieser Bänke gesessen. Ich glaube, kurz nach seiner Einreise aus Italien hat er in warmen Nächten sogar hier im Park geschlafen. Bis Mamma nachkam und ihn von seiner Bank wegholte.« Er machte eine weite Handbewegung. »Jaja, Mamma und Babbo. Ich denke gern an sie zurück, sie haben mir viel gegeben.« Als er Claussens fragenden Blick erhaschte, fügte er hinzu: »Sie sind beide tot.« Er sagte es beinahe tonlos. Dann überquerte er den Weg und schnitt einer Rose den Kopf ab. Offenbar war er mit der Farbe ihrer Blüte nicht einverstanden.

Claussen warf den Zigarettenstummel auf die Erde und trat ihn mit der Schuhsohle aus.

Alberto sah ihn nachdenklich von der Seite an, dann bückte er sich, hob die Kippe auf und steckte sie zu dem Rosenkopf in eine Seitentasche seiner Jacke. Dies geschah wortlos und wirkte keineswegs belehrend.

»Das kann nicht sein«, murmelte er, während er im Inneren des Kiosks mehrere Zentner Zigarettenschachteln aus einem Karton einsortierte und stapelte. »Ich glaub es nicht. Emma hat von der Sache damals niemandem etwas weitererzählt.« Während er fortgesetzt vor sich hinsprach, wechselten seine Augen alle zwei Sekunden die Blickrichtung, unfähig, einen bestimmten Punkt zu fixieren. Schließlich blieben diese ungezügelten Augen wieder an der Schlagzeile der Zeitung hängen, die ausgebreitet vor ihm lag. »Rätselhafter Tod in der City!«, las er die Überschrift nun vor.

An der Decke im Kiosk, direkt über dem Regal mit den Zigaretten, drehte sich langsam ein großer Ventilator. »Er hängt erst seit Kurzem an dieser Stelle«, knurrte Alberto, als er Claussens fragenden Blick wahrnahm. »Er wälzt die schwüle Luft hier drinnen um.« Dann begann er langsam zu lesen, was vor ihm lag.

»Ein Toter aus der Mangfall gefischt«, sagte er.

»Mangfall?«, fragte Claussen.

Alberto lächelte nachsichtig. Seine Stimme nahm einen erklärenden Tonfall an. »Das ist ein Nebenfluss des Inns. Er kommt aus dem Tegernsee, hat also keine eigene Quelle, und ist sechzig Kilometer lang. Die Mangfall liefert einen Großteil des Trinkwassers für München. Normalerweise ist sie ein ruhiger Fluss. Aber nach Regenfällen –«

»Also, was ist mit dem Toten?«, unterbrach Claussen.

Ein ausdrucksloses Augenpaar hinter dicken Gläsern starrte ihn abwartend an. Alberto stützte sich auf der Kiosktheke auf und beugte sich verschwörerisch vor.

Claussen musterte ihn genauer. Das schwere Gesicht des Italieners wirkte auf einmal mürrisch und verbraucht. Die Tränensäcke unter den Augen waren geschwollen, die Augäpfel von roten Äderchen durchzogen. Die breite Oberlippe erstreckte sich oberhalb eines beginnenden Doppelkinns. Das Kinn war unrasiert und bläulich, das drahtige schwarze Haar stand nach allen Seiten vom Kopf ab. Alberto sah aus wie ein Kaninchen kurz vor dem Rammeln.

»Aus der Mangfall gefischt«, wiederholte er.

Ein Sportflugzeug flog dröhnend über das Stadtgebiet und übertönte die Motor- und Hupgeräusche auf der nahen Münchener Straße.

»Da.« Alberto hielt Claussen die Zeitung hin. »Da ist sogar ein Foto von ihm drin. Allerdings sehr verschwommen und unscharf. Ohne Brille kann ich eh nichts sehen.« Er sandte seinen Worten einen halbherzigen Lacher hinterher.

Claussen griff nach der Zeitung und warf einen Blick auf das Bild. Ein eiskalter Schauer lief ihm über den Rücken. Er rang nach Luft und kniff die Augen zu. Er öffnete sie wieder und fixierte das Foto. Es zeigte einen männlichen Kopf mit halb geschlossenen Augen. Er hatte einmal gelesen, wie solche Fotos gemacht wurden. Die Leiche wird bei der Polizei frisiert, geschminkt und hergerichtet, sodass sie fast aussieht wie neu. Eine Manipulation, durch die – wie bei einer Schönheitsoperation – der typische Charakter eines Gesichts verloren gehen musste. Trotzdem. Er kannte dieses Gesicht!

Wo zum Teufel hatte er es schon gesehen? Fast hilfesuchend sah er Alberto an.

»Is was?«, fragte der. Er wirkte nicht wirklich interessiert. »Kennst du den etwa? Dann musst du die Polizei verständigen.«

»Nein, wie kommst du darauf?«, brummte Claussen wie abwesend. In Wirklichkeit war er zum Zerreißen gespannt. Er konnte nicht irren, er war sich sicher. Das war der Mann, den er bei der Einfahrt zum Parkhaus in Emmas Wagen gesehen hatte. Dieses Gesicht jemals zu vergessen war unmöglich.

»Was siehst du auf dem Foto?«, fragte Alberto. Er beugte sich vor und startete einen Versuch, Claussen prüfend in die Augen zu blicken.

Doch der schaute weg. Er richtete seinen Blick auf die undeutliche Metallskulptur verschwommen rissiger Menschen drüben im Salingarten, vor der zwei weiße Ringeltauben auf dem Boden herumpickten. Der Mann in dem Auto, in dem Emma gesessen hatte, war also tatsächlich ein toter Mann gewesen. Claussen hatte die Vorstellung beiseitegeschoben, auch weil Emma selbst kein Aufheben darum gemacht hatte. Nun war diese Leiche aus einem Fluss geholt worden! War Emma eine Mörderin? Wer war der Mann, der mit ihr im Auto gesessen hatte? Zumindest war sie an einem sehr ungewöhnlichen Todesfall beteiligt.

Weiter drüben ruhte sich eine Hundertschaft Tauben unterschiedlicher Farbgebung unter einer breitbeinigen Konifere aus. Weitere hundert pickten unweit davon planlos im Rasen herum.

Claus Claussen atmete tief durch. Er hatte die Frau in der Hand! Wieder begann sein Körper diese seltsamen gewalttätigen Neigungen zu verspüren. Stets um die Zeit des Vollmonds herum.

Als er im Sommer seines siebzehnten Lebensjahres »den Koller« bekam, wie er es seither bezeichnete, ging er abends los und erwürgte ratzfatz eine fremde Katze. Danach fühlte er sich bis zum Herbst des Jahres besser. Im November war es ein mittelgroßer Mischlingshund, der dran glauben musste, und zu Weihnachten schlitzte er der Kuh eines Bauern im Nachbardorf die Kehle auf. Jedes einzelne Mal hatte er sich hinterher gut gefühlt.

Ein Mädchen hatte er nie getötet, auch in Zeiten seines Kollers nicht. Doch mehr und mehr spürte er einen beinahe unwiderstehlichen Drang danach. Bisher hatte er sich mit Würgegriffen begnügt. Doch wenn er an Emma dachte …

»Haben wir Vollmond? Weißt du das?«, wandte er sich an Alberto.

Der saß reglos und aufrecht da wie ein undurchschaubarer Rabe. Seine Ellbogen hatte er auf die Theke gestützt, und sein Kopf ruhte zwischen zwei geballten Fäusten, die sich in die Wangen drückten. Die zusammengepressten Lippen waren zu einem stolzen und verachtenden Schmollen verschoben. Unter der breiten, glatten Stirn starrten schwarze Augen mit tödlicher Ruhe durch die Brille auf Claussen.

»Vollmond? Was hat das mit dem Toten zu tun?« Gleichwohl griff er hinter sich nach einem Blatt, das wohl die Frage beantworten sollte. Er blätterte kurz. Als Nächstes starrte er wieder auf Claussen. »Ja, Vollmond. Seit gestern. Warum?«

Claussen fing sich rasch. »Weil ich bei Vollmond oft Erfolg habe«, log er. »Du weißt ja, dass ich ein Lokal in der Innenstadt suche. Vielleicht hab ich Glück? Weil Vollmond ist?«

Das Licht in der Stadt, das sich an diesem Abend wandelte, war magisch. Der aufgehende Vollmond im Osten kämpfte mit der sinkenden Sonne um die Vorherrschaft am Himmel. Die Farben waren von einer Zauberkraft, die Claussen so aus dem Norden nicht kannte. Alles wirkte intensiv, warm und sanft. Samtig und golden strahlten die Berge im Süden von fern herüber. Sie und ihre Gipfel und Zacken wurden nicht beleuchtet, so erschien es Claus Claussen, sie leuchteten aus sich heraus.

Gut, auch die Nord- und die Ostsee mit den sich in der Abendsonne kräuselnden Wellen hatten etwas Besonderes. Doch in seiner Heimat hatte er nie ein solches Licht gesehen wie hier. Claussen war es fast immer selbst ein wenig peinlich, wenn er sich bei solchen naturromantischen Verzückungen wie gerade ertappte. Sie passten nicht zu ihm.

Er kannte sich inzwischen leidlich in der Innenstadt aus und fand den Weg zum Parkhaus wie von allein. Als er ein Stück hinterm Karstadt links um die Ecke bog und sofort Grün an der Fußgängerampel hatte, spiegelte sich die Sonne im Schaufenster gegenüber.

Vom Grünstreifen an der Straße flogen laut krächzend und mit rauschendem Flügelschlag zwei Krähen auf. Er widerstand der Versuchung, mit den Füßen nach ihnen zu treten, und lauschte stattdessen auf die Stadtgeräusche, die in der warmen Luft aufstiegen.

Eigentlich war Claussen meist zufrieden mit dem Verlauf seines Lebens. Er hatte begriffen, wie wichtig es war, für die einfachen Dinge dankbar zu sein. Er war gesund. Er hatte genügend Geld, um sich über Wasser zu halten. Er war auf der Suche nach Geschäftsräumen für seine geplante Krabbenstube. Irgendwas mit »Barkasse«, so sollte es heißen. »Rote Barkasse« vielleicht. Er würde wieder arbeiten, er wäre selbstständig, und er würde Spaß daran haben. Vorher aber wollte er das Parkhaus noch einmal aufsuchen, das P4 Mitte. Vielleicht sprang ihm des Rätsels Lösung direkt ins Gesicht.

Dort vorn. Keine hundert Meter entfernt befand sich die Einfahrt. Unwillkürlich musste er lachen. Es war die Art Lachen, die an Hysterie grenzt, von der man Magenschmerzen bekommt, bei der man nur jemand anderen braucht, um einen Lachanfall zu bekommen. Er hatte die Leiche gesehen, die später in dem Fluss schwamm – wie hieß er doch gleich, der Fluss? Mang…? Wo war der Zusammenhang? Und was hatte Emma damit zu tun?

Eine Politesse mit fliehendem Kinn kreuzte seinen Weg und musterte ihn prüfend. Er hob die Schultern und streckte die flache Hand seitlich von sich, um zu zeigen, dass er frei von jeglichem Parkvergehen war. Die Frau rückte ihr Käppi zurecht und lächelte nachsichtig.

Claussen stand vor der Schranke und betrachtete mit gerunzelter Stirn die Stelle in der Ausfahrt gegenüber, an der das Auto mit Emma am Steuer und der Leiche auf dem Rücksitz angehalten hatte. RO-AD 573. Er hatte die Nummer genau vor Augen. Seine Gedanken waren noch nicht zu Ende gedacht, da überfiel ihn eine männliche Stimme hinter ihm.

»Was willst du denn hier? Das Parkhaus kaufen?«

Für einen Augenblick verschlug es ihm die Sprache. Noch im Umdrehen registrierte er, wer da stand: Alberto.

Zögernd bemühte er sich um eine Antwort: »Ich muss wissen, wo …«

Ungeduldig winkte Alberto ab. »Du suchst doch Räume für ein Lokal«, stellte er fest.

Sofort biss sich Claussen an Albertos Andeutung fest. Sie war wie eine Offenbarung für ihn. »Wo ist Emma?«, wollte er noch wissen.

»Ich wäre nicht hier, würde sie mich nicht im Kiosk vertreten«, war die Antwort. »Wenn sie schichtfrei hat wie heute, geht das. Ich suche dich seit einer halben Stunde.« Er verzog das Gesicht. »Mein Handyakku ist leer«, fügte er wie entschuldigend hinzu. Und verschwörerisch: »Komm einmal mit.«

Schon nach ein paar Metern fragte Claussen: »Wohin verschleppst du mich, Alberto?«

Der andere fasste sich an die Nase, dann schob er die dicke Hornbrille zurück. »Wir machen eine kleine Stadtführung«, sagte er. »Ich erkläre dir auch die Straßen und Plätze.« Nach wenigen Schritten ergänzte er: »Wegen deinem neuen Lokal. Wie soll's eigentlich heißen?«

Schön wär's, dachte Claussen ungläubig.

Die untergehende Sonne über Rosenheim fühlte sich an wie geschmolzene Butter.

»Dies ist der beste Chinese von Rosenheim«, erläuterte Alberto, nachdem sie um die Ecke gegangen waren. »Und das hier ist der Busbahnhof. Transport in alle Richtungen, in jedes Viertel. Vielleicht auch für dich ganz wichtig, solange du kein eigenes Fahrzeug besitzt.«

Claussen hätte seinem neuen Freund berichten können, dass er täglich mit dem Bus fuhr. Dass er den Busbahnhof also bestens kannte. Morgens dort ausstieg und abends wieder ein. Auch, dass er wusste, welchem Hauptberuf Emma nachging: Sie lenkte den Bus, mit dem er täglich von Raubling, wo er seit zehn Tagen wohnte, nach Rosenheim fuhr. Doch er wollte Alberto nicht die Freude an seinen kleinen Geheimnissen rauben und nicht die Spannung aus dem Spiel nehmen.

Claussen streifte den anderen mit einem kurzen Blick und widmete sich spontan der Umgebung. Man hat einen wunderschönen Blick auf die Altstadthäuser, dachte er bei sich. Die beiden Omnibusse, die an der Haltestelle mit laufendem Motor parkten, interessierten ihn nicht. Ebenso wenig die beiden alten Frauen, die mit geflochtenen Körben auf einer Bank davor saßen. Alles wirkte fremd auf ihn. Er betrachtete es mit distanziertem Blick. Ihm fehlte bei allem samtenen Lichtspiel die Weite seiner nordfriesischen Heimat, der Geruch des Meers, das Rauschen des Windes. Er fand das, was er sah, langweilig, künstlich, beinahe überflüssig. Am Chiemsee war es vollkommen anders gewesen. Es würde eine Weile dauern, bis er sich an diese städtische Umgebung gewöhnt hätte.

»Alles klar?« Alberto sah ihn an, als hätte er seine Gedanken gelesen.

»Alles gut.«

»Na dann.«

In gemächlichem Tempo schlenderten sie weiter.

»Der Max-Josefs-Platz«, erklärte Alberto. Er ließ einen Arm kreisen, als gehörte die Welt ihm.

Alte Häuser mit seltsam verzierten Fenstern standen dort. Sie sahen aus wie die Kulisse für einen besseren Heimatfilm, wie aus der Zeit gefallen. Drei Stockwerke in jedem Haus, über dem Platz Leitungen mit Straßenleuchten, die an Gaslaternen erinnerten. Männer mit Schnauzbärten und Frauen in komischer Kleidung. Wenn sie den Mund aufmachten, verstand man nur wenige Brocken. Keine Autos, das gefiel ihm, nur da und dort ein paar Radfahrer.

Vor einem altertümlichen Tor bogen sie nach links in einen winzigen Durchgang ein, der Claussen an Norderby, sein Heimatdorf, erinnerte. Mariechen Fisch, seine Mutter, hatte ihren Laden in so einem Gässchen. Unwillkürlich kroch der Duft nach frischen Heringen und geräuchertem Aal in seine Nase. Es kam ihm vor wie ein Überbleibsel aus seinem alten Leben.

»Hier der Schuh-Reindl. Wenn du mal Schuhe oder Bergstiefel brauchst. Das hier ist der Hintereingang. Vorne sieht's viel einladender aus.«

Daneben stand ein angegrautes Gebäude im Stil eines Lagerhauses, das einen stetigen Ansturm von Glas, Stahl und Beton hinter sich hatte. Auch dieses Haus hatte drei Stockwerke.

»Wir sind in der Nikolaistraße.« Alberto war stehen geblieben und blickte Claussen vielsagend über den Brillenrand an. »Merk dir die Adresse. Es ist die deiner künftigen Krabbenstube.«

Er wies auf das Lagerhaus. Im Erdgeschoss war ein Supermarkt untergebracht.

Claussen zuckte mit den Achseln. »Ja und? Das ist doch viel zu groß.«

»Na klar. Das meine ich ja auch nicht. Ich meine das hier.« Er zeigte auf das Gebäude gegenüber.

»Aha. Eine Geschäftsaufgabe.« Claussens Miene sprach Bände.

»Dann lies doch mal das Schild.«

Sie wanderten einige Meter näher.

»Zu vermieten«, war auf dem Schild zu lesen. Und die Nummer eines Mobiltelefons. Zunächst nahm Claussen den Gesichtsausdruck eines Rindviehs an, das vor einem Felsblock steht. Doch nicht lange, dann schnackelte es. Er machte einen Schritt nach vorn, streckte beide Arme aus und bekam eine Gänsehaut. An der Schaufensterscheibe drückte er sich die Nase platt.

Sekunden später stand er neben Alberto auf dem Gehsteig vor der Adresse Nikolaistraße Nummer 7, die Linke in der

Hosentasche, in der Rechten eine Zigarette, und versuchte sich nicht anmerken zu lassen, wie es in ihm arbeitete.

»Na, was denkst du?«, fragte Alberto nach einer Weile.

Claus Claussen war sich seiner eigenen Gedanken sicher. Doch er war nicht bereit, sie schon preiszugeben. Er war geneigt, sich die Telefonnummer aufzuschreiben, doch stattdessen las er sie zwei-, dreimal, um sie im Kopf zu behalten.

Lachskrabbensülze mit krossen Bratkartoffeln und Remoulade, ging es ihm durch den Kopf, und Nordseefrikadellen mit Büsumer Krabben, dazu Kartoffelsalat und selbst zubereitete Mayonnaise. Innerlich sah er schon die Speisekarte vor sich. Doch er gab sich Mühe, seinen Magen und sein Mienenspiel zu beherrschen, und täuschte Zweifel vor.

»Willst du nicht wenigstens einmal dort anrufen?«, fragte Alberto mit Nachdruck. »Und dir die Räume zeigen lassen.«

Claussen hob die Schultern. »Klar, kann ich machen«, meinte er. »Ich hab ja sonst nichts zu tun.«

Ein Strahlen huschte über Albertos Gesicht. Er fischte einen Schlüsselbund aus der Hosentasche und klimperte damit vor Claussens Augen herum. »Spar dir den Anruf«, sagte er. »Das auf dem Schild ist meine Nummer.« Er schob Claussen vor sich her zur Tür. »Wollen wir reingehen? Ich vermittle dieses Geschäft.«

4

Während Claus Claussen die Eröffnung der »Roten Barkasse« in der Nikolaistraße vorbereitete, nahmen wir die Ermittlungen zu dem Toten in der Mangfall auf. An dem Tag, als wir ihn auf dem Gelände der früheren Landesgartenschau aus dem Fluss geborgen hatten, huschten dünne Wolken über einen schiefergrauen Himmel. Der Wind war heftiger geworden und strich messerscharf über die Ebene und das Wasser. Es drohte zu regnen. Chili und ich zogen die Schultern gegen die Kälte ein.

Rasch stellte sich heraus, dass der Mann stranguliert und erwürgt worden war.

»Seit vierundzwanzig Stunden ist er tot«, legte sich Dr. Katz, die Rechtsmedizinerin, fest, »höchstens dreißig.«

»Wie er wohl hieß?« Chili sah mich an.

Wir brauchten nicht lange, um seine Identität festzustellen. »Thomas Wurzrainer, dreiundvierzig, wohnhaft in der Kastenau.« Adele, unsere Perle im Präsidium, hatte wieder einmal ganze Arbeit geleistet.

Nur vorerst konnten wir mit der ermordeten Person nichts anfangen. Chili und ich gingen die üblichen Ermittlungsschritte durch. Durchsuchten die Wohnung, befragten Nachbarn und Bekannte, arbeiteten mit den Fingerabdrücken und der DNA des Opfers. Nichts. Die Spurensuche ergab zunächst lediglich, dass Fundort nicht gleich Tatort war. Doch Reifen- oder Schleifspuren, die beliebten Fingerzeige aus Kriminalfilmen oder -romanen, fehlten völlig oder hatten sich in nichts aufgelöst. Ich mutmaßte, die Leiche war auf eine der Brücken über die Mangfall transportiert und von dort in den Fluss geworfen worden.

Wir starteten bei null. Wie immer.

***

Ein Bussard kreiste träge am Himmel über dem Feld jenseits der Bushaltestelle. Mit seinen enormen Schwingen schwebte er im silbernen Grau und ließ verblüffend hohe, stakkatoartige Laute ertönen, die an das klagende Jammern eines Kleinkindes erinnerten.

Claus Claussen lauschte auf die Rufe des Vogels und das Wispern der Grashalme. Totenstille herrschte, nur unterbrochen vom spärlichen Straßenverkehr, der hauptsächlich von der Autobahn und einer nahen Großtankstelle stammte.

Um sieben Uhr fünfzehn, sagte der Fahrplan, sollte der Bus abfahren. Jetzt war es sieben Uhr elf. Niemand außer ihm wartete an der Haltestelle. Wenn es so bliebe, wäre der Bus wohl leer, dann könnte er mit Emma reden. Er brauchte jemanden zum Reden. So vieles hatte er sich vorgenommen, mit dem »Barkassen«-Projekt fühlte er sich überfordert. Sie musste ihm beistehen.

Für einen Sekundenbruchteil pausierte sein Gehirn. War es nur der Beistand allein, den er brauchte? Oder war es mehr, was ihn nonstop an Emma denken ließ? Hatte er sich gar verliebt? Wäre nicht das Schlechteste. Zumindest wäre da jemand an seiner Seite.

Ein schräges Grinsen legte sich über sein Gesicht. Jemand an seiner Seite, ob sie wollte oder nicht. Er hatte sie schließlich in der Hand. Er hatte den Zeugenaufruf der Polizei in der Zeitung sehr wohl bemerkt. Thomas Wurzrainer hieß der Tote aus der Mangfall. Mit an Sicherheit grenzender Wahrscheinlichkeit war er der Mann, den er als Leiche in Emmas Wagen entdeckt hatte, selbst wenn er ihn anhand des undeutlichen Fotos nicht eindeutig identifizieren konnte. Ja, er hatte sie in der Hand. Je mehr er in sich ging: Ja, er hatte sich verliebt. Und zwar so stark, dass er Angst hatte, eine enge Bindung einzugehen. Angst, sie im Liebesrausch zu erwürgen.

Claussen drehte sich um, machte ein paar Schritte zum nächsten Baum und trat mehrmals dagegen. Am liebsten hätte er sich auf den Boden geworfen und mit den Beinen gestrampelt. Stattdessen hielt er die Luft an, bis er beinahe erstickte.

Das Schicksal erlöste ihn in Form des Busses. Es war sieben Uhr sechzehn, als er hielt.

Emma Gerstl saß am Steuer und lächelte auf ihn herunter. Sie trug eine blaue Uniformhose mit heller Bluse und hatte eine Art Schirmmütze auf dem Kopf. Die hinteren zwei Reihen waren besetzt, vorn saß niemand.

»Sehen wir uns heute Abend?«, sprach er sie übergangslos an.

Sie zog einen Schmollmund und bewegte die Automatik nach vorn. Der Bus fuhr an. »Wie, heute Abend, wieso?«, sagte sie.

»Ich muss mit dir reden.« Er merkte selbst, dass dies nicht die geschickteste Art war, eine Verabredung zu treffen. »Ich hab ein Problem.«

Er erwartete eine Antwort in der Art wie »Wer hat das nicht?«. Doch ohne ihn anzusehen, sagte sie: »Du hast dich verliebt?«

Er fühlte sich hilflos. Antwortete aufs Geratewohl, seinem Herzen folgend: »Ja, das auch. Aber ich muss mit dir reden.«

»In wen hast du dich verliebt?«, fragte sie nach einer Pause, als sie an einer roten Ampel hielt.

Er spürte, wie er rot wurde. Wie ein Teenager. Nein, wie ein kleines Kind. Teenager werden heutzutage nicht mehr rot, sie haben schon zu viel gesehen und erlebt.

»Ich muss mir dir reden.« Er blieb bei seiner Linie.

Sie warf einen kurzen Blick über die Schulter. »Ich hab einen festen Freund«, sagte sie. »Das weißt du.«

Er packte die Gelegenheit beim Schopf. »Der Mann, der bei dir im Auto saß, als ihr die Leiche aus dem Parkhaus transportiert habt?«

Schweigend lenkte sie den Bus bis zur nächsten Haltestelle. Niemand stieg ein. »Und wo?«, fragte sie leise, als sie wieder anfuhren.

Aha, dachte er. »Am besten bei mir.«

Sie kicherte verhalten. »Das geht nicht.«

»Wann ist dein Dienst heute zu Ende?«

»Zwanzig Uhr. Kann auch einen Klacks später werden.«

»Dann um neun bei mir, okay?« Er schrieb seine Adresse auf einen Fahrplan und legte ihn neben sie auf das Armaturenbrett. »Um neun. Ich warte auf dich.« Er legte Betonung in diesen Satz. Er klang drohend.

Wenn man eine Ewigkeit auf jemanden warten muss, bekommt die Zeit einen merkwürdig dehnbaren Charakter. Claus Claussen bemerkte kaum, wie sie verfloss, während er in seiner Zweieinhalbzimmerwohnung auf Emma wartete. Er las die Fernsehzeitschrift zum x-ten Mal, löschte alte Nachrichten auf seinem Handy, rannte in kurzen Abständen zur Tür oder schaute aus dem Fenster, während er den kalt gewordenen Kaffee leer trank. Und selbstverständlich beobachtete er die ganze Zeit über die Zeiger der Uhr, die sich unendlich schleppend vorwärtsbewegten. Er fand, er war dabei, ein wenig den Boden unter den Füßen zu verlieren.

Ihr Kommen auf der Straße oder vor der Haustür zu bemerken, das versäumte er. Erst als es schellte, war er von einer Sekunde auf die andere hellwach.

»Hallo!« Sie trug lockere Zivilkleidung und hatte ihr Haar heruntergelassen. Runde schwarze Schatten umkreisten ihre Augen.

»Hallo, Emma. Die Pandabär-Augen stehen dir gut.« Sie begrüßten sich wie zwei Fremde. In seinem Hirn herrschte Leere. »Komm rein.«

»Also gut, was willst du?«, fragte sie.

Einen kurzen Augenblick war er unschlüssig. Willenlos. »Dich«, sagte er schließlich. »Ich hab sonst niemanden.«

»Du willst mich?« Ratloses Lachen, eher ein albernes Kichern. »Da musst du schon meinen Freund umbringen.«

»Alberto hat mir Räume für meine Krabbenstube gezeigt. Ich habe zugeschlagen. Darüber möchte ich mit dir reden.«

Wieder dieses Kichern. Sie fuhr sich mit der Hand durchs Haar. »Nikolaistraße 7, ich weiß. Aber worüber willst du mit mir reden? Ich bin Busfahrerin, keine Gastronomin.« Sie sah sich um. »Hast du irgendwo einen Stuhl? Ich bin müde nach dem Tag.«

Ein Stuhl war nicht aufzufinden, wohl aber zwei Sessel und eine Couch. Sie saßen sich gegenüber, er mit einem Weißbier, das er hier in Bayern lieb gewonnen hatte, sie mit einem Saft.

»Im Bus hab ich dich was gefragt«, sagte sie und sah ihn direkt an.

»Aha. Was denn?«

»Hörst du mir nicht zu? Du bist verliebt, und ich habe dich gefragt, in wen. Wer ist denn die Glückliche? Oder ist es ein Er?«

Sein Blick versenkte sich in ihren. »Soll ich ehrlich zu dir sein?«

Sie schwieg.

»In dich«, sagte er. »Ich hab das Gefühl, ich habe mich a bissl in dich verliebt.« Er sagte »a bissl«, um zu dokumentieren, dass er schon ein echter Bayer geworden war.

Sie sah ihn lange an. Dann stand sie auf, nahm sein Gesicht zwischen die Hände und küsste ihn auf die Stirn. Sie wartete seine Reaktion nicht ab, sondern küsste ihn auf die Augen, schließlich auf den Mund.

Er zog sie eng an sich, um ihren Kuss zu erwidern.

Sie wehrte ihn halbherzig ab, wischte sich übers Gesicht und drückte ihre Wange an seine. Sie tat das halb lachend, halb schluchzend.

Draußen ging der Tag zur Neige, ein paar verspätete Vögel sangen, aus der Ferne hörte man den österreichischen Railjet elegant vorüberbrausen.

»Du kannst ihn gar nicht umbringen.« Die Worte gingen in ihrem Wimmern beinahe unter, er konnte sie kaum verstehen. »Er ist weg.«

»Wer? Dein Freund?«

Sie nickte heftig. Sie rutschte von ihm weg.

Er sah seine Chancen steigen. »Warum ist er weg? Einfach so?«

Es dauerte nicht lange, da fanden sie sich in Claussens nagelneuem Einmannbett wieder. Wie ausgehungerte Steppenwölfe fielen sie übereinander her.

»Jippie!«, stieß Emma aus, als sie zum Höhepunkt kam.

Bald schlief sie ein.

Claussen lag nackt auf den Ellbogen gestützt im Bett und studierte die schlafende Frau. Sie war seine erste im neuen Bett. Zusammengerollt lag sie auf der Seite. Die geballten Fäuste hielt sie unter dem Kinn an die Brust gepresst, als klammerte sie sich an zwei Kuscheltierchen. Ein dickes Büschel dunkelblonder Haare klebte an ihrer Stirn. An der rechten Ohrmuschel konnte er eine kleine Erhebung erkennen. Dort hatte sie wahrscheinlich früher einmal ein Piercing gehabt, das jetzt zugewachsen war. In der Vertiefung über der Nasenwurzel hing eine ihrer langen Wimpern. Zu gern hätte er die Finger angefeuchtet und sie aufgetupft, doch er wollte sie nicht wecken. Er wollte sie weiter im Schlaf betrachten.

Die Decke war bis zu den Hüften hochgezogen. Er betrachtete ihren Bauchnabel und den hellen, leicht gewölbten Bauch und fragte sich, wie es nun weitergehen würde mit ihnen. Aber vielleicht fragte er sich auch nicht, er konnte sich später nicht mehr daran erinnern.

Dann wanderte der Blick nach oben und blieb, ohne dass er es beabsichtigt hätte, zielgerichtet an ihrem Hals hängen. Im selben Augenblick lief ihm der Schweiß übers Gesicht, seine Beine begannen zu zittern. Wie von selbst bewegten sich seine Hände auf ihren Hals zu, die Finger krallenartig von sich gestreckt, bereit, zuzugreifen.

Als hätte sie die Bedrohung gespürt oder im Schlaf erahnt, richtete Emma sich auf, schweigend, seufzend, mit geschlossenen Augen. Sie drehte sich zu ihm und strich ihm über Wange und Bauch.

Er merkte, wie seine Erektion zurückkam. Er drängte sie aufs Bett zurück und hielt sie fest. Mehr als fünf Minuten lang bewegten sie sich gleichmäßig ineinander. Bis zu einem bebenden gemeinsamen Schreien, das Claus Claussen lange nicht mehr erlebt hatte.

Jippiiie!

Mit einem runden Brett, auf dem zwei Hälften einer Laugenstange mit Butter und Käsescheiben lagen, kam sie ins Schlafzimmer zurück. Sie setzte sich mit dem Brett am ausgestreckten Arm und klopfte mit der flachen Hand auf die Stelle im Bett neben sich. »Hab ich gefunden«, erklärte sie mit hochgezogenen Brauen. Und nach einer kurzen Pause: »Du wolltest mit mir reden.«

Claussen schwieg, obwohl er lieber etwas gesagt hätte. Ihm war einfach nicht nach Reden zumute. Er zuckte mit den Schultern und schwieg weiter. Doch dann besann er sich und wechselte das Thema. »Warum ist er weg?«, fragte er Emma.

Sie hatte sich ihr Top übergestreift, als sie die Brotzeit holte. »Von wem sprichst du?«, fragte sie.

»Na, von deinem Freund. Er ist weg, hast du gesagt.«

Er spürte, dass sie ihn lange ansah, obwohl sein Blick zum Fenster gerichtet war. »Hast du ein schlechtes Gewissen?«, fragte sie unvermittelt.

»Nein. Warum sollte ich? Du hast doch freiwillig mitgemacht. Oder etwa nicht?« Er wartete ihr Nicken ab. »Also, was ist mit deinem Freund?«

»Das wird dich schockieren«, sagte sie.

»Dann ist's gut. Schock ist mein Lieblingszustand.« Dass der Kopf der jungen Frau, die er eigentlich gar nicht kannte, wie selbstverständlich in seinem Schoß lag, versetzte ihn in einen Zustand zunehmender Beschwingtheit, die er nicht gewohnt war. Seine Hand schlüpfte unter der Bettdecke auf ihren Bauch. Er konnte ein leises, munteres Pochen spüren und ihr Gurren hören. Er war froh, dass sie rechtzeitig aufgewacht war. »Erzähl!«

Sie holte tief Luft und blies sie hörbar wieder aus. »Meine Großeltern sind in den sechziger Jahren aus Italien eingewandert. Aus der Provinz Apulien nach Germering bei München. Meine Mutter war noch ein Kind. Sie hat einen Münchner geheiratet, und meine Eltern sind dann irgendwann hierher umgezogen. Sie eröffneten bald eine Eisdiele unter den Arkaden am Max-Josefs-Platz. Später hat uns Vater aus irgendeinem Grund verlassen, er kam nie mehr zurück. Mamma stand mit mir allein da. Mit Arbeit in der Spinnerei Kolbermoor hat sie uns über Wasser gehalten. Die Spinnerei gibt's nicht mehr. Wir wohnten damals schon in Rosenheim, in einem Mehrparteienhaus, Mamma fuhr mit dem Bus hin und her zur Arbeit, ich hab sie manchmal begleitet. Das Busfahren hat mir so gefallen, dass ich nach Schule und Lehre den Busführerschein gemacht habe. So kam ich an den Job, den ich heute mache.«

Claus Claussen merkte, dass Emma ihm nicht nur ihr Leben schildern wollte. »Interessant«, sagte er. »Und was geschah dann?«

Sie hüstelte, nahm den Kopf aus seinem nackten Schoß und setzte sich auf. »Und dann war da dieser Nachbar«, fuhr sie fort. »Der wohnte unter uns. Er hatte sich mit Mamma angefreundet, und Mamma dachte sich nichts dabei, wenn ich ihn besuchte. Ich auch nicht. Anfangs, da war ich so um die vierzehn, naiv und unschuldig. Denkst du, eine italienische Mutter redet mit dir über so was? Über Sexualität? Anfangs, ja, da hat er mich ein bisschen begrapscht, betastet. Er war einfach zärtlich, so hab ich's empfunden. Das fehlte mir in meinem Leben, deshalb hatte ich nichts dagegen. Anfangs. Irgendwann konnte er sich wohl nicht mehr bremsen und hat mich – na, vergewaltigt will ich nicht sagen, ich hab mich halt nicht groß gewehrt. Mei, ich war vierzehn, er war über dreißig, das war für mich ein Abenteuer. Ich hab das große Glück auf mich zukommen sehen. Anfangs.«

Sie schaute ihm in die Augen. Legte die Hand auf seine, die immer noch auf ihrem Bauch ruhte. »Alles klar?«

Er nahm ihre Hand und seine Hand weg und sprach leise: »Und warum erzählst du mir das jetzt? Was willst du damit sagen?«

Sie kicherte verhalten. »Weil ich das auch meinem Freund erzählt hab. Und weil du ja wohl gesehen hast, wie wir die Leiche aus dem Parkhaus gefahren haben. Ende der Weisheit.«

Claussen spürte ein Prickeln in seinem Magen. Er bekam

eine Gänsehaut. Da war er wieder, sein Koller, er stand kurz davor. Er bekam es mit der Angst zu tun. Angst vor sich selbst. Dass er die Beherrschung verlieren könnte. Ihr an die Gurgel gehen. Mit einem Ruck setzte er sich auf, kratzte sich am Kopf und erhob sich. Seine Nacktheit war ihm plötzlich peinlich. Er fischte sich seine Unterhose vom Boden und zog sie über.

»Willst du damit sagen, dass du diesen Nachbarn gefunden hast? Und dass ihr ihn umgebracht habt? War das die Leiche, die ich an diesem Tag bei euch gesehen hab?«

Claussen spielte den Coolen. Damit wollte er verbergen, wie aufgeregt er war. Emma hatte ihm soeben einen Mord gestanden! Wenn er zur Polizei ginge … Doch warum sollte er das tun? Er würde sich damit ins eigene Fleisch schneiden. Jetzt hatte er sie komplett in der Hand. Wenn sie ins Gefängnis kam, würde er nichts mehr von ihr haben. Und eine Sache musste er noch klären.

Doch bevor er sie fragen konnte, brachte sie selbst Licht ins Dunkel. »Ich habe versucht, ihn davon abzuhalten. Wir sind nur dem Auto gefolgt, in dem der andere saß …«

»Der frühere Nachbar?«

»Genau. Er fuhr ins Parkhaus … Den Rest kannst du dir ja selbst ausrechnen. Mein Freund hat ihn erwürgt. Am Abend haben wir beide ihn in die Mangfall befördert.«

Erwürgt. Claussen spürte wieder dieses Kribbeln. Es begann in den Oberschenkeln, setzte sich im Magen fort und reichte bis in die Fingerspitzen. Er vermutete zwar, dass er sich in Emma verliebt hatte. Nur – der Drang, ihr die Hände um den Hals zu legen, wuchs von Mal zu Mal, wenn er sie sah. Nur mental konnte er dieser dunklen Seite Herr werden.

»Seitdem kommt er abends nur mehr selten nach Hause«, kam noch ein Nachtrag von Emma. »Er hat wohl ein schlechtes Gewissen. Vielleicht ist er auch Zigaretten holen gegangen.« Nervöses Kichern.

Aha, dachte Claussen. Ihr Alter ist weg. Da lag diese halb nackte junge Frau in seinem Bett und warf ihm, während sie sprach, unzweideutige Blicke zu. Nimm mich doch, du Depp!

»Ich brauch jetzt ein Bier«, sagte er und zündete sich eine Zigarette an.

»Ich hol's dir«, sagte sie wie selbstverständlich. Wo sonst als im Kühlschrank würde das Bier sein.

Als sie mit einem gefüllten Henkelkrug zurückkam, war sie wieder nackt.

Claussen stand noch immer vor seinem Bett und schaute sie an. Dann schaute er an sich herunter. Seine Unterhose begann sich deutlich sichtbar auszubeulen. Er hatte so gut wie nichts am Körper, er war fast nackt, und neben ihm stand eine nackte junge Frau, und egal, wohin er schaute, der Inhalt seiner Unterhose ließ sich nicht beirren.

»Okay!«, sagte Emma mit zittriger Stimme. »Wenn du so ausgehungert bist, dann trinken wir das Bier hinterher.«

Er drückte die Zigarette wieder aus.

5

Einige wenige Gässchen gibt es in der Rosenheimer Altstadt, die gerade mal fünf Schritte breit sind und höchstens vier Steinwürfe lang. Sie befinden sich im Färberviertel und wollen gefunden werden. Fünf Gehminuten vom Färberviertel entfernt kommt man über den Ludwigs- und den Max-Josefs-Platz in die Nikolaistraße. Oder man begeht jeden x-beliebigen anderen Weg und kommt auch in die Nikolaistraße. Vorausgesetzt, man will in die »Rote Barkasse«.

Und vorausgesetzt, man blieb nicht an einem der zahlreichen Stände des Rosenheimer Christkindlmarkts hängen, der am vergangenen Wochenende eröffnet wurde. Das bedeutete, dass eine sehr eigenartige und typische Geruchswolke über der gesamten Innenstadt hing. Dominierend war der Duft nach Glühwein, Punsch und Jagatee, der sich mit Fetzen von Mandeln, Bratwurst und Bratäpfeln um die Übermacht stritt.

Ebenso dominant die Herrschaft der Geräusche. Die Musik vom Kinderriesenrad war so hinreißend wie die vom Karussell und der Eisenbahn und die Lautsprecheransage bei den »Sennerinnen« grad so schallend und geistreich wie jene aus der Losbude am Mittertor.

Vieles war wie in den Jahren zuvor auch. Hektisches Gedränge um einen der Standplätze in den vier Gassen am Max-Josefs-Platz, heuer hatte sogar ein Entenbrater vom Samerberg den Zuschlag für einen Wahnsinnsplatz erhalten, was einigen nicht behagte. Der glanzvolle Unterschied zu den Vorjahren: Es hatte geschneit. Es hatte viel geschneit. Zwei Tage lang, Tag und Nacht hatte es geschneit, der Markt war ein wahrhaft kitschiger Christkindl- und Weihnachtsmarkt, wie es ihn angeblich seit dem Krieg nicht mehr gegeben hatte. Und man hatte sich erfolgreich gegen den Vorschlag gewehrt, die Veranstaltung in »Wintermarkt« umzutaufen. Damit hätten die christlichen Begriffe vermieden werden sollen, weil sich sonst die neu zugezogenen muslimischen Mitbürger diffamiert fühlen könnten. Nein, der Stadtrat hatte Mut bewiesen und sich durchgesetzt.

Doch wir verlieren uns. Wir wollten zur »Roten Barkasse« in der Nikolaistraße. Claus Claussens Krabbenstube hatte sich seit ihrer Eröffnung zu einem Renner entwickelt. Nicht nur am Wochenende war »die Bude«, wie er's nannte, rammelvoll.

Die »Rote Barkasse« sah aus, als hätte es sie schon immer gegeben. Die Einrichtung bestand größtenteils aus gebrauchten Möbeln aus den fünfziger und sechziger Jahren. Allein die Bistrotische hatte Claussen auf einem Flohmarkt erworben, sie stammten angeblich vom Weinmarkt Lenoir in Paris. An den künstlich gealterten Wänden hingen Seemanns- und Fischerei-Utensilien wie Netze, Anker oder ausgestopfte Fische und ein koloriertes Meerespanorama. Den Mittelpunkt des Lokals bildete eine gläserne Verkaufstheke mit angeschlossenem Bartresen.

Claussen hielt sich meistens hinter diesem Tresen auf, wo er Zugang zu der kleinen Küche hatte, die er für sich »Kombüse« nannte. Dort bereitete er die exklusiven Speisen, die seine Karte hergab, zu. Sein Krabbenfrühstück mit Bratkartoffeln und Spiegelei war der Renner, da platzte der Laden schier aus allen Nähten. Es wurde zu jeder Tageszeit bestellt.

Wegen des großen Andrangs beschäftigte Claussen eine Teilzeitkraft. Er hatte nicht lange suchen müssen, bis er die junge Blonde mit dem sympathischen Akzent gefunden hatte. Sie hieß Veronika, doch er nannte sie Silke, das klang norddeutscher und passte besser zu den Krabben. Silke bediente im Verkauf an der Glastheke und servierte an den Tischen. Sie machte sich gut, fand Claussen, seine Augen folgten ihr mit merklichem Vergnügen.

»Fängt ja gut an, dein Geschäft«, lobte Alberto. In der ersten Zeit betrat er die »Barkasse« fast täglich. »Ich hätte meine Provision umsatzabhängig machen sollen.« Er lachte Claussen schräg an.

Claussen äußerte sich nicht.

Heute war die »Barkasse« voller Leute, die ihr Firmenweihnachtsessen ausklingen lassen wollten. Oder die nach Weihnachtseinkäufen hängen geblieben waren und noch ihre Tragetaschen dabeihatten. Oder solche, die den ganzen Rummel zu ignorieren und den Normalzustand vorzutäuschen versuchten. Es herrschte eine Mischung aus Torschlusspanik, Resignation, Vorfreude und Melancholie.

»Sag mal, was ist eigentlich mit dem Toten aus der Mangfall?«, fragte Alberto scheinheilig. »Hast du da eine Ahnung?«

Innerlich schüttelte sich Claussen, äußerlich zeigte er keine Regung. Hatte Emma ihren Onkel eingeweiht, oder fragte der ins Blaue hinein? »Den, den sie da rausgefischt haben?«, wich er aus. »Nein, hab ich nicht weiter verfolgt.«

»Aha«, sagte Alberto. Sein Blick blieb nachdenklich an Claussen hängen. »Ich meine nur. Emma hat da etwas angedeutet …«

Bummelt man in einer kalten Winternacht allein durch die Straßen, herrscht eine ganz besondere Stille. Als der letzte Gast gegangen war und Claussen abgeschlossen hatte, blieben noch zehn Minuten Zeit, um rechtzeitig den Bus zu erreichen. Während er über die Heilig-Geist-Straße zum Busbahnhof ging, lauschte er den wenigen Geräuschen, die in der kalten Nachtluft aufstiegen.

Noch immer wirkten die Straßen dieser Stadt ein wenig fremd auf ihn. Er betrachtete sie mit distanziertem Blick, bemerkte, wie niedlich alles aussah, wie unwirklich gestrig, wie gleichförmig. Nein, er war noch lange kein Rosenheimer, er bezweifelte, dass er je einer werden würde.

Der Bus wartete schon mit laufendem Motor. Es war der letzte für heute. Emmas Profil war durch die Scheibe sichtbar. Er musste mit ihr reden. Was hatte Alberto mit seiner Bemerkung gemeint? Was sollte Emma angedeutet haben?

»Hallo, Emma.«

»Hallo, alter Nachtschwärmer.«

Er schluckte und versuchte zu grinsen. Die Sitzbank hinter

dem Fahrersitz war frei. Nur fünf, sechs Leute waren außer ihm im Bus, sie saßen alle hinten, wo er normalerweise auch gesessen hätte.

Raubling, Fahrzeit sechzehn Minuten. Danach würde Emma den Bus weiter nach Kufstein führen. Er hatte keine Ahnung, wie sie von dort wieder zurück nach Rosenheim in ihre Wohnung käme.

»Hey, hörst du mich?« Er beugte sich vor, um den Sitz herum.

Sie neigte den Kopf zur Seite. »Was ist?«

»Wie kommst du von Kufstein heim?«

»Warum? Es ist spät, und ich hab wieder Frühschicht.«

»Wie kommst du heim?«

»Das hast du doch noch nie gefragt. Warum fragst du mich das jetzt? Was ist los?«

Frauen besitzen ein Gespür nicht nur für Schnee.

»Nur so«, sagte Claussen. »Ich habe nachgedacht.«

Er erwartete eine bissige Antwort. Doch Emma schwieg. Sie schien vollkommen mit dem Führen ihres Fahrzeugs beschäftigt zu sein.

»Ich muss dich etwas fragen«, hakte er nach. »Dringend.«

»Scheißkerl!«, zischte sie.

Claussen traute seinen Ohren nicht. Doch dann begriff er den Grund für ihren Ausbruch. Emma schützte ihre Augen mit der Hand. Ein entgegenkommendes Fahrzeug hatte nicht abgeblendet.

»Klingt dramatisch«, sagte sie nach einer Weile leise. »Ist es dieselbe Frage wie beim letzten Mal? Und bist du scharf auf das, was wir letztes Mal hinterher gemacht haben?«

Er schüttelte den Kopf. Als er realisierte, dass sie ihn nicht sehen konnte, verneinte er leise.

»Du kannst es mir nicht jetzt in zwei Minuten erklären?«

Er verkniff sich eine Antwort und wiederholte stattdessen seine Frage. »Wie kommst du von Kufstein weg?«

»Dort steht mein Auto, wie sonst?«

»Und wenn ich bis Kufstein mitkomme?«

Sie dachte kurz nach. »Raubling–Kufstein. Macht rund vier Euro.« Sie hielt ihm die geöffnete Hand hin.

»Abgemacht. Kriegst du gleich.« Er kramte in seinen Taschen nach Kleingeld. Okay, die Sache war geritzt. Er wertete Emmas Verhalten als Einverständnis. Nun musste er die Sache einfach so rasch wie möglich klären.

»Emma hat da etwas angedeutet …« Albertos Worte hatten sich unbarmherzig in seinen Hippocampus gebohrt.

»Und die hab ich aus Zürich mitgebracht«, sagte Emma und hielt Claussen die rechteckige Tafel in blauem Papier hin. »Da hab ich neulich einen Gelegenheitsjob gehabt. Eine Reisegruppe übers Wochenende nach Zürich.«

Claussen legte eine Hand unter Emmas Hand, brach von der Schokoladentafel die vorderste Rippe ab und steckte sie sich in den Mund. Im ersten Moment dachte er, er würde sich einen Zahn ausbeißen, er hatte seit Jahrhunderten keine Schokolade mehr gegessen. Doch dann knackte es, und ein süßer, kräftiger Geschmack überzog seinen Gaumen.

Emma musste das Leuchten in seinen Augen bemerkt haben. »Gell, schmeckt!«, rief sie aus. »Schokolade senkt den Blutdruck. Und man kriegt Pickel davon.«

Er stippte mit der Zeigefingerspitze gegen seine Zähne, um deren Festigkeit zu testen. Die Zähne bestanden den Test.

Zum zweiten Mal befanden sie sich gemeinsam in Claussens Raublinger Wohnung. Emma begann sich bereits wohlzufühlen. Die Umgebung war ihr so vertraut, als lebte sie schon lange darin.

Claussen kaute und schmatzte und schaute Emma neugierig und etwas irritiert dabei zu, wie sie einen Stuhl nahm, ihn zur anderen Seite des Tisches schleppte und dort Platz nahm, ihm gegenüber. »Also, was willst du?«, fragte sie fast ein bisschen aggressiv.

Claussen leckte sich die verschmierten Lippen. »Hast du Alberto von deinem toten Nachbarn erzählt? Und vor allem: Hast du ihm gesagt, dass ich euch dabei erwischt hab, wie ihr ihn aus dem Parkhaus transportiert habt?« Noch einmal wiederholte er mit Nachdruck: »Hast du ihm das gemeldet?« Sein Gesicht begann sich unschön zu verzerren. »Hast du?«

Natürlich hatte sie nicht. Doch es war ihr deutlich anzusehen, dass sie die Unwahrheit sagte. Röte hatte ihr Gesicht überzogen, ihre Augenlider flatterten, sie stotterte beim Leugnen.

Sein Gesicht näherte sich dem ihren, bis er ihren Atem spüren konnte. »Lüg nicht!«, zischte er. »Alberto hat es mir verraten. Du hast ihm die Geschichte erzählt, obwohl ich es dir verboten hatte.« Claussen hatte Mühe, sich unter Kontrolle zu halten. Eine verhängnisvolle Mischung aus seinem Koller und blinder Wut umschlang ihn. »Los, zieh dich aus!«

Sie erstarrte. Obwohl sie schon einmal mit ihm geschlafen hatte. Diesmal waren es vollkommen andere Umstände. »Ich will aber nicht«, flüsterte sie. »Ich will nach Hause.«

Claus Claussen fühlte sich an die Situation erinnert, die ihm die Jugendstrafe eingebracht hatte. Ella hieß die Hübsche, die er damals in seinem Heimatdorf unten am Norderbek nach dem Küssen gewürgt hatte. Er hatte weder Mitleid noch Reue empfunden. »Los, wir gehen jetzt ins Schlafzimmer, verdammt!«

Er umfasste ihren Po, während sie widerstrebend folgte und vor ihm herging. »Los! Zack, zack!«, herrschte er sie an, als sie vor dem Bett standen.

In aller Ruhe sah er zu, wie sie nach und nach ihre Kleider ablegte. Er empfand keine Spur von Mitleid, als sich ihre Augen mit Tränen füllten, im Gegenteil. Es trieb ihn an. Wenn er jetzt zur Polizei ginge und eine Aussage machte … Sie suchten schließlich noch immer nach dem Täter. Oder den Tätern. War Emma nur an der Beseitigung der Leiche beteiligt gewesen?

»Hast du eigentlich auch mitgemacht bei dem Mord? Hat dein Freund ihn allein erwürgt, oder hast du mitgeholfen? Du hast doch nicht nur danebengestanden und zugeschaut. Oder?«

Emma hatte sich flach auf sein Einmannbett gelegt. Nackt.

Sie strich sich übers Haar, sie kratzte sich am Kopf, sie ruckte mit der Schulter. Schließlich nickte sie schwach. »Genau. Danebengestanden. Und zugeschaut.« Sie wirkte, als habe sie den Film noch einmal vor Augen. »Ich war froh, als es vorbei war.«

»Wie heißt dein Freund eigentlich?«, kam es ihm plötzlich in den Sinn zu fragen.

Erschreckt schaute sie auf. »Warum? Willst du zur Polizei gehen?«

Claussen hatte sich ebenfalls ausgezogen und legte sich neben sie. »Beruhige dich«, sagte er leise. »Du sprichst immer nur von ›deinem Freund‹. Du kannst doch ruhig einmal seinen Namen ausplaudern. Ich hätt halt gern gewusst, ob er Egon heißt oder Hugo oder Franz oder was.«

»Gottlieb. Gottlieb heißt er. Blöder Name, deshalb vermeide ich ihn lieber. Ich sage Gotti zu ihm.«

Nun konnte sich Claussen in Ruhe mit ihr beschäftigen. In seinem Körper herrschte Aufruhr und in seinem Kopf ein Gedankengedröhne wie schon lange nicht mehr. Er dachte in Schlangenlinien wie ein Betrunkener, wobei am Ende immer nur eines rauskam: Bloß nicht würgen! Bloß nicht …!

Doch nach Sekunden, in denen er glaubte, das Bewusstsein verloren zu haben, fand er sich nackt auf der nackten Emma liegend, beide Hände um ihren Hals geschlungen, den Daumen auf dem Kehlkopf. Er drückte zu, ihr blieb die Luft weg, sie riss die Augen weit auf und verdrehte sie, bis die Pupillen im Kopf verschwanden, sie wollte schreien, konnte aber nicht, weil er noch immer zudrückte. Erst als ihr Gegendruck langsam schwächer wurde und ihre Haut schon blau oder grün oder lila anlief, kam Claussen schlagartig zu Bewusstsein, was er dabei war zu tun: Er war dabei, Emma zu erwürgen. In kürzester Zeit würde sie tot sein. Wenn er nicht unverzüglich zurückzog.

Er ließ los. Löste die Hände von ihrem Hals. Sie begann zu röcheln und um sich zu schlagen. Zuerst nur wenig, dann immer stärker. Sie rang nach Atem und schlug die Augen auf.

»Was ist passiert?«, kam es aus ihrem Mund. Der Mund war schief. »Fühlt sich an, als wäre ich fast erstickt. Aber das kann nicht sein. Oder?«

Claussen streifte sich Hose und Hemd wieder über. »Es ist mitten in der Nacht«, sagte er. »Ich bringe dich zum Auto.«

Wie in Trance folgte Emma ihm nach unten zum Auto. An das Geschehen schien sie sich zunächst nicht zu erinnern.

Als sie gefahren war, überfiel ihn eine große Müdigkeit, und er war froh, so davongekommen zu sein. So stark hatte er diesen irrsinnigen Koller noch nie gespürt. Es hatte nicht viel gefehlt, und er wäre zum Mörder geworden.

***

Thomas Wurzrainer, der Tote aus der Mangfall, hatte allein in einer Wohnung in der Kastenau gelebt. Er war dreiundvierzig Jahre alt und Lehrer an einer Grundschule im Rosenheimer Westen gewesen. Er war nicht vorbestraft, sein Rektor schilderte ihn als einen umgänglichen Kollegen, der gut mit den Kindern zurechtkam.

Weitere Details blieben uns zunächst verborgen, bis vier Tage nach dem Fund ein Anruf über ein geparktes Fahrzeug im P4 Mitte einging. Das Fahrzeug, ein älterer Hyundai, war aufgefallen, weil es seit Tagen schon am selben Fleck stand und nicht bewegt wurde.

Chili und ich kümmerten uns darum. Der Hyundai war auf Thomas Wurzrainer zugelassen. Der Lehrer war zum Einkaufen in die Stadt gefahren, hatte die eine oder andere Besorgung erledigen wollen oder hatte sich mit jemandem getroffen. Nahmen wir an.

Aus den Befragungen in der Stadt und weiteren Ermittlungen im Umfeld des Toten ergab sich nichts. Chili kam schließlich auf die Idee, dass sich möglicherweise im Parkhaus selbst etwas abgespielt haben könnte. Die Spusi suchte alles ab, jede Etage, jede Ecke, jeden Quadratzentimeter. Da es sich um keine Bluttat handelte, sondern der Tote erwürgt worden war, fanden sich keine eindeutigen Spuren. Auch Zeugen meldeten sich nicht, sodass wir vorläufig einer Lösung nicht näher kamen und vor allem das Motiv nach wie vor im Dunkeln blieb. Ein ungewöhnlicher Fall, der mit dem Wurzrainer.

***

Als Emma weggefahren und Claus Claussen in seine Wohnung zurückgekehrt war, fröstelte er. Nicht dass sein Blutdruck weggekippt wäre, ihm war einfach kalt. Durch das schräg gestellte Fenster drang der Lärm der Straße und gelegentlich das metallische Rauschen von Zügen auf der Strecke München–Innsbruck. Er trank noch ein angebrochenes Glas Bier leer und schluckte eine Aspirin, dann stellte er die Weckerfunktion seines Handys ein und fiel übergangslos in einen tiefen Schlaf.

Kurz vor acht sperrte er die »Barkasse« auf und lüftete. Obwohl er so gut wie immer noch reinigte, wenn die letzten Gäste gegangen waren, roch es am nächsten Tag in der Früh wie nach einer ausgelassenen Faschingsparty.

Heftiger Regen, begleitet von Sturm, erfrischte die Luft draußen wie drinnen. Richtig hell war es bisher nicht geworden. Der Himmel war von dramatischer Schwärze, massige Wolkenungetüme hasteten dicht über die Dächer von Rosenheim. Gestern noch hatte man am Christkindlmarkt perfektes Wetter erleben können, die Kinder hatten im Schnee gespielt. Heute schien das Ende aller Tage zu sein, man musste Angst haben, dass der stürmische Wind die Verkaufsstände am Max-Josefs-Platz wegfegte.

Nicht ohne Stolz sah Claussen sich um. In rekordverdächtig kurzer Zeit hatte er seine Idee von einer Krabbenstube mitten in dieser oberbayerischen Stadt verwirklicht. Und das Schönste war: Sie wurde angenommen, alles befand sich im grünen Bereich. Er hatte es ja unmöglich vorher korrekt einschätzen können.

Das Innere seines Lokals war nicht pittoresk, trotzdem,

wenn man wollte, konnte man sich hineinversetzen ins Leben eines Fischers, in das Ambiente der hohen See. Seine »Barkasse« hätte auch an der Nordseeküste stehen können. Claussen hätte also bester Laune sein können an diesem Tag. Doch wie ein dicker Knoten hatte sich etwas in seiner Brust herausgebildet. Er brauchte nicht lange zu überlegen, was es war. Die kurze Zeit mit Emma machte ihm zu schaffen. Vor allem der Ausgang. Wobei er froh war, rechtzeitig den Absprung geschafft zu haben. Augenblicke später wäre es eine Katastrophe gewesen.

Wieder einmal hatte ihn dieser idiotische Koller überfallen, den er schon seit seiner Jugend kannte. Steckte in ihm ein verkappter Mörder? Einer, der bei jedem Weiberhals ans Zudrücken denken musste? Beinahe kam es ihm so vor. Woher hatte er das? Werden Verbrecher und Mörder mit ihrer Veranlagung geboren oder vom Leben geformt? Steckt das Böse in ihren Genen?

Er hatte miterleben müssen, welch schreckliche Ehe seine Eltern geführt hatten. Von klein auf hatte er seinem Vater ähnlich gesehen, Mutter hatte ihn, ihren kleinen Sohn, deshalb ebenso gehasst wie seinen Vater. Sie hielt ihn für abgrundtief böse. Einmal hatte er seine Schwester Susanne beim Doktorspielen beinahe umgebracht. Susanne musste ins Krankenhaus gebracht werden und erholte sich nur langsam vom Schock und den Verletzungen. Er dachte mit Grauen daran, wie Mutter ihn daraufhin ausquartiert hatte.

Er hatte in einem fensterlosen Kellerraum zu schlafen, anfangs festgebunden an der Heizung, weil Mutter fürchtete, er könne Susanne wieder angreifen. Tagsüber Schule, nachts der Keller, tagelang. Mutter und Schwester gingen nach oben in ihre Zimmer und schliefen dort. Das machte ihn eifersüchtig, jagte ihm schreckliche Angst ein und schürte abgrundtiefen Hass gegen die beiden Frauen. Er fühlte sich selbst schmutzig und gefährlich und wusste nicht mehr, wie er sich verhalten sollte.

»Niemals wirst du ein anständiges Mädchen kennenlernen

oder heiraten«, lautete Mutters Botschaft, »sie sind alle viel zu gut für dich.«

Während er nun zur Weihnachtszeit um halb neun in der Früh in Rosenheim an seinem Tresen lehnte, erinnerte er sich, dass er in jenen Tagen den Entschluss gefasst hatte, Mutters Erwartungen zu entsprechen. Heute verfolgte ihn deshalb das Gefühl, in seinem Leben zu kurz gekommen zu sein, Emma hin oder her.

»Grüß Gott, haben Sie schon geöffnet?«

Wie aus einem Traum gerissen fuhr er herum.

Eine junge Frau stand im Eingang und strahlte ihn an. »Ich dachte nur, weil die Tür offen steht. Ich seh schon, Essen gibt's noch nicht. Aber kann ich einen Kaffee haben, einen Cappuccino vielleicht?«

Wie sind eine Krabbenstube, kein Kaffeehaus, dachte Claussen. Außerdem öffnen wir erst um neun, steht an der Tür. Doch er sagte: »Klar, sehr gern. In ein paar Minuten, ich muss die Maschine erst anschmeißen. Kommen Sie doch rein, ich mach die Tür zu, dann wird's a bissl warm.«

»Sehr nett von dir.« Die Frau lächelte ihn warmherzig an. Sie hatte eine Strickmütze auf dem Kopf, wie es aktuell Mode war, und trug einen Mantel mit Pelzbesatz am Kragen. Die Frau war sehr hübsch. »Gloria heiß ich.«

Claussen war verwirrt. War dies der direkte Angriff? Er fragte sich …

»Krabbenfrühstück, nicht?«, sagte sie. Sie hatte sich hinter einen der runden Bistrotische gequetscht und die Menütafel über Claussen ins Visier genommen. Den Mantel hatte sie ausgezogen und lässig über einen Stuhl geworfen. Die Mütze blieb.

»Ja, ab neun«, wagte er jetzt zu erklären. »Aus der Pfanne. Mit Ei oder ohne? Oder mit zwei?«

Draußen setzte der Sturm wieder ein, diesmal völlig unerwartet und gleich so heftig, als hätte ein Riese eine mächtige Düse geöffnet. Ein verloren gegangener Regenschirm prallte laut gegen die Glastür, Zeitungsseiten flogen über die Straße, eine Getränkedose klapperte hinterher. Aufgeregtes Schreien und Rufen war zu hören. Schwerer Regen schäumte weiter aus den Wolken und klatschte gegen Tür und Fenster.

Während Claussen in seiner Kombüse die Krabben in der Pfanne wendete, verfolgte er das Spiel der Finger dieser Frau. Sie drehte und berührte die Cappuccinotasse mit beiden Händen und rückte sie dann mit einer Hand zur Seite. Mit den Fingerkuppen schob sie die Cantuccini, die dem Kaffee beilagen, über die Tischplatte, sie bewegte sie langsam wie in Trance, verweilte bei einigen losgelösten Krumen, rollte sie mit der äußersten Spitze des Zeigefingers ein Stückchen. Sie machte eine kurze Pause, während der sie nicht aufblickte. Dann näherten sich die Finger wieder der Tasse, sie rückte sie mit der Linken zu sich hin, bis auch die Rechte sie wieder zu fassen bekam, dann strich sie mit dem Daumen langsam über die Rundung bis hinauf zur Öffnung. Ohne Unterbrechung und ohne aufzublicken war sie mit diesem kleinen Theaterstück beschäftigt.

Claussen hatte nicht die geringste Vorstellung, ob das wirklich nur ein Spiel war oder ob sie damit etwas bewirken wollte. Nicht die kleinste Vermutung hätte er äußern können.

»Hier. Dein Frühstück, Gloria. Guten Appetit.« Er überwand sich und deutete eine Verbeugung an. »Ich bin der Claus.«

Wieder lächelte sie ihn offenherzig an. »Und ein Bier, bitte.« Ihre Worte waren wie ein Hauch. »Ein Pils.«

Die »Barkasse« führte neben den lokalen Bieren auch Flensburger Pils. Er war stolz, die Brauerei zum Liefern bewegt zu haben. Er erfuhr, dass auch Gloria aus dem Norden stammte, obwohl sie gepflegtes Bayrisch sprach. »Und wo kriegt man schon mal echte Krabben hier in dieser Region? Scampi, Gambas, Garnelen bis hin zum Hummer, das gibt's hier alles, ja – aber unsere Nordseekrabben? Bisher absolutes Halteverbot. Danke, Claus.« Wie eine Vertraute zwinkerte sie ihm zu.

Von einer Sekunde auf die andere erschien sie sehr unruhig,

beinahe nervös. Sie sprach wie getrieben, sie schien es plötzlich eilig zu haben, sah mehrfach auf die Uhr. Bevor sie aufbrach, reichte sie ihm die Hand. Das Bier hatte sie in zwei Zügen geleert. Der Druck ihrer Hände war der eines Arbeiters im Steinbruch. Nicht schlecht, dachte er. Und das trotz der feinfühligen Finger im Spiel mit der Tasse.

Nachdenklich schaute er sie an. Wer sagt mir eigentlich, dass sie echt aus Norddeutschland ist? Und dass sie tatsächlich Gloria heißt?

Veronika, die er Silke nannte, betrat pünktlich um sieben nach neun das Lokal. Sie war blass und sah übernächtigt aus.

Claussen hielt ihr demonstrativ seine Armbanduhr vor die Nase.

»Ja, ja, ich weiß«, sagte sie wenig reumütig. »Der Meridianzug hatte wieder einmal Verspätung.«

»Aha. Und dein Handy hat nicht funktioniert? Du hättest mich verständigen können.«

Kein Kommentar. Sie bewegte sich hinter ihren Verkaufstresen. Kurz darauf trat sie wieder vor. »Ich geh mal Semmeln holen.«

»He, was ist los mit dir? Du hast sie doch sonst immer mitgebracht? Warum heute nicht? Auch wegen dem Meridian?«

Sie nickte. »Wegen dem Meridian, genau.«

»Du brichst mir das Herz. Los, geh! Wir brauchen die Semmeln.«

Der Umgang mit Mitarbeitern war Claus Claussens Stärke nicht. Er kannte das nicht und fühlte sich hilflos seinen Emotionen ausgeliefert.

»Feuern!«, bellte das eine Männchen in seinem Kopf. »Du musst sie feuern!«

»Und dann?«, gab das andere Männchen zurück. »Und dann?«

»Was ist? Gibt's Probleme?« Alberto schwang seine Stirnglatze und die dicke Hornbrille durch die Tür. Sein Gesicht war von der Kälte gerötet. »Ich rieche so was. Bin ich da nicht eben deiner Silke begegnet? Sie sieht aus wie eine Leiche. Ist das wegen dir?«

Ganz gegen seine Überzeugung erklärte Claussen ihm die Situation. Als er Silke eingestellt hatte, sei sie zuverlässig, pünktlich und motiviert gewesen. Das habe bereits nachgelassen. »Erheblich nachgelassen.«

»Und wenn du sie gegen Emma austauschst?« Mehr sagte Alberto nicht. Es war nicht zu erkennen, ob er den Vorschlag spontan oder vorsätzlich machte oder ob er ihn überhaupt ernst meinte.

Emma! Es verging kaum eine Stunde, in der Claussen nicht an sie dachte. Er hatte sie von einer Minute auf die andere fallen lassen, als ob sie eine ansteckende Krankheit hätte. Sie hatte, nachdem sie seine Wohnung verlassen hatte, aus ihrem Auto versucht, ihn anzurufen, doch er hatte nicht reagiert. Freilich hatte er nicht daran gedacht, seine Entscheidung, ihre kurze Affäre zu beenden, rückgängig zu machen. Zu sehr hatten ihn seine beiden Hände um ihren Hals, die beiden Daumen über ihrem Kehlkopf geschockt. Es waren seine Hände, seine Gliedmaßen gewesen!

»Emma?«, antwortete er vorsichtig. »Sie fährt doch den Linienbus.« Er konnte sich nicht sicher sein, ob sie ihren Onkel nicht eingeweiht hatte. Ob sie ihm nicht den Vorfall schon brühwarm geschildert hatte. Das Würgen.

Die Tür ging auf, Silke kam herein, am Arm den gefüllten Korb mit frischen Brötchen. »Ich fang gleich mit der Arbeit an«, sagte sie treuherzig und verschwand hinter ihrer Theke.

Wenig später war die »Barkasse« voller Leute. Claussen hatte alle Hände voll zu tun, um mit den Zubereitungen nachzukommen. Alberto war wieder verschwunden und mit ihm sein Vorschlag wegen Emma. Erst gegen Mittag, als das Geschäft etwas ruhiger wurde, stieg die Idee wieder in Claussens Kopf empor.

Für eine Sekunde betrachtete er Silke nachdenklich. Sie hatte bei dem morgendlichen Druck brav mitgehalten, auch jetzt war sie guter Laune, bereitete ihre Theke für den Nachmittag vor und hielt sie sauber. Zum ersten Mal fiel ihm auf, wie gut sie gebaut war, alles war bei ihr am richtigen Fleck. Seltsam, musste er denken, dass mir das nicht schon früher aufgefallen ist, sie ist schließlich schon ein paar Tage bei mir.

Er wollte sie etwas in dieser Richtung fragen, da wandte sie den Kopf und sah zu ihm her. Ihr Gesicht war schmal und noch immer blass. Sie stand etwa zwei Meter von ihm entfernt und hatte sich zu ihm hinbewegt. Ein Lichtspot, der die Glasplatte mit den Fischbrötchen beleuchten sollte, streifte ihren Hals und ließ den blonden Flaum, der von ihrem Nacken bis zum Ansatz der kurz geschorenen Haare reichte, golden aufleuchten. Der kleine Mund war leicht geöffnet, als ob sie gleich etwas fragen wollte.

»Hast du eigentlich einen Freund?«, kam er ihr zuvor. Kaum hatten die Worte seinen Mund verlassen, erschrak er über sich selbst. Nach außen tat er unbefangen, als ob es das Normalste von der Welt wäre, so eine Frage zu stellen.

»Krieg ich eine Gehaltserhöhung?«, fragte sie ungerührt zurück. Sie sagte das sehr ruhig, in einer etwas dunkleren Stimmlage als sonst.

Er starrte sie ungläubig an und hatte wahrscheinlich Glück, dass ein Gast eine Fischsuppe verlangte. Die Fischsuppe wurde in tiefen weißen Tellern serviert, auf deren Grund eine Scheibe geröstetes Weißbrot mit dickem Belag ruhte.

»Da haben Sie das halbe Meer drin«, sagte Silke zu dem Gast.

»Wieso? Was ist da drin?«

»Der Sud ist hochkonzentriert«, antwortete sie fachmännisch. »Wir kochen ihn hier tagelang. Wir stellen einen Fond her aus Gemüse, Zwiebeln, ein paar Knoblauchzehen und viel Weißwein, keinem schlechten oder billigen Weißwein. Dann fügen wir immer wieder Fischstücke hinzu, Stücke vom Steinbeißer, vom Rotbarsch, jedenfalls ausschließlich Meeresfische, keinen Zander und keinen Waller.«

Claussen bekam große Augen. Er war selbst ausgiebig beschäftigt, doch mit einem Ohr verfolgte er aufmerksam dieses Kundengespräch. Und wunderte sich.

»Wir tun noch Muscheln hinein«, fuhr Silke fort, »dicke, fette Gambas, ein paar Tintenfische, das alles kochen wir mit, auf kleiner Flamme, es dickt alles zusammen ein und wird, wie Sie sehen, tiefrot. Die starke Farbintensität entsteht durch den Safran.«

Sollte er sie nicht stoppen? Sie plauderte sozusagen Firmengeheimnisse aus. Andererseits hörte er sie gern sprechen mit ihrer niedrigfrequenten Stimme, die immer etwas geheimnisvoll klang. Und andererseits: Was schadete es, wenn ein Kunde erfuhr, mit welcher Leidenschaft hier gekocht wurde? Zumal sie nicht wenig übertrieb. Er hielt sich zurück.

»Nach einer Weile nehmen wir das Gekochte heraus und lassen die Suppe dann weiter stehen, bis wieder etwas darin gekocht wird. Jetzt, in Ihrem Teller, ist sie, schauen Sie, beinahe wie Öl, das Beste, was Sie hier essen können.« Mit einem Seitenblick beendete Silke ihre Performance. »Mehr sag ich nicht. Ich bin mir nicht sicher, ob mein Chef es mag, wenn ich das ausplaudere.«

Silke musste bleiben. Er hatte ja keine Ahnung gehabt, mit welcher Verve sie bei der Sache war, Betriebsgeheimnis hin oder her. Emma würde sich das alles erst mühevoll aneignen müssen. Ja, das Gewächs Silke sollte fortbestehen.

»Nein«, sagte Silke. Der Gast hatte seinen Teller in zwei Hände genommen und sich entfernt.

»Was, nein?«, fragte Claussen überrascht.

»Ob ich einen Freund habe, haben Sie mich gefragt.«

»Ah ja. Gut zu wissen. Also gibt es keinen Freund.«

»Warum fragen Sie?«

»Ich bin hier auch gleichzeitig der Personalchef. Und der muss solche Fragen stellen.«

»Aha.« Silke schien überfordert.

»Noch nicht«, sagte Claussen.

Sie musste überlegen. »Was noch nicht?«

»Ob du eine Gehaltserhöhung kriegst.«

6

Sie erinnern sich: Ich habe Claus Claussen in seiner Gefängniszelle besucht, wo er praktisch sein ganzes zukünftiges Leben verbringen würde. Die komplette Geschichte, die Sie hier lesen, stammt von ihm, er hat sie mir nach und nach in zahlreichen Sitzungen erzählt. Wenn er mindestens vier, fünf Zigaretten gierig geraucht hatte, wurde er locker und sprach sich den Frust von der Seele. Er schilderte die Hintergründe seiner Tat.

Eines Tages, bevor er damit begann, wollte er von mir eine Geschichte hören, eine aus meiner beruflichen Tätigkeit, das interessierte ihn. Vorher, so drohte er, würde er keine einzige Silbe mehr von sich geben.

Ich erzählte ihm also zum Beispiel diese Geschichte von dem Entführungsfall. Er hatte mit dem Diebstahl einer Lastwagenladung sehr guten Weins im Wert von über achtzigtausend D-Mark auf einer Autobahn zu tun. Der Aufseher des Weinlagers hatte uns den Tipp gegeben, wo das Geld gegen den gestohlenen Wein getauscht werden sollte.

Ich war damals frisch ins Bundeskriminalamt versetzt worden, und wir arbeiteten in einer Gemeinschaftsaktion mit der örtlichen Polizei zusammen. Beide Organisationen hatten fatalerweise unabhängig voneinander geplant. Nur die oberen Stellen hatten sich abgesprochen, und was immer sie beschlossen haben mochten, war nicht bis hinunter zu uns Männern auf der Straße gedrungen. Als es so weit war, zuschnappen und die Verhaftung vornehmen zu können, wusste keiner so richtig, was die andere Gruppe vorhatte oder wo sie sich aufhielt.

Es war Nacht, wir befanden uns am Stadtrand, in der Nähe von Bahngleisen. Neben mir saß ein Kollege. Wir hörten Züge rattern und warteten im Fahrzeug. Die Meldung kam über Funk: »Zugriff! Schnappt sie!« Wir rasten los, kamen mit quietschenden Reifen zum Stehen, umzingelten einen Sattelschlepper. Der Fahrer riss die Tür auf, sprang hinaus und fing zu rennen an. Gemeinsam mit einem anderen Beamten aus einem anderen Wagen sprang ich ebenfalls aus dem Fahrzeug, zog meine Waffe und rannte dem Flüchtenden hinterher.

Es war stockfinster, wir waren in dunkles Zivil gekleidet, und ich werde nie das Weiße in den Augen des uniformierten Polizisten vergessen, der seine Dienstwaffe im Anschlag direkt auf mich gerichtet hatte und schrie: »Halt, Polizei! Bleiben Sie stehen! Lassen Sie die Waffe fallen!« Er gab einen Warnschuss ab, wir waren keine fünf Meter auseinander. Ich war mir vollkommen darüber im Klaren, dass dieser Mann gleich auf mich schießen würde. Ich blieb deshalb wirklich stehen, weil mir bewusst war, dass bei einer falschen Reaktion alles vorbei sein würde.

Ich wollte schon meine Waffe fallen lassen und die Hände heben, als ich hörte, wie jemand aus dem Hintergrund brüllte: »Lass den Blödsinn! Der Mann ist vom BKA! Er ist BKA-Agent!«

Sofort ließ der Uniformierte die Waffe sinken. Instinktiv rannte ich wieder dem Fahrer des Sattelschleppers hinterher, während mir das Adrenalin in den Kopf stieg und ich versuchte, die verlorene Zeit wieder aufzuholen. Der Kollege aus dem anderen Wagen kam gleichzeitig mit mir an. Wir warfen den Mann zu Boden und fesselten ihn ruppiger als nötig, so aufgepeitscht und geladen waren wir.

Diese starren zwei Sekunden, in denen ich dachte, ich würde gleich niedergeschossen und sterben, waren zu diesem Zeitpunkt das schockierendste Erlebnis meiner jungen Laufbahn. Diese Todesnähe gehört zu den erschreckendsten Erfahrungen, die ich je gemacht habe. Der Schreck sitzt mir noch heute in den Gliedern, wenn ich daran denke. Seither empfinde ich oft noch meine damalige Angst nach, wenn ich versuche, mich an die Stelle von Mord- und Vergewaltigungsopfern zu versetzen und mir vorzustellen, was sie im Augenblick der Tat gedacht, gefühlt und durchgemacht haben müssen. Das hat mir geholfen, Fälle aus der Sicht des Opfers zu betrachten. So wie ich durch die Gespräche mit Claussen versuchte, seine Gedanken zu erforschen, die ihn dazu brachten, jemanden zu töten. Ich begann immer wieder von Neuem zu überlegen, was sein Handeln über ihn als Person aussagte. Und in gewisser Weise denke ich, selbst nachdem der Austausch abgeschlossen ist, immer wieder darüber nach.

***

Am freien Sonntagnachmittag, seinem ersten, beschloss Claus Claussen, seine Raublinger Wohnung zu verlassen und einen Spaziergang durch Rosenheim zu machen. Dieses Raubling wird nicht mein Wohnort für immer sein, sagte er sich, als er den Zug bestieg, der sich Meridian nannte und Tirol mit Rosenheim, Salzburg und München verband.

Er setzte sich gegen die Fahrtrichtung und sah auf die verschneite Landschaft mit hoch aufragenden Bergen im Westen und Süden, über die sich helle Sonnenflecken gelegt hatten. Dunkle Wolkengebilde waren darüber nach allen Seiten zerstreut, das Blau des Himmels setzte sich langsam wieder durch.

Der Rosenheimer Bahnhof war menschenleer, die Buchhandlung, die Bäckerei und die Apotheke hatten geöffnet. Auch dort drängten sich keine Menschen, nur auf den zwei, drei Bänken in der Halle saßen ein paar Wartende, die Claussen und die wenigen anderen Ankömmlinge mit den Augen gelangweilt verfolgten. Er war froh, einen Mantel angezogen zu haben, denn draußen auf dem Vorplatz wehte ein scharfer, kalter Wind. Ein Mischlingshund hatte sich bei Rot über die Straße gekämpft und rieb nun sein Fell am Pfosten der Ampel, neben der Claussen wartete. Das Tier war offenkundig herrenlos. Es schaute mit flehenden Augen zu Claussen auf, doch als er den Hund streicheln wollte, rannte der weg.

In Claussens Kopf herrschte ein Zwiespalt – Emma und Silke stritten um die Vorherrschaft –, während er die Bahnhofstraße hinunterschlenderte und auf den Salinplatz einbog. Der

Platz war Fußgängern vorbehalten und von Häusern umringt, die meisten mit Geschäften oder kleinen Restaurants im Erdgeschoss. Er streifte durch den Salingarten mit seinen hohen Bäumen, ließ Albertos Kiosk links liegen und kam schließlich zum Max-Josefs-Platz. Der Christkindlmarkt war offen, es gab viel zu sehen. Silkes und Emmas Stimmen entfernten sich allmählich aus seinem Kopf.

Claussen knöpfte den Mantel auf, zwischen den Marktständen war es warm. Er hatte Durst bekommen und auch etwas Hunger. Es bereitete ihm Vergnügen, über den Markt zu bummeln, hier einen Happen Südtiroler Salami und dort einen Teller Suppe zu essen oder gierig eine Bratwurst in der Semmel mit viel Senf hinunterzuschlingen. Die Genüsse verführten, man bekam Lust, sofort zuzugreifen. Überall bewegten sich Menschen, die kauten und aßen und gleichzeitig eine Schachtel Christbaumkugeln, eine Bratpfanne oder ein paar handgeschnitzte Krippenfiguren einkauften.

Am Ende stand er an einem der zahlreichen Glühweinstände, die Linke in der Manteltasche, in der Rechten das Henkelglas, das er genießerisch langsam austrank, um sich dann ein neues zu bestellen. In den Pausen zum übernächsten Henkelglas blickte er fast ununterbrochen auf einen bestimmten Punkt am Boden, als malte er sich etwas aus oder als dächte er über etwas nach. Vor dem vierten Henkelglas versuchte er, sich nicht anmerken zu lassen, dass er schon ziemlich abgefüllt war.

»Hallo, Claus, lädst du mich zu einem Glas ein?«

Claussen hielt still. Er war völlig überrascht, dass ihn hier jemand kannte und ansprach. Mit leicht geöffnetem Mund und steifem Hals drehte er sich um. Die Frau, die vor ihm stand, fand sofort sein ungeteiltes Interesse. Er ließ es zu, dass sie die Fingerkuppen über seine Hand, die das Glas hielt, gleiten ließ. Es hatte etwas Beruhigendes, aber auch Kindliches, einen Augenblick dachte er, sie wolle ihn trösten. Aber weswegen sollte sie ihm Trost spenden wollen?

Er schwankte leicht. Ein verlegenes Lachen – das erste Lachen an diesem Tag – breitete sich auf seinem Gesicht aus.

Nicht, weil er wegen seines Zustands verschämt oder peinlich berührt gewesen wäre. Nein, sondern weil er sich hundertprozentig sicher war, dass er diese Frau kannte, ja, sogar kennen musste, ihr Gesicht aber nicht einzuordnen wusste. Wo hatte er sie getroffen und in welcher Umgebung? Wieso kannte sie seinen Namen und duzte ihn? Er beugte sich etwas näher zu ihr vor, räusperte sich und tat wissend.

»Du kennst mich, gell?«, sagte sie lächelnd in sanftem Tonfall. »Und weißt nicht, wo du mich hinstecken sollst.«

Eine blaue Strickmütze hing ihr tief in die Stirn, sodass ihr symmetrisch-ovales Gesicht auch ohne Frisur gut zur Geltung kam. Blaue Augen, kleine, gerade Nase.

Und ein Mund zum Küssen, dachte Claussen. Um den er einen Anflug von spöttischem Lächeln zu erkennen glaubte. Ihre offensichtliche Aufdringlichkeit störte ihn keinesfalls, er wollte unter all den Menschen nicht in Ruhe gelassen werden. In seinem Kopf brodelte es. Er kam nicht drauf.

»Na, hat's noch nicht geschnackelt? Aber das ist jetzt unwichtig. Hauptsache, ich krieg einen Glühwein.«

Hast du kein eigenes Geld?, dachte Claussen spontan. Doch er unterließ es, sie zu fragen, er wollte die Atmosphäre nicht trüben.

Wenige Sekunden später hielt auch sie ein Henkelglas in der Hand. Sie zuckte zurück, als sie es mit beiden Händen umfasste. »Tsss, ist das heiß.«

Er hatte sein fünftes und war daran gewöhnt. Mit dem Glas in der Hand gingen sie beide ein paar Schritte weg von der Menge der anderen Glühweingäste. Der zerstampfte Schnee unter ihnen knirschte.

»Prost, Claus!«

In diesem Augenblick schoss wie ein Blitz die Erinnerung wieder hervor. Freilich, die Frau aus der »Barkasse«, die ihn bei ihrem ersten Treffen schon so bedrängt hatte, dass er sich wunderte. »Prost, Gloria!«, rief er mit einigem Stolz aus.

Sie brach in fröhliches Lachen aus. »Na endlich!«, rief sie aus.

Beide nahmen einen tiefen Schluck. Sie unterhielten sich über dies und das, was sie Weihnachten vorhatten, wo sie herkamen, dass sie noch zwei Geschwister hatte, die in Norddeutschland lebten. Das kurze Gespräch beseitigte Claussens Zweifel, dass sie Gloria hieß und aus Norddeutschland stammte. Sie krönten das Gespräch mit einem zweiten Schluck. Glorias Henkelglas war danach leer.

»Komm, gehen wir noch ein bisschen spazieren. Hättest du Lust? Ich zeig dir Rosenheim, wie du es bestimmt noch nicht kennst.« Sie nahm ihn bei der Hand und zog los.

Sie behielt recht. Schließlich hatte ihm bisher die Zeit gefehlt, einen eigenen oder geführten Rundgang zu machen. Schmale Gassen zogen sich wie lange Schläuche durch den halbdunklen Körper eines Stadtviertels, das Gloria als Färberviertel bezeichnete. Einige der geduckten Häuser waren nur zur Hälfte bewohnt und zeigten schon Spuren eines gewissen Verfalls. Die Farben ihrer Fassaden waren längst verblasst und in ein undefinierbares Ockergelbrot übergegangen. Kein Fußgänger bewegte sich in den Gassen, nur ein einzelner Radfahrer und zwei Katzen kreuzten ihren Weg.

»Und hier wohne ich«, sagte Gloria auf einmal. Sie blieb stehen und entzog ihm ihre Hand. Das Haus lag an einem Bach und sah von außen vollkommen erhalten und so taufrisch aus, als wäre es erst vor Kurzem vollständig renoviert worden.

Glorias Einrichtung war zusammengewürfelt aus Hotel- oder Geschäftsmobiliar und Möbeln, denen man ansah, dass sie schon ein besseres Leben gekannt haben mussten. Und alles war von so unterschiedlichem Stil, dass Gloria es entweder auf abenteuerlichen Flohmärkten erworben hatte, oder die Möbel hatten ihre Herrin ein bewegtes Leben lang begleitet. Alles stand eng an eng. Da waren eine goldfarbene, mit Messingbeschlägen verzierte, antik wirkende Kommode, ein mit kreisförmigen Verzierungen bemaltes Couchtischchen, eine verschlissene Ledercouch, auf der schon Wikinger gesessen haben mussten, und ein chinesischer Paravent aus brüchigem

Seidenstoff. Das Bett war ein überbreites Stoffbett mit auffälligem Blumenmuster, davor ein echtes Tigerfell wie in »Dinner for One«.

Auf sämtlichen Ablageflächen stand Kitsch und Krempel aus aller Welt, und an den Wänden hingen Fotos, welche die Bewohnerin dieser Zimmer als Mädchen, als junge und als reife Frau zeigten. Auf Reisen, bei Festen und mit wechselnden Begleitern. Früher war Gloria noch attraktiver gewesen als heute, fand Claussen. Es roch seltsam, wie in einem längst verlassenen, unbewohnten Haus. Im Badezimmer entdeckte er Rasierzeug und eine zweite Zahnbürste.

»Lebt hier noch jemand?«, fragte er sie.

Keine Spur von Unbehagen. »Das? Ach, das steht nur für alle Fälle da rum. Du kannst es ja benutzen, wenn du magst. Fühl dich ganz wie zu Hause.«

Ein Sturm hatte eingesetzt, als Gloria ihn durch die engen Gassen zu ihrem Haus geführt hatte. Der Wind hatte völlig unerwartet begonnen, und dann gleich so heftig, dass es einem angst und bange werden konnte. Als die ersten dicken Regentropfen fielen, hatte Claussen den Widerstand, Gloria in die Wohnung zu folgen, fallen lassen. Gerade rechtzeitig fiel die Haustür hinter ihnen zu, bevor draußen die Hölle losbrach und es wie verrückt zu schütten begann.

Bis zum Morgen blieb er nicht. Am nächsten Morgen, dem Montag, um sieben Uhr wollte er die »Barkasse« für die Woche fit machen, und er musste den letzten Zug um dreiundzwanzig Uhr fünfunddreißig erwischen. Vorher war es noch ein zwanzigminütiger Fußweg bis zum Bahnhof. Ein Taxi von Rosenheim nach Raubling wollte er sich nicht leisten.

Glorias Pupillen waren groß und hell, sie schaute ihn bei jeder sich bietenden Gelegenheit intensiv an. Bevor es dazu kam, dass sie übereinander herfielen, saßen sie sich einander eine Viertelstunde lang stumm gegenüber. Er hatte erwartet, dass sie etwas aus ihrem Leben erzählte oder ihn nach dem seinen fragte. Und er hätte gern gewusst, ob sie die vielen

Reisefotos an den Wänden selbst geschossen und die exotischen Möbel eigenhändig von überallher zusammengetragen hatte. Doch nichts dergleichen, sie schwiegen sich interessiert an und sagten nichts. Sie bot ihm auch nichts an.

Die Außenwelt machte das Ganze komplett und schwieg mit ihnen. Obwohl Gloria das Fenster gekippt hatte, war von draußen so gut wie nichts zu hören. Kein Autolärm, kein Rattern von Zügen, keine Rufe auf der Straße so wie bei ihm daheim in Raubling. Auch das Wetter hatte sich beruhigt. Es war absolut ruhig in diesem Viertel. Friedhofsruhe. Ein bisschen unheimlich für einen, der das nicht gewöhnt war.

Die Sache mit Emma war einmalig und flüchtig gewesen. Davor hatte er viele Wochen mit keiner Frau mehr geschlafen. Als er Gloria auszog, befeuerte ihn ihre Figur. Sie bot genau die richtige Menge Fleisch, ohne zu üppig zu sein. Leicht gewölbter Bauch und ein Hintern, dessen Größe ihn überraschte.

Als er später aus dem Badezimmer zurückkehrte, klopfte Gloria mit der flachen Hand auf die Sitzfläche der hellen Stoffcouch neben sich. Er setzte sich dazu, sie sah ihm in die Augen.

»Was war das?«, fragte sie. »Du hättest mich fast erwürgt.« Wie zum Beweis griff sie sich an den Hals.

Er sah die roten Druckstellen, die sich in wenigen Stunden verfärben würden.

»Leidenschaft?«, fragte sie zweifelnd.

Er nickte eifrig. »Leidenschaft!«, bestätigte er. Dann schwieg er, obwohl er lieber etwas gesagt hätte. Die Kühle des Holzparketts unter seinen nackten Füßen empfand er wie eine Erfrischung. »Ja, Leidenschaft«, bestätigte er und senkte noch einmal den Kopf. Eine Hand legte er auf Glorias nackten Bauch. Er fühlte sich heiß an.

»Woran denkst du?«, fragte sie. »Du siehst aus, als hättest du ein schlechtes Gewissen.«

»Ich habe kein schlechtes Gewissen.« Dass Gloria diesen Begriff verwendete, fand Claussen rührend. Wie aus einer früheren Zeit. Offenbar spürten die jungen Leute heutzutage kein Gewissen mehr. Ja, er hatte ihr gegenüber ein Schuldgefühl. »Du hättest mich fast erwürgt.« Ein reines Gewissen war das nicht.

»Geh, stimmt doch nicht. Ich seh's dir doch an. Bist du verheiratet? Hast du eine feste Freundin?«

Er konnte den Blick nicht mehr von ihrem Hals wenden. Seine Hand wanderte von ihrem Bauchnabel über die Brust genau dorthin. Unwillkürlich scannte er den Raum. Ob da jemand war. Ein späterer Zeuge. Falls er nicht widerstehen konnte.

»Wieso nicht?«

»Was meinst du?«, fragte er abwesend.

»Wieso du nicht gebunden bist. In deinem Alter.«

Claussen schwieg. Seine Augen suchten ihren Hals, sie konnten sich nicht mehr davon lösen. Er bemerkte Glorias Blick.

»Du siehst geschockt aus«, sagte sie. »Warum?«

Eine halbe Sekunde lang überlegte er, ob er die zweite Hand zur ersten legen sollte. Dass er kurz davor war, die junge Frau, die er gerade erst kennengelernt hatte, umzubringen, schockierte ihn in der Tat.

»Ich bin nicht schockiert«, gab er zur Antwort. »Warum sollte ich?«

Er spürte ein Pochen in dem Arm, der die Hand hielt, die an ihrem Hals lag.

Dann kam er über ihn.

Sein Koller.

Mit einem Ruck sprang er auf, bevor er sich nicht mehr beherrschen konnte. Er musste diesen Spuk loswerden.

»Ich brauch jetzt ein Bier, und dann muss ich fahren. Hast du ein Bier?«

Um kurz vor zehn betrat eine Frau die »Barkasse«, die Claussen zu diesem Zeitpunkt eher zum Teufel gewünscht hätte: Emma.

Claussen war in der kleinen Küche gerade mit einer Bestellung Nordseeteller mit Bratkartoffeln beschäftigt, den Silke an den vordersten Stehtisch bringen sollte. Da kam Emma aus dem kurzen Korridor, der vom Eingang in die »Barkasse« führte. Sie knöpfte den Mantel auf und sah sich dabei um.

Zwei, drei Armlängen stand sie vor ihm, die »Barkasse« war alles andere als geräumig. Einmal noch wendete er die Bratkartoffeln und warf eine Prise Salz darüber, dann fixierte er sie. Das Erste, was ihm auffiel, waren ihre Haare. Hatte sie die Haare kürzen lassen?

Der Kegel eines Spotlights, das eine Wandnische mit einem Segelschiffkutter im Maßstab eins zu sechzig anleuchten sollte, fiel auf ihr Gesicht und ließ es erstrahlen. Und in dieses Gesicht hatte ich mich verliebt, musste Claussen denken.

Gleichzeitig streifte sein Blick Silke, die geduldig vorne wartete, und er musste fest an Gloria denken, mit der er in der vergangenen Nacht geschlafen hatte. Wie schon so oft in seinem Leben war Claus Claussen unentschlossen.

Auf Emmas Stirn hatte sich eine senkrechte Falte gebildet, wohl aus Unmut darüber, dass die »Barkasse« nicht danach aussah, als fände sich noch ein Platz für sie.

Sie begann schon, ihren Mantel wieder zuzuknöpfen, als Claussen sie ansprach. »Suchst du einen Platz?«

Sie wischte sich über die Vorderseite des Mantels. »Grad auf einen Kaffee. Aber es sieht nicht so aus, als hättest du noch einen.«

Er überlegte kurz. Wollte er wirklich, dass sie sich hier niederließ? Womöglich sprach sie ihn wegen der Stelle als Bedienung an, wie Alberto angedeutet hatte.

Doch bevor er sich entscheiden konnte, beugte sie sich zu ihm über den Tisch und sagte: »Ich muss dich sprechen, Claus. Aber am besten nicht hier. Wann hast du Zeit?«

Also doch die Arbeitsstelle! Wollte er Emma den ganzen langen Arbeitstag um sich haben? Ihm wurde unwohl bei diesem Gedanken. Würde er Silke deswegen feuern? Er zuckte die Achseln. »Im Moment ist's schlecht. Ich bin zu stark eingespannt. Ich fürchte, ich hab keine Zeit.«

»Jetzt nicht, das ist klar«, warf Emma ihm fast spielerisch hin. Sie tat, als ob sie gehen würde. Kurz vor dem kleinen Korridor drehte sie sich um und kam noch einmal zurück. Fingiert ungewollt stupste sie Silke, die an ihrem Platz verharrt hatte, zur Seite.

Silke stupste gnadenlos zurück. »Was ist jetzt?«, zischte sie zu Claussen hinüber. »Ich brauch die Nordseeplatte mit den Kartoffeln.«

Noch einmal beugte sich Emma über den Tresen und flüsterte: »Es ist wegen meinem Freund. Wegen Gotti. Er ist zurückgekommen. Es ist dringend, verstehst du! Heute Abend?«

Aha. Also nicht wegen des Arbeitsplatzes. Er reichte Silke das Bestellte über den Tresen. Emma wich nicht zur Seite, bis Silke sie wegschob und ihr einen bitterbösen Blick zuwarf. Sie nahm den dampfenden Teller entgegen und machte sich auf den Weg.

»Na endlich ist sie weg. Ich wollt's dir neulich schon sagen«, fügte Emma sehr leise hinzu. »Aber du warst so schnell verschwunden. Warum eigentlich?«

Claussen fing einen ungläubigen Blick von ihr auf. Längst hatte er die nächste Bestellung in Angriff genommen. Silke stand schon parat, sie abzuholen. Unmöglich konnte er in ihrer Gegenwart eine Antwort geben. Also riss er einen Zettel ab und schrieb darauf: »½ 9 bei mir, okay?«

Sie nahm den Zettel, überflog ihn und nickte. Dann verschwand sie wieder.

Silke sah ihr nach und schüttelte den Kopf. Hernach holte sie ihre Linsen-Krabbensuppe ab.

In Claussens Wohnung war es kühl, wie immer in den vergangenen Tagen um diese Zeit am Abend. Eigentlich war die Zentralheizung so programmiert, dass sie erst ab zweiundzwanzig Uhr auf das Minimum gedrosselt wurde und ab sechs Uhr in der Früh wieder die volle Leistung brachte. Die Mieter im Haus hatten das reklamiert, der Hausverwalter hatte Abhilfe zugesagt, doch passiert war nichts. Für Claussens Zweieinhalbzimmerwohnung bedeutete das, dass die Heizkörper kalt waren, als Emma kurz nach halb neun zu ihm kam.

»Ich hab heute schichtfrei«, erklärte sie unaufgefordert. Und wenig später: »Oh, hier ist's aber kalt.« Sie ließ den Mantel an und schlang die Arme um sich.

Der Fernseher lief noch. Er schaltete ihn aus. »Wir können auch in ein Wirtshaus gehen, wenn dir das lieber ist.« Er erläuterte den Grund für die niedrige Temperatur in der Wohnung.

»Nein, nein, ist schon okay«, sagte sie etwas zu schnell. »Wir können ja zusammen kuscheln.«

Jippie! Er erinnerte sich. Er hatte in jener Nacht geglaubt, er sei in sie verliebt. War es nur Einbildung gewesen? Oder Wunschdenken, weil er sich einsam fühlte? Er hatte schon darüber nachgedacht, bevor sie heute Abend unten geschellt hatte. Seit er mit Gloria zusammen gewesen war, meinte er, sich stärker zu ihr hingezogen zu fühlen. Und die kleine Silke? Auch über sie hatte er sich Gedanken gemacht. Er hätte gern gewusst, ob er auch bei ihr das Bedürfnis hätte, sie zu erwürgen, wenn sie zusammen wären. Doch wie sollte er es anstellen, sie ins Bett zu kriegen?

Er schüttelte sich. Als ob er eine Last von sich abschütteln wollte. Irgendwie befreit sah er Emma an. Sollte sie doch erst einmal ihr Problem schildern. Allerdings würde er den Teufel tun und sich mit ihrem Freund anlegen. Solche Auseinandersetzungen kannte und hasste er.

»Hast du nicht zugehört?«, wurden seine Gedanken unterbrochen.

Oh. Richtig. »Kuscheln« war das Stichwort gewesen. Er tat unwissend.

»Wir könnten kuscheln. Gegen die Kälte. Muss ja nicht gleich wie beim letzten Mal sein.« Damit nahm sie ihn an der Hand und versuchte, ihn zur Couch zu ziehen. »Komm! Hast du wenigstens eine Wärmflasche?«

Er wehrte sich. »Wenn's dir zu kalt ist, gehen wir ins Wirtshaus«, sagte er bestimmt. »Oder in eine Wärmestube. Sag mir bitte, was das Problem ist. Es gibt eines mit deinem Freund, hast du gesagt.«

Keinen Augenblick zögerte sie. »Der Gotti, der Drecksack! Lass mich ein bisserl ausholen. Der Alberto hat mir gesagt, ihr hättet euch darüber unterhalten, ob ich bei dir arbeiten soll oder kann. Da hab ich den Gotti gefragt, ob er etwas dagegen hätte, wenn ich als Bedienung bei dir in der ›Roten Barkasse‹ arbeite. Da ist der vielleicht in die Luft gegangen, ich sag's dir! Ob ich denn verrückt sei, mein Platz sei im Bus, da hat er den Überblick, alles andere ist für ihn eine Kampfansage.« Sie holte tief Luft. »Kampfansage! Das hat er wörtlich gesagt! Jedenfalls will er mich absolut nicht bei dir arbeiten lassen.« Emma schaute Claussen fordernd an.

»Dabei –«, sagte er. Weiter kam er nicht. Emma schnitt ihm das Wort ab.

»Ich weiß schon, was du sagen willst. Dabei haben wir beide, du und ich, noch gar nicht darüber gesprochen.«

Wieder holte sie Luft und sah ihn nachdenklich an. »Weißt du noch, ganz zu Anfang habe ich dich gefragt, was du im Leben möchtest. Da hast du gesagt: ›Dich!‹, also mich. Da hab ich gesagt: ›Dann musst du schon meinen Freund umbringen.‹ Mehr im Scherz, versteht sich. Aber jetzt mein ich es ernst. Du musst meinen Freund umbringen!«

Claussen sah sie lange an. Er setzte sich zu ihr auf die Couch. »Du meinst das ernst, gell?«

Sie nickte heftig. »Absolut!«

»Was krieg ich dafür?«

Sie überlegte keinen Moment. »Mich! Das wolltest du doch. Hast du wenigstens gesagt.«

Claus Claussen fühlte sich in der Klemme. Einerseits hatte sie recht: Ja, wenn er ehrlich zu sich war, wollte er sie, die Emma, Gloria hin oder her. Andererseits war er hochgradig sicher, dass er sich irgendwann nicht mehr fest im Griff haben würde.

Einen Mord wollte er nicht begehen. Nicht an ihr und nicht an ihrem Freund. Nicht, weil er moralische Bedenken hatte, nein, die hatte er nicht. Doch gerade unlängst hatte er von der halsbrecherischen Aufklärungsquote der Rosenheimer Polizei gelesen. Über siebzig Prozent bei allen Vergehen und Verbrechen und nahe an hundert Prozent bei Gewaltverbrechen wie Mord und Totschlag. Sollte er das riskieren? Dazu kam, dachte er weiter, dass ihr Freund seinerseits ein fiebrig gesuchter Mörder war, der die Mangfall-Leiche auf dem Gewissen hatte. Würde er da nicht beinahe zwangsläufig den Polizeiermittlern in die Hände laufen? Nein, auf keinen Fall würde er diesen Mord übernehmen.

Aber eine weitere Nacht mit Emma …

Ein schriller Pfiff weckte ihn aus seiner bleiernen Melancholie. Emma hatte zwei Finger in den Mund gesteckt.

»Hey, was ist?«, rief sie aus. »Du siehst aus wie eingeschlafen. Ich habe dich was gefragt. Bleib ich hier heute Nacht?« Sie sah hungrig aus.

In seinem Kopf war nichts, nur ein Zittern und Bangen.

7

»Und?«, fragte ich ihn. »Hat sie bei Ihnen übernachtet?«

Seit einer halben Stunde war ich in Claussens Zelle, er nuckelte während dieser Zeit gerade an der dritten Zigarette.

»Ja«, sagte er. Er erzählte keine Einzelheiten über diese Nacht mit Emma, und ich fragte nicht nach. Solche Details waren unbedeutend für meine Absicht, seine Mörderseele bloßzulegen. Mir entging allerdings nicht, dass seine Miene mit jedem Blick zu mir missmutiger wurde.

»Der Preis war doch, ihren Freund umzubringen. Emma Gerstl hatte das schließlich von Ihnen verlangt, der Mord sollte der Preis für diese Liebesnacht sein.« Ich hatte mir auch eine Zigarette angezündet. Reine Symbolik Claussen gegenüber, nichts sonst. »Sie haben es nicht getan. Warum?«

Seine Antwort nötigte mir Respekt vor diesem Mann ab. Die Überlegungen, die er angestellt hatte über die Polizei und ihre Aktivitäten, zeugten von einem analytischen Verstand.

»Wenn Sie es getan hätten, wie hätten Sie ihn getötet? Hatten Sie sich da schon Gedanken gemacht?«, fragte ich ihn. »Oder waren Sie damals sogar schon darauf vorbereitet?«

Hier stieß ich bei ihm an Grenzen. Über dieses Thema wollte er nicht mit mir reden.

***

Chili Toledo und ich waren unserem Ziel, Wurzrainers Mörder zu schnappen, deutlich näher gekommen. Besser gesagt, die Hinweise und Spuren verdichteten sich, und wir sammelten weiter. Hätte Claussen jedoch wie von Emma gefordert auf ihren Freund zugegriffen, wäre er uns direkt ins Messer gelaufen, denn Gottlieb May war einer unserer Verdächtigen. Sein Wagen hatte im Parkhaus ganz in der Nähe von Wurzrainers Auto gestanden.

Korrekt wiedergegeben, hatte Chili die Fährte aufgenommen, die uns zum Ziel führen sollte. Wir saßen in einem der Wirtshäuser in Rosenheims City – ich kann mich nicht mehr erinnern, in welchem –, und ich sah Chili an. Das Innere des Wirtshauses glich einem Heimatfilm aus den fünfziger Jahren, und der Wirt und seine Bedienung schienen aus demselben Film zu stammen. An einem alten Klavier am Eingang vorbei hatten wir uns an einen der hinteren Tische gesetzt. Einige Stühle standen noch auf den anderen Tischen, obwohl die Morgenstunde längst vorüber war.

Chili wirkte wieder einmal sehr jung und frisch, obwohl sie schon einige lange Berufsjahre auf dem Buckel hatte. Klug, im positiven Sinn gerissen, in allen Feinheiten der kriminellen Ermittlung hervorragend geschult. Hart in ihren Maßnahmen, wobei ihr Gewissen sich stets als sehr ausgeprägt erwies.

Chili war es, der es mit Hilfe unserer ausgezeichneten Spurensicherung gelungen war, die Spur der Leiche vom Fundort bis ins Parkhaus zurückzuverfolgen, auf ungewöhnlich verschlungenen Wegen. Die Spusi konnte am Ufer der Mangfall marginale Schleifspuren entdecken und – was noch bedeutsamer war – winzige Faserreste, die von der Jacke des Toten stammen mussten. Diese Partikel waren nicht mit Wasser in Berührung gekommen. Entscheidend aber war, dass die Spusi in mühevoller Feinarbeit Stoffpartikel derselben Herkunft auf dem Boden im P4 Mitte sowie an zwei einander gegenüberliegenden Betonsäulen aufgespürt hatte.

Chili saß mir gegenüber an dem blank polierten Holztisch. Sie bestellte einen griechischen Salat mit nicht zu viel Schafskäse. Sie knurrte leise und streckte unter dem Tisch die Beine aus.

»Was ist?«, fragte ich sie.

»Wir brauchen das Motiv für diesen Mord«, sagte sie. »Wir haben alle in Frage kommenden Fahrzeuge aus dem Parkhaus überprüft. Für mich ist May der Hauptverdächtige.« Versonnen blickte sie zur Decke und zog die Beine wieder ein. »Aber es gibt keine Verbindung von May zu Wurzrainer, von der wir wissen. Vielleicht war es etwas, das der Getötete gehört oder gesehen hat. Raubmord war es bestimmt nicht, so viel steht fest.«

Irgendwo draußen im Hintergrund entfernte sich ein Lieferauto auf der schneenassen, von den Laubstreifen der letzten Herbstblätter gerahmten Fußgängerzone.

Chili hatte zu ihrem Salat Johannisbeersaft bestellt, ich eine Apfelschorle und nichts zu essen. Beinahe gleichzeitig griffen wir zum Glas, als auch schon der Salat gebracht wurde.

Chili drehte an der genarbten bleichen Glasschüssel, in der man den Salat viel zu hoch aufgetürmt hatte, und stocherte sichtbar lustlos darin herum. Ich konnte ein beinahe schadenfrohes Lächeln nicht unterdrücken, als sie begann, den Salat mit der Gabel genau zu durchforsten. Die bröckeligen Stücke Schafskäse schaffte sie an den Rand, wo sie sich zu einer breiigen weißen Kalkhalde gruppierten. Die Gurkenstücke spießte sie mit nur einem Zacken der Gabel auf und schob sie langsam in den Mund, als koste sie etwas sehr Rares, von dem nichts verloren gehen durfte.

»Nein, ein Raubmord war es nicht«, wiederholte ich und nahm endlich den ersten Schluck. »Eine Beziehungstat scheidet wohl auch aus. Zumindest May ist nicht schwul, er hat eine Freundin, wie wir jetzt wissen.«

Nicht einmal die halbe Menge an Salat war verzehrt, als Chili alle Gurkenstücke herausgepickt hatte. Der Salat am Grund der Glasschüssel war jetzt von einer sumpfigen Öl-Wasser-Lache überschwemmt. Sie schob die Schüssel zur Mitte des Tisches, dabei sah sie ihr nach, als falle es ihr schwer, sich von ihr zu trennen. Chili und ich hatten schon oftmals zusammen ein Restaurant aufgesucht, diesen Zug hatte ich freilich noch nicht an ihr entdecken können.

Ihre nächste Bemerkung erklärte ihre Nachdenklichkeit. »Und wenn es Eifersucht war? Haben wir diese Freundin schon überprüft?«, fragte sie.

Ich verneinte.

»Ich kümmere mich drum. Weiß der Henker, ob da nicht was zu holen ist.«

»Der May soll davon aber nichts merken«, warf ich ein.

Mit einer überlegenen Handbewegung tat sie meinen Einwand ab. Sie griff zum Telefon.

»Adele, es geht um Emma Gerstl, die Freundin von diesem Gottlieb May. Bitte finden Sie heraus, wo und wie ich sie am besten erreichen kann.« Chili Toledo pflegte ein sehr gutes Verhältnis zu unserer Perle in der Zentrale.

»Mir erschien es bisher nicht wichtig«, erklärte sie mir fast entschuldigend. Sie klappte die Augendeckel nieder.

Gleich am nächsten Tag tauchte Chili zur Mittagszeit am Busbahnhof auf. Adele hatte sich selbstständig um Schichtplan und Fahrzeiten gekümmert.

Chili fing Emma ab, als sie aus dem Bus stieg. »Toledo, Kriminalpolizei Rosenheim. Ich dachte, ich leiste Ihnen ein wenig Gesellschaft. Es geht um den Mordfall Wurzrainer.«

Emma zuckte nicht und zitterte nicht. Nichts war ihr anzumerken. »Und was habe ich damit zu tun?« Ihre Stimme klang bei aller gespielten Coolness gehetzt und scharf.

»Das werde ich herausfinden. Um Ihre Frage zu beantworten: Der Arm der Polizei reicht bis in die hintersten Winkel von Rosenheim. Kommen Sie. Möchten Sie eine kleine Brotzeit machen?«

Emma verzog das Gesicht und verneinte.

Sie schlenderten fast eine halbe Stunde durch die Innenstadt. Über den Christkindlmarkt, durch den winterlichen Riedergarten, sie schwenkten am Amtsgericht ein in Richtung Lokschuppen, von dort wieder über die Münchener Straße und am Karstadt vorbei zurück zum Busbahnhof. Es war Emma nicht beizukommen. Ja, sie sei oberflächlich mit Gottlieb May befreundet, aber was hätten sie beide mit dem Mord zu tun? Mit Worten war sie nicht zu fassen. Doch in Chili festigte sich die Gewissheit, dass die Spur weiterverfolgt werden musste.

»Adele? Seien Sie so nett und forschen Emma Gerstls Vorleben aus. Geboren, aufgewachsen, Eltern, Schulzeit, besondere Ereignisse, na, Sie wissen schon. Gehen Sie auch der Frage nach: Gibt es in ihrer Vergangenheit eine Verbindung zu Thomas Wurzrainer?«

***

»Ich muss gehen«, flüsterte Emma ihm ins Ohr.

Claussen schreckte empor. Er drehte sich zu ihr um und schlug die Bettdecke zur Seite. »Warum? Wo willst du hin?«

»Hab ich dir doch gestern gesagt«, sagte sie, noch immer im Flüsterton. »Ich trage die Zeitung aus. Vertretung für eine Kollegin. Immer wenn ich keine Frühschicht habe.«

Es folgte eine kurze Pause, während der sie das Licht wieder ausknipste. »Und denk noch einmal darüber nach. Du musst ihn umbringen. Es eilt, weil mir reicht's jetzt!« Sie gab ihm einen flüchtigen Kuss, und weg war sie.

Er hörte den Schlüssel klappern, als sie die Wohnungstür aufschloss. Dann herrschte plötzliche Stille.

Bis sie wieder ins Zimmer kam. »Dass du jemanden umbringen kannst, hab ich heute Nacht wieder gemerkt. Ich wäre fast erstickt, so stark hast du zugedrückt. Also überleg dir das mit dem Gotti nicht so lang.«

Er ließ sie ausreden, dann stellte er die Frage, die ihn schon lange bewegte. »Wie kommst du eigentlich zu diesem Schlachtruf, diesem Jippie? Warst du einmal mit einem Indianer liiert?«

Auf die Antwort wartete er vergeblich.

Kurz nach halb vier. Noch keine Zeit, aufzustehen. Claussen lehnte sich gegen die Wand, legte den Kopf in den Nacken und schloss die Augen.

Er hatte es wieder getan. Sein bescheuerter Koller hatte ihn wieder überfallen. Er hatte versucht, es nicht so weit kommen zu lassen, er wusste ja, was auf ihn zukommen würde. Doch nach ihrem letzten Jippie war es wie ein Krampf in seinen Händen gewesen, als er ihren weichen Hals zu spüren begann. Emma war vom ersten Mal vorgewarnt und wehrte sich. Sie presste die Arme gegen seine Brust und warf den Kopf hin und her. Doch je mehr sie das tat, desto stärker wurde seine Gewalt, ohne dass er sie aufzuhalten vermochte. Schließlich hatte er das Gefühl, er würde ihr die Luftröhre herausreißen, so überirdisch kraftvoll krallten sich seine Finger in ihren Hals. Irgendwo tief drinnen in seinem Inneren hatte sich ein Druck gebildet, den er nicht mehr wegwürgen konnte. Um ein Haar wäre es wirklich ihr letzter Jubelruf gewesen.

Drunten vor dem Haus drehten die Reifen eines Wagens laut quietschend durch. Er entfernte sich danach vorsichtig.

Claussen ertrug seine Unruhe nicht mehr. Er stand auf und machte ein paar Schritte zum Fenster. Das Licht ließ er aus, diesen Weg fand er auch im Dunkeln.

Seine Gedanken rasten weiter und wägten die Vor- und Nachteile ab. Jenseits seines inneren Willens und seiner Vernunft hegte er den Wunsch, dieses höchst delikate, sonderbare Spiel bis zum Ende zu spielen und zu sehen, wie es funktionierte. Das Mädchen befand sich in seiner Hand. Und wenn er diesen Gotti tatsächlich töten würde, hätte er noch mehr Gewalt über sie. Bis zum Abwinken sozusagen. Warum sollte er in Panik geraten? Es wäre dumm von ihm, davonzulaufen. Er liebte den Nervenkitzel, diese Veranlagung war ihm schon in die Wiege gelegt worden. Andererseits durfte er die Überlegung nicht vernachlässigen, dass er nach menschlichem Ermessen keine Chance hatte, der Falle zu entkommen. Der Falle nämlich, die ihm von der Polizei drohte. Von den Jägern des Mörders, den er ermorden sollte.

Er legte sich wieder ins Bett. An der Decke direkt über ihm drehte sich langsam ein großer Ventilator, den er erst vor Kurzem angeschafft hatte. Gegen Fliegen und Hitze im Sommer und gegen Schweißgeruch in der kalten Jahreszeit. Claussen neigte zum Schwitzen. Emma und er lieferten ein selten exotisches Duftgemisch ab.

Emma. Welchen Vorteil hätte es, jemanden für sie zu töten? Und zu welchem Preis? Nein, er würde diesen Job nicht übernehmen.

Als seine Augen vor Müdigkeit immer kleiner wurden, beschloss er aufzustehen, bevor er das Aufstehen verschlief. Und saß plötzlich aufrecht im Bett und war hellwach. So wach, dass er das leise Geräusch wahrnahm, als jemand die Treppe heraufkam.

Jemand, der sich am Türschloss zu schaffen machte.

Jemand, der die Tür öffnete.

»Hallo, Claus, bist du da?«

Es war Emma. Mit seinem Schlüssel in der Hand. Sie schaltete eine Stehlampe an.

Als sie vor ihm im Schlafzimmer stand, schenkte er ihr ein breites väterliches Lächeln. Er hatte das sichere Gefühl, dass die Sache mit Emma sich zu seinem langsamen und schmerzvollen Tod entwickeln würde. Er schloss die Augen.

Eine Hand schüttelte ihn an der Schulter. Er öffnete die Augen wieder. Emmas Gesicht leuchtete eine Handbreit vor seinem Gesicht auf. »Hast du dich entschieden?«, fragte sie unnötig harmlos.

»Nein, ich hab mich noch nicht entschieden«, log er. »Ich muss mindestens noch eine Nacht drüber schlafen.«

Sie setzte sich an den Bettrand und tat geheimnisvoll. »Ich habe auf meiner Reise mit den Zeitungen jemanden getroffen«, sagte sie leise. »Rate mal, wen.«

Er hatte keine Lust, sein Gehirn nach Geheimnissen abzugrasen, zuckte mit den Achseln und schnitt eine Grimasse.

»Ich habe Gloria getroffen.« Sie hielt inne, um die Wirkung ihrer Bemerkung zu erfassen. »Gloria ist meine … na ja, meine zweit- bis drittbeste Freundin.«

Die Nachricht schlug in Claussens Gehirn ein wie ein Geschoss. Doch er beherrschte sich und ließ sich nichts anmerken. »Welche Gloria?«

Sie kicherte. »Jetzt weich nicht aus. Es gibt nur eine einzige Gloria in ganz Rosenheim. Sie hat mir alles erzählt.«

»Aha«, meinte er cool. »Was denn so zum Beispiel?«

Jetzt nahm sie sein Gesicht in beide Hände. »Ich könnte dich erwürgen«, zischte sie. »Du hast dich in sie verliebt, hat sie mir versichert.«

Er hörte seinen Magen knurren, was ihm sehr recht war.

Emma hörte es auch. »Soll ich dir einen Kaffee machen?«, fragte sie mit piepsiger Stimme.

Er war froh über die Ablenkung und Unterbrechung. »Ein Kaffee wär grad recht.«

Ohne weitere Bemerkung zog sie sich zurück. Während sie in der Küche hantierte, machte er sich seine Gedanken. Er hatte nicht damit gerechnet, dass sie nach dem Zeitungsaustragen wiederkommen würde. Es wäre ihm recht gewesen, wenn sie ihn nicht so belagert hätte. Er hasste es, Bemerkungen oder Fragen hinnehmen zu müssen, die eher Beschuldigungen oder Vorwürfen glichen. Und ihre Forderung, den Freund umzubringen, belastete ihn die ganze Zeit schon. Ein Mord war kein Kinderspiel und bestimmt kein Vergnügen.

Oh verdammt! Es war dringend Zeit, sich auf die Reise nach Rosenheim vorzubereiten.

»Sir, your morning coffee.« Übertrieben galant reichte sie ihm den Kaffee. »Ich hab mir gleich noch einen mit gemacht.«

Er nahm den Kaffee. Er war zu heiß, um ihn in einem Schluck hinunterzustürzen. »Ich muss gehen. Die ›Rote Barkasse‹ ruft.«

»Ja, aber …«

»Ich hab's echt eilig.« Die Zeit reichte nicht mehr zum Duschen. Er griff sich Hemd und Hose.

»Du solltest duschen. Du siehst schrecklich aus.«

Da war sie wieder, diese Bevormundung. Zehn Sekunden später konnte er im Spiegel erkennen, was sie meinte. Die Tränensäcke unter den Augen waren geschwollen, das Gesicht wirkte müde und verbraucht. Wie bei einer Dogge, die gefüttert werden wollte. »Komm, lass uns gehen«, sagte er im Befehlston.

Emma stieß ein enttäuschtes und schmerzerfülltes Schnauben aus. »Wann sehen wir uns?«, fragte sie lauernd.

»Unser Leben ist schon voller Tod«, hörte er sich philosophisch sagen. »Und ich will nicht zu einem Werkzeug dieses Todes gemacht werden.«

»Wegen Gloria?«, war das Letzte, was er von Emma Gerstl hörte, bevor er die Wohnungstür öffnete und sie hinausschob.

Die erwachende Rosenheimer City mit ihrem Kopfsteinpflaster, den großen Häusern im Inn-Salzach-Stil, ihren Arkaden und Schaufenstern, den zahlreichen Wirtshäusern und überschaubar vielen Metzgereien erschien ihm jedes Mal altbacken, wenn er so wie an diesem Morgen vom Busbahnhof zu seiner »Roten Barkasse« schlenderte.

Der Christkindlmarkt hatte noch geschlossen, das begrüßte er. Doch in der Heilig-Geist-Straße fühlte er sich eingekesselt von Lieferwagen, die berechtigt oder nicht berechtigt dort hin und her fuhren, wild vor den Geschäften parkten und ein- und ausluden. Die erdige Feuchtigkeit des Gemischs aus alten Blättern mit neuem Schnee verfolgte ihn so intensiv wie der Mann hinter ihm, der von seinem Hund ausgeführt und an langer Leine geduldig von Pfahl zu Pfahl und Mauerecke zu Mauerecke begleitet wurde.

Etwas Dumpfes, Schleichendes rumorte in ihm. Zugleich etwas Prickelndes. Es konnte damit zu tun haben, dass er mit sich und Emma überhaupt nicht im Reinen war. Der Zwang, sich entscheiden zu müssen, hing wie ein Damoklesschwert über ihm. Zu entscheiden, ob er Emma zuliebe eine Zukunft als Mörder verbringen wollte oder nicht. Eine Zukunft, die ihn mit hoher Wahrscheinlichkeit für immer hinter Gitter bringen würde.

Seine innere Erregung flaute nicht ab, als er die letzten Meter die Nikolaistraße entlangging. Die Neonbeleuchtung über dem Eingang zur »Roten Barkasse« strahlte ihm schon von Weitem entgegen, bevor er nach den Schlüsseln fingerte, um aufzuschließen. Doch es war schon offen.

Er hatte die Putzfrau vergessen. »Guten Morgen, Herr Claussen«, begrüßte sie ihn.

Claussen blieb in der Tür stehen.

Gerda war offensichtlich fast fertig. Er schätzte sie auf Mitte dreißig, sie war ein Glücksfall. Lange, anscheinend schwer zu bändigende Haare, blitzende Augen, ein auffälliger Mund, schlank. Ein dunkelblaues figurbetontes Kleid mit einer Schürze darüber, grüne Gummihandschuhe. Gar nicht das Klischee einer türkisch- oder balkanstämmigen Putzhilfe.

»Es war schon jemand hier.« Ihr bayerischer Akzent war unverkennbar.

»Hier drin? Im Lokal?«

»Ja, eine Frau. Sie hat nach Ihnen gefragt.«

»Und? Was haben Sie ihr gesagt?« Er war verärgert. Gleich zu Beginn ihrer Tätigkeit hatte er ihr eingeschärft, abzuschließen, wenn sie allein arbeitete. Er würde es noch einmal tun müssen. Zum letzten Mal.

Gerda wrang, während sie die Antwort gab, den Lappen über dem Eimer aus, der neben ihr stand. »Eine gut aussehende Frau mit irrsinnig großen Ohrringen und einem Glitzer-Blouson. Sie sah aus wie direkt einer Boutique entsprungen.« Zur Bekräftigung ließ sie ein meckerndes Lachen hören.

»Danach, wer sie war, haben Sie sich wohl nicht erkundigt.« Claussen hatte sich inzwischen der Kombüse genähert und hob einen Topf nach dem anderen, um ihn auf Sauberkeit zu prüfen. Dabei drehte er sich auch zur Seite und sah, wie Gerda ihn verstohlen anlächelte. Er lächelte zurück.

»Nein, hab ich nicht. Die Frau hat nur nach Ihnen gefragt, ich habe ihr gesagt, dass Sie spätestens um neun Uhr hier sein würden. Darauf hat sie sich umgedreht und sich entfernt. Ohne einen Gruß, stellen Sie sich vor. Sie ist auch ohne Gruß hereingekommen. Plötzlich stand sie da. Obwohl die Tür zu war.«

Claussen wollte dazu noch etwas sagen. Gerda aber wies ihn ab. »Ich muss weitermachen, ich habe anschließend noch einen Job.«

Kurz vor Mittag kam eine Frau in die »Rote Barkasse«, nach der Claussen starkes Verlangen spürte. Er war gerade mit mehreren Bestellungen beschäftigt, als sie in den Raum trat. Das Lokal war jetzt auf Mittag hin komplett gefüllt. Er und Silke hatten beide alle Hände voll zu tun.

Gloria.

Claussen war von Natur aus kein Freund von Überraschungen. Am liebsten hätte er alles in seinem Leben schon genau geregelt, bevor es eintrat. Glorias Erscheinen traf ihn deshalb wie ein Blitz. Er war geblendet.

Sie war schön wie beim ersten Mal. Als sie ihre Strickmütze vom Kopf zog, ergoss sich üppiges Haar über ihre Schultern. Ihr breites Lächeln verwirrte ihn.

Was ihn allerdings noch mehr durcheinanderbrachte, war die Tatsache, dass sie nicht allein war. Ein vierschrötiger Kerl vom Kaliber eines Wrestling-Helden befand sich in ihrer Begleitung, der sich seiner Erscheinung sehr bewusst war. Das Kinn war schlecht rasiert, der Blick unter den mürrischen schwarzen Brauen wirkte gelangweilt und abwartend. Militärischer Haarschnitt.

»Hallo, Claus«, flötete Gloria. »Hast du Zeit für uns?«

Für uns! Wäre er ein Hahn gewesen, wäre sein roter Kamm geschwollen. Die Frage war freilich berechtigt, denn das Lokal war tatsächlich gerammelt voll. »Zeit vielleicht schon, aber momentan keinen Platz frei. Kannst du ein paar Minuten warten?«

»Chef, ich brauch die Fischsuppe für Tisch sieben«, krähte Silke. »Die Gäste werden ungeduldig.«

»Wo sollen wir denn warten?«, sagte Gloria laut. »Das ist übrigens Helmut.« Sie neigte den Kopf zu ihrem Begleiter.

Helmut nickte gnädig und machte mit der Hand zum Kopf eine kurze militärische Geste.

Claussen wusste nicht mehr weiter. Der Mann neben Gloria beunruhigte ihn. Er hätte sich von dieser weiteren Begegnung mit ihr mehr erwartet. Er rührte die Suppe um, packte eine Scheibe Knoblauchbrot auf den Teller und reichte die Portion an Silke weiter.

»He, wo sollen wir warten?«, fragte Helmut mit großer Geste und sichtlich ungehalten. »Bist du überfordert, großer Chef? Sollen wir wieder abhauen, Gloria und ich?«

Am liebsten ja, trotz Gloria. Doch er konnte sich keinen Eklat leisten, die ersten Gäste schienen schon aufmerksam zu werden.

Auch Silke war aufgewacht. »Dort hinten der Stehtisch, die Leute wollen grad zahlen.«

»Also bitte!« Triumph sprach aus Claussens Miene.

»Jetzt wollen mir aber nimmer«, sprach Helmut. »Gell, Schatzi?«

Das Schatzi zog die Mütze über das Haar und den Mantel enger. Sie löste sich von ihrem Begleiter, machte einen Schritt auf Claussen zu und sagte: »Stimmt es, dass Emma bei dir anfängt, Claus?«

Claussen glaubte sich verhört zu haben. Er unterbrach seine Arbeit. »Emma? Welche Emma?«

Da löste der Bullige sich aus dem Hintergrund. Seine Oberlippe war dick und zitterte. Er wurde laut. »Mach du jetzt keine Fisimatenten. Stell meine Freundin nicht als blöd hin. Du weißt genau, welche Emma. Beantworte die Frage!«

Die Antwort wartete er erst gar nicht ab. Er packte Claussen mit der rechten Hand am Kragen und hob ihn kniehoch über den Boden. Mit der anderen Hand ruderte und schaufelte er unablässig durch die Luft. Es sah aus, als wollte er den Wirt entsorgen oder wegkippen wie Schrott. »Du sollst die Frage beantworten, verdammt!«

»Welche Frage?«, kam es vom Eingang her. »Lassen Sie den Mann los!« Eine weibliche Stimme.

Nichts rührte sich. Claussen schwebte mit weit aufgerissenen Augen noch immer über dem Fußboden.

»Sofort! Polizei! Lassen Sie den Mann los!«

Obwohl Gloria eine behandschuhte Hand vor den Mund hielt, löste sich ein laut gellender Schrei aus ihrer Kehle. Von Angst erfüllt starrte sie die Frau an.

Einige Menschen aus den Grüppchen um die Tische hatten

sich erhoben. Eine erste Spur von Tumult entstand. Claus Claussen fühlte sich total hilflos und neben sich.

Die fremde Frau trat vor und knallte dem Bulligen die Handkante in die Armbeuge.

Die Faust öffnete sich, und Claussen rieselte auf die Füße. Er schüttelte sich wie ein Hund. Blitzartig schoss seine Rechte vor und entlud sich in der Magengrube des Angreifers. Alte Erinnerungen wurden wach. Ein eiskalter Schauer kroch ihm über den Rücken.

Helmut klappte nach vorn weg. Er knurrte ein bisschen, reckte sich und bereitete sich zum Gegenschlag vor.

»Schluss jetzt! Polizei!« Diesmal ertönte eine männliche Stimme, sonor und trotz des Befehlstons sympathisch.

Mit vorgehaltener Faust hielt Helmut inne und starrte dem Ankömmling ins Gesicht.

Der Mann in Zivilkleidung hatte sich vor der Frau platziert. Ein kleiner Muskel seines Mundwinkels zog sich zusammen, wodurch sein Grinsen ein wenig schief wurde. »Polizei«, bemerkte er sehr ruhig. Er hielt einen Ausweis hoch. »Beruhigen Sie sich alle. Und Sie«, er wies mit dem Kinn auf Helmut, »gehen bitte nach draußen.«

»Da komm ich aber mit«, sagte Gloria.

»Und mit Ihnen, Herr Claussen«, der Polizist machte eine einladende Geste, »müssen wir sprechen. Wegen Ihnen sind wir hier.«

Claussen nickte. Ihm schwante Schlimmes. Doch er hatte nur Augen für die Frau. Die Frau, die neben dem Polizisten im dunklen Anzug mit Weste und Krawatte im Eingang stand, sah gut aus, hatte riesige Ohrringe und trug einen glitzernden Blouson.

8

Den ganzen Nachmittag über hing eine einzelne kleine Wolke über den nahen Bergkuppen im Süden. Wie ein leichter Luftballon schien sie von den Alpen heranzuschweben, ein faszinierender Anblick. Doch kaum wurde es dunkel, setzte wie aus dem Nichts wieder heftiger Schneefall ein, der die Dächer und Straßen von Rosenheim zudeckte.

Auch Raubling blieb von dem Schnee nicht verschont. Mit Claus Claussen trafen wir uns in den Räumen der Autobahnpolizei an der Seestraße, offiziell bezeichnet als Verkehrspolizeiinspektion Raubling, der Fußweg dorthin war für ihn nicht sehr weit. Ich hatte ihm meine Visitenkarte dagelassen und ihm die Zusage abgenommen, mich anzurufen. Das tat er am Nachmittag. Unsere Verabredung war für zwanzig Uhr vorgesehen.

Wir hatten uns nicht umgezogen, Chili und ich, ich trug noch immer den Anzug vom Morgen, Chili hatte zwar die Ohrringe ausgetauscht, nicht aber den bunt gemusterten Blouson mit Swarovski-Strass gewechselt. Der provisorische Verhörraum sah aus wie im Film: keine Fenster, ein Tisch, zwei Stühle, das war's.

Claussen erschien in Jeans, einem grauen Pulli und einem Parka, der schon bessere Zeiten gesehen hatte. Als Erstes berichtete er uns von dem Verkehrsunfall, dem er beinahe zum Opfer gefallen wäre. Er war die Hauptstraße runtergegangen, die nach Norden Richtung Autobahn und damit auch zur Polizei führte. Zufällig, so schilderte er sichtbar aufgeregt, habe er sich umgedreht.

»Warum?«, fragte Chili routinemäßig.

»Weil ich ein Geräusch gehört hatte, das nicht normal war.« Ein Lastwagen sei auf seiner Straßenseite angerauscht gekommen.

»Der hat sich plötzlich vor mir aufgebäumt, als wäre er über etwas gestolpert. Ich habe noch die Fanfare gehört und den Fahrer durchs Fenster gesehen, der wohl im letzten Augenblick das Steuer herumgerissen hat.«

Claussen war zur Seite gesprungen – schnelle Reaktion, das musste man ihm lassen – und hatte sich an einen Zaun geworfen. Unsere spätere Überprüfung ergab, dass der Fahrer wahrscheinlich eingeschlafen war. Sein Zug rammte einen geparkten Pkw und stellte sich unter Zuhilfenahme des Gehsteigs quer.

Einen Moment länger, und Claussen wäre tot gewesen, so wie er es beschrieb, zermalmt von dem schweren Lastzug. Wir gestatteten ihm zwei Becher Kaffee und eine Erholungspause. Wir brauchten seine Aussage. Wir waren in der Endphase, den Mord an Thomas Wurzrainer aufzuklären, und in dem Stück sollte auch Claus Claussen mitspielen, wenn auch keine tragende Rolle. Über Emma Gerstl war er in unser Visier geraten.

Ich hatte den Eindruck, der Mann spielte diese Partie, um uns auszubooten. Nachdem er das Ereignis mit dem Lastwagen geschildert hatte, sagte er nichts mehr. Das Mindeste, das ich erwartet hätte, wäre die Frage nach dem Grund seiner Vorladung gewesen. Er aber saß unbeweglich und mit ausdruckslosem Gesicht an seiner Tischseite. Ich saß ihm gegenüber, Chili lehnte stehend an der Querwand. Dass Claussen Norddeutscher war und sich bei uns nicht wohlfühlte, konnte es nicht sein. Er strahlte etwas Verächtliches, vielleicht Feindseliges aus, das einen nervös machen konnte.

»Wollen Sie gar nicht wissen, warum Sie hier sind?«, begann Chili von der Seite.

Claussen schien aus seiner Erstarrung zu erwachen. Er drehte den Kopf zur Seite und hob den Blick. »Waren Sie heute früh vor Geschäftsbeginn bei mir in der ›Barkasse‹?«

Chili nickte. Die Ohrringe klimperten. »Ja. Hat Ihnen die Putzhilfe das berichtet?«

Er antwortete darauf nicht. Stattdessen stellte er die Frage, die wir schon lang erwartet hatten. »Warum bin ich eigentlich hier?«

Wenn ein Mensch in seiner Situation sich danach erkundigte, war in der Regel das Eis gebrochen. Wir mussten ihm reinen Wein einschenken.

»Haben Sie den Namen Thomas Wurzrainer schon einmal gehört?«, fragte ich ihn.

Er zog die Nase kraus. Er wartete eine Sekunde. Sein Blick glitt von mir zu Chili. Er wartete noch eine Sekunde. Dann sagte er: »Der kommt mir bekannt vor, ja.«

Ich blieb dran. »Kennen Sie den Herrn persönlich? Oder haben Sie von ihm gehört?«

»Ich denke, ich hab den Namen in der Zeitung gelesen. Keine Ahnung, in welchem Zusammenhang.«

Chili erklärte es ihm. »Der Tote, der aus der Mangfall gefischt wurde.« Im Hinterkopf hatte sie dabei – genau wie ich – die Recherche, die Adele vom Präsidium aus angestellt hatte. Es gab einen Zusammenhang zwischen Wurzrainer und Emma Gerstl, deren Freund und Lover Gottlieb May war. Sie und Gottlieb May waren unsere Hauptverdächtigen. Sie hatten ihr Fahrzeug genau zur selben Zeit im Parkhaus abgestellt, als auch der ermordete Wurzrainer dort geparkt hatte. Und Wurzrainer war der Mietnachbar in dem Haus gewesen, das Emma als Jugendliche mit ihrer Mutter bewohnt hatte. Ein Zufall? Dass ausgerechnet die beiden schon sehr viel früher Berührungspunkte hatten, jagte einem erfahrenen Kriminalisten eine Gänsehaut über den Rücken. Adele hatte wieder einmal ganze Arbeit geleistet.

»Kannten Sie den Toten?« Chili stellte die Frage noch einmal.

»Diesen Wurzrainer?«, wollte Claussen wissen.

»Jap!«, erwiderte Chili knapp.

Claussen stierte sie an, ohne einmal mit der Wimper zu zucken. Dann fing er sich. »Wie soll ich ihn kennen? Er war tot, als ich nach Rosenheim kam. Oder kurz danach.«

Die Antwort war interessant. Ich griff ein. »Lassen Sie es mich anders formulieren«, sagte ich. »Sie kennen sicher Emma Gerstl. Was wissen Sie über sie?«

Claussen zögerte nur kurz. Dann sagte er: »Ich habe Emma

über Alberto kennengelernt, den Kioskbetreiber am Salingarten. Sie ist seine Nichte. Behauptet er jedenfalls.« Er setzte eine fragende Miene auf. »Und was soll Emma mit diesem – wie heißt er doch wieder? – zu tun haben?«

Seine Frage blieb unbeantwortet. Chili ergriff nun wieder das Wort. Sie stand noch immer hinter Claussen und sah auf ihn herab. »Emma Gerstl ist lange schon erwachsen und bestimmt nicht allein auf dieser Welt. Kennen Sie jemanden in ihrer näheren Umgebung?«

Chili konnte es aus ihrer Position nicht erkennen. Doch mir fiel sofort auf, wie Claussen bei dieser Frage nervös wurde. Sein Gesicht lief bis hinter die Ohren rot an, Schweißtropfen begannen sich auf der Oberlippe auszubreiten. Wir hatten also einen Treffer gelandet. Emmas Beschattung war nicht umsonst gewesen. Vielleicht würde Claussen uns den endgültigen Schlüssel zum Nachweis von Mays Schuld liefern.

»Der Name Gottlieb May sagt Ihnen demnach nichts?« Chili war es, die diese Frage stellte. Sie war auf meinen Fingerzeig eingegangen.

Claussen saß da wie ein Schüler, der beim Spicken erwischt worden war. Kopf gesenkt, rote Ohren, er wirkte wehrlos. Seine Lider zuckten rasch und flatterhaft. Vielleicht war er fortwährend damit beschäftigt, unschöne Bilder zu verdrängen. Kaum merklich schüttelte er den Kopf.

Heute weiß ich natürlich, was in ihm vorging. Er musste annehmen, dass wir auf wundersame Weise von seinen Mordplänen Kenntnis hatten, obwohl das ein Ding der Unmöglichkeit war. Wir hätten die Fähigkeit besitzen müssen, in sein Innerstes zu blicken. Trotzdem machte ihn dieses Gefühl nervös und unruhig.

Auch wenn wir uns jetzt von diesem Mann trennten, würden wir ab sofort ein waches Auge auf ihn und sein Lokal haben.

***

In Liebesdingen war Claus Claussen relativ unerfahren. Wer in Nordfriesland aufwächst, hat wenig Gelegenheit dazu. Es sei denn, er beschäftigt sich mit Robben oder Fischadlern. Deshalb konnte er nicht in vollem Umfang beurteilen, ob er sich in Gloria verliebt hatte oder ob es nur ein Anflug von Einsamkeit und Melancholie war. Gloria hatte Emma als Favoritin seines Herzens verdrängt, so viel war allerdings sicher. Wieder einmal kam es ihm vor, als würde er ein wenig den Boden unter den Füßen verlieren.

Aus einem unscharfen Grund war ihm mulmig, deshalb wollte er heute seinen Aberglauben pflegen und den Zug nach Rosenheim nehmen, um ins Lokal zu fahren. Die zurückliegende Vorladung zur Polizei hatte ihn aufgewühlt. Er konnte es jetzt noch spüren und hoffte, dass man es ihm nicht angemerkt hatte. Die Nacht war mit einem wilden Bilderreigen an ihm vorübergezogen, wie gerädert war er aufgewacht. Und hier im Zug sah er lauter Polizisten in Zivil mit oder ohne Rucksack, die ihn überwachten. Selbst beim Einsteigen war er auf eine Frau gestoßen, die er meinte, gestern im Präsidium gesehen zu haben.

Es war ein unerwartet schöner Tag, bestimmt acht oder zehn Grad wärmer als am Tag zuvor. Die Sonne spiegelte sich in den Schaufenstern der Heilig-Geist-Straße, schon nach einigen Schritten musste Claussen den Reißverschluss seiner wattierten Jacke öffnen.

Schon aus der Entfernung sah er, dass ein Mensch vor der »Roten Barkasse« wartete. Als er näher kam, konnte er ausmachen, dass es sich um einen Mann handelte. Einer, der nervös zu sein schien, denn er ging unruhig auf und ab. Als Claussens Augen sich endlich auf die nähere Entfernung eingestellt hatten, erkannte er, wer dieser Mann war. Am liebsten wäre er umgekehrt, doch er musste sein Geschäft öffnen. Es war sehr zu hoffen, dass dieser Mann ihn nicht daran hindern würde, denn Claussen schwante Böses. Er stand dem bulligen Koloss gegenüber, der gestern in der »Barkasse« gewesen war. An dessen Namen erinnerte er sich nicht mehr.

»Stimmt es, dass die Emma bei dir anfängt?«, fragte … Helmut, auf einmal fiel ihm der Name wieder ein. »Und frag nicht wieder so blöd ›Welche Emma?‹!«

Claussen hatte es eilig. Einen Streit konnte er nicht brauchen. Und eine Prügelei schon gleich nicht. Er hatte diesem Zweimetermann die Faust in den Magen gerammt, und der sah ganz nach Rache aus.

»Nein«, sagte er fast nichtssagend.

Helmut nahm eine drohende Haltung ein. Er ballte die Faust, die Augen blitzten. »Was? Du willst die Frage nicht beantworten, Bürscherl?«

Claussen holte sein schärfstes Nordfriesisch hervor. »Quatsch!«, konterte er. »Du Döspaddel weißt wohl selbst nicht mehr, was du gefragt hast.« Blödmann!, hätte er um ein Haar hinterhergeschossen. Doch gerade noch rechtzeitig verriegelte er den Mund. Er ging auf den Eingang zu.

Der andere versperrte ihm den Weg. Kein Wunder, er war fast so breit wie der Gehweg, sein Kopf reichte bis an den Türrahmen. »Freunderl, hör mal gut zu«, sagte er. Es klang wie Messerklinge durch groben Sand. »Du sagst mir jetzt sofort, ob Emma bei dir im Lokal anfängt, oder …« Der Rest blieb unausgesprochen. »Meine Freundin hat dich das gefragt, und sie wartet auf eine Antwort.«

Claussen konnte sich ein Lächeln nicht verkneifen. »Sag ich doch andauernd«, sagte er halblaut und machte einen erneuten Schritt auf die Tür zu. »Nein! Nein heißt nein. Wie kommt ihr eigentlich darauf?«

Helmut erwiderte nichts. Stattdessen blickte er umher. Dann packte er Claussen mit einer Hand an der Schulter, gleichzeitig verpasste er ihm einen gewaltigen Boxhieb in die Magengrube. »Woaßt scho, warum, gell?«, sagte er in unverfälschtem Bayerisch.

Während Claussen nach vorn wegklappte, knallte ihm Helmut noch zweimal die flache Hand anerkennend auf den Rücken. Dann drehte er sich ab und verschwand mit zufriedener Miene um die Ecke.

Claussen biss die Zähne zusammen. Er wollte schreien vor Wut und vor Schmerz, doch er brachte keinen Laut über die Lippen.

Er hatte den Eindruck, ihm waren für eine unbestimmte Zeit die Sinne geschwunden, als er wenig später im Lokal wieder zu sich kam.

Er hielt die Schlüssel in der Hand, die Tür war geschlossen, und er konnte sich nicht erinnern, wie er ins Innere gekommen war. Die Dinge um ihn herum sahen verwischt und schwammig aus, als ob sie in einem nebligen Schatten lägen. Er schloss die Augen und wartete ein paar Sekunden, dann öffnete er sie wieder. Jetzt konnte er allmählich Umrisse erkennen.

Einen weiteren Augenblick lang war er damit beschäftigt, zu verarbeiten, was geschehen war. Die Geschichte war wie ein böser Traum, der einem ins Bewusstsein kommt, sobald man aufwacht. Eine Zeit lang trieb es einen noch damit um, doch in den nächsten Stunden würde die Erinnerung verblassen und spätestens nach der nächsten Nacht gelöscht sein.

Er blinzelte ins Licht und brummelte leise vor sich hin. »Was soll das alles«, sagte er. Er sagte es nicht einmal, er sagte es mehrmals. Doch was ihn eigentlich die ganze Zeit schon beschäftigte, war die Tatsache, dass Gloria offenkundig einen Freund hatte. Sie hatte willig mit ihm geschlafen, ja, ihn schlicht und einfach dazu eingeladen, hatte aber einen Freund? Wie passte das zusammen? Und jetzt war sie eifersüchtig auf Emma? Vielleicht musste er sich in dieser Hinsicht erst an die bayerischen Sitten und Gebräuche gewöhnen. In seiner Heimat Nordfriesland war so ein Verhalten völlig ausgeschlossen. Oder?

Gloria kam gegen Mittag in die »Rote Barkasse«. Sie kam ohne Vorwarnung, und sie war allein. Schweigend stand sie an dem Stehtisch, der dem Eingang am nächsten war, und folgte jeder seiner Bewegungen mit den Augen. Wie schon beim ersten Mal spielten ihre Finger mit der Tasse, die vor ihr stand. Die Art, wie sie dort verweilte, ohne sich zu bewegen, erinnerte Claussen an Carmen.

»Carmen« war die erste und bisher einzige Oper, die er je gesehen hatte. In Flensburg, gewiss keine Spitzenbühne, doch er war von der Handlung und der Musik begeistert gewesen. Er erinnerte sich genau, wie Carmen dastand an einer Ecke der Zigarettenfabrik, den Fuß angewinkelt an der Mauer, eine Zigarette unheimlich cool zwischen den Fingern. Sie beobachtete die Soldaten, die gerade zum Wachwechsel aufzogen, und sang dabei ein Lied. Bis auf das Detail mit der Zigarette war die Szene in seinem Bistro genau wie damals im Flensburger Theater. Gloria war Carmen, er selbst war Don José und Silke die Micaëla. So schnell, wie es vor seinen Augen erschienen war, verschwand das Bild wieder.

»Hast du einen Wunsch?«, fragte er Gloria im Vorübergehen. Silke bediente den hinteren Teil des Lokals, er kümmerte sich um den vorderen.

»Ja«, flüsterte sie mit heißem Blick. »Dich!«

Beinahe hätte er die Teller, die er auf dem Arm trug, fallen lassen.

»Wie stellst du dir das vor?«, warf er ihr in einem ruhigen Augenblick zu. Er arbeitete in der Kombüse und hatte Gloria über die verspiegelte Wand im Blick. »Was ist mit deinem Freund?«

Sie lachte fröhlich. »Du hast doch nicht etwa Angst vor ihm? Nur weil er groß und stark ist und so grimmig tut? Er ist nicht mein Freund.«

Claussen sah erst verwundert drein, dann wurde sein Gesicht ausdruckslos. Er schwieg und widmete sich sehr dringend dem Zerteilen des Fischfilets und dem Häckseln des Gemüses. Die lupenreine Konsequenz ihrer Bemerkung.

»Es tut mir leid wegen heute früh«, sagte sie. »Da hat Helmut etwas übertrieben, wie's so seine Art ist. Aber das hat nichts mit uns zu tun, er will sich nur wichtigmachen. Ja, er ist mein Freund, und zwar schon seit Sandkastenzeiten. Er meint halt ständig, er müsste mich vor bösen Geistern schützen. Oder vor zudringlichen Männern.«

Aha. Ein Sandkastenfreund also. Was immer das sein sollte. Egal, was er jetzt dachte oder empfand, ihm gefiel immer besser, wie ihre schmalen, ausdrucksvollen Hände die Tasse umfassten und mit welcher Sehnsucht ihre Augen ihn im Spiegel liebkosten. Er schöpfte Hoffnung. »Du schläfst also nicht mit ihm? Ehrenwort?«

Wieder dieses fordernde Lachen, das ihn in den Wahnsinn treiben würde, wenn sie es öfter hören ließ.

»Versprochen. Da is nix!« Es klang ehrlich, und er wollte es hören. Sein Sichtfeld reichte aus, um im Spiegel zu realisieren, wie Gloria ihn von hinten ansteuerte.

»Also heute Abend?«, flötete sie. »Um acht oder Viertel nach bei mir? Du hast dir ja hoffentlich gemerkt, wo ich wohne.« Mit großer Geste verabschiedete sie sich mit einem Kuss auf den Mund, was von den Gästen mit großer Selbstverständlichkeit zur Kenntnis genommen wurde.

Silkes Stimmung ihm gegenüber wechselte von gesprächig zu wortkarg. Doch eine spitze Bemerkung konnte sie sich nicht verkneifen. »Ich wäre an Ihrer Stelle vorsichtig«, sagte sie, als niemand außer Claussen selbst sie hören konnte.

Von diesem Zeitpunkt an sah Claussen aus, als ob er ein aufmunterndes Lächeln gebrauchen könnte.

Silke schickte ihm eines.

Das Färberviertel in der Rosenheimer Altstadt war recht handfest in die Tage gekommen. Claussen konnte das bestätigen, während er seine Gedanken ordnete und die Richtung zu Glorias Wohnung einschlug. Die schmalen Gassen waren von malerischen, meist aber etwas heruntergekommenen Handwerkerhäusern gesäumt. Und die Wohnung selbst stand dem Viertel in nichts nach.

So gut wie alle Leitungen waren über Putz gelegt, und wenn man den Heißwasserhahn in der Küche aufdrehte, sprang im benachbarten Durchlauferhitzer ein Heer von surrenden blauen Flämmchen an und heizte den dünnen Wasserstrahl, der in das eierschalenfarbene Steingutbecken rieselte und sprühte. Das einzig Zeitgemäße an Glorias Wohnung waren ein Notebook, ein Drucker und ein Scanner, alle neueren Datums und äußerlich verstaubt. Es gab ein deckenhoch mit schmutzig grünen Kacheln verziertes Badezimmer mit Dusche und Waschbecken, dass jedoch die Toilette im Treppenhaus lag, war selbst für Claussens nordfriesischen Geschmack ein wenig zu nostalgisch. Aber für diese Oberbayern taugt es, sagte er sich. Für die ist's gerade recht.

Gloria empfing ihn mit einem kalten, frisch eingeschenkten Weißbier. Ein Grog oder ein Glühwein wäre ihm lieber gewesen, aber als Migrant musste man sich integrieren, wenn man hier leben wollte, dieser Tatsache musste nicht nur er ins Auge sehen.

»Das mit diesem Helmut ist mir noch nicht klar«, überfiel er sie gleich zu Beginn ihres Wiedersehens. »Ist er nun dein Freund oder nicht?« Ihre Antwort lag ihm am Herzen. »Seid ihr ein Paar?«

Sie lächelte und lehnte sich auf der Couch zurück. »Hab ich dir doch schon erklärt«, sagte sie und packte Trost in ihre Stimme. »Wir sind beide im selben Ort aufgewachsen. Wir besuchten denselben Kindergarten, und er war in der Schule ein paar Klassen über mir. Irgendwann hat es mich nach Rosenheim verschlagen, frag mich nicht, warum. Das wäre eine verschlungene Geschichte. Jahre später stand er plötzlich hier vor meiner Tür, er ist mir hinterhergezogen, weil: Er hat mich immer ein bissl verehrt und wollte mich irgendwann heiraten. Doch ich hatte darauf überhaupt keinen Bock. Ich mag ihn, aber ich liebe ihn nicht.«

»Aber ein Verhältnis hattet ihr, oder? Eine Affäre?«

»Nein! Begreif doch endlich. Der Helmut ist für mich wie ein großer, starker Bruder. Wenn ich ihn brauche, ist er da, und wenn ich ihn nicht brauche, oft auch.«

»So wie heute früh, als er mich zusammenschlug«, warf Claussen ein.

»Genau. Aber das war nur die Revanche für den Tiefschlag in deinem Wirtshaus. Hätt nicht sein müssen, find ich aber okay. Jedenfalls steht Helmut nicht zwischen uns.« Sie schloss die Augen halb und suchte seinen Blick. »Nicht zwischen dich und mich, verstehst?«

»Zwischen dir und mir«, verbesserte Claussen nachsichtig.

Gloria scherte sich nicht um Grammatik. Sie stand auf und ging mit Trippelschritten zu ihm hin.

Claussen saß nach vorn gebeugt in dem Korbstuhl, den sie ihm angeboten hatte. Er hob den Kopf und stellte das Weißbier auf den Fußboden. Er konnte ihr Parfüm riechen, ihre Haut, ihre Beine. Er betrachtete die metallene Gürtelschnalle und das helle Gewebe über ihrem leicht gewölbten Bauch und fragte sich, warum sie stehen geblieben war, unmittelbar vor ihm in Riechnähe. Nein, er fragte sich nicht, dazu kam es nicht. Die eigentliche Frage ging in dem wahnsinnigen Liebesgetümmel unter, das folgte und ihn komplett in Beschlag nahm.

Hinterher im Badezimmer hatte er Zeit, seine Gefühle zu ordnen. Er musste feststellen, dass sie außer Kontrolle geraten waren. Das hatte er nicht so gewollt, er konnte sie aber auch nicht zurückspulen wie einen Film.

Als er von der Toilette im Hausflur zurückkam, war ihm klar, dass für ihn nicht die geringste Chance bestand, gegen diese Leidenschaft anzukämpfen. Er setzte sich Gloria gegenüber, betrachtete das Weißbierglas zu seinen Füßen und schwieg.

»Woran denkst du?«, fragte Gloria. »Hast du jemanden betrogen?«

»Ich habe kein schlechtes Gewissen«, sagte Claussen.

»Wir haben bisher nur über mich gesprochen«, sagte Gloria. »Ich frag dich noch einmal: Du bist nicht verheiratet, oder? Hast du eine feste Freundin?« Sie lächelte schmal. »Von deiner … äh … Romanze mit Emma will ich gar nicht reden.«

»Nein.«

»Wieso nicht?«

Berechtigte Frage, dachte er. Wieso hatte er keine feste Freundin? Insgeheim ahnte er den Grund, er behielt das Schweigen bei.

»Aha. Deswegen also«, tat Gloria allwissend. »Komm, trinken wir noch was. Was möchtest du?«

Wortlos deutete er auf das fast halb volle Weißbierglas. Und stellte die Frage, die ihm schon die ganze Zeit auf dem Herzen lag. »Emma sagt, du seist eine ihrer besten Freundinnen. Stimmt das?«

Gloria sandte einen Blick zum Himmel. »So, hat sie das gesagt? Gut, dass ich weiß, dass ich unter Emma Gerstls besten Freundinnen bin. Ich frage mich allerdings, was ich von diesem Vorzug haben soll.«

Claussen verstand nicht. Er ging in die Küche an den Ausguss und schüttete das warm gewordene Bier hinein. »Und was bedeutet das jetzt? Bist du's oder bist du's nicht?«

Diesmal verdrehte sie die Augen. »Ja mei«, sagte sie. »Ich hab die Emma bei ihrer allerersten Fahrt als Stadtbusfahrerin kennengelernt. Da hätte sie fast einen Unfall gebaut, musste wahnsinnig scharf bremsen. Eine alte Frau ist gestürzt und hat sich verletzt. Ich hab der geholfen, Emma hat den Bus gestoppt und ist dazugekommen. Seither treffen wir uns ab und zu und tratschen. Kann schon sein, dass ich der Emma ihre beste Freundin bin, aber für mich gilt das nicht. Da gibt's wahrhaftig noch andere.«

Claussen hatte wieder in dem Korbsessel Platz genommen, der beim Hinsetzen quietschte wie eine schlecht geölte Tür.

Sie schwieg und verfolgte ihn mit nichtssagenden Blicken. Als er sie wieder ansah, sagte sie: »Ich bin eine ehrliche Frau. In allen Dingen ehrlich.«

»Warum sagst du das jetzt?«

»Ach, nur so. Für alle Fälle. Damit du keine Zweifel haben musst.«

Er überlegte kurz. »Ihr trefft euch öfters, Emma und du, stimmt's?«

»Worauf willst du hinaus? Ich hab dir doch schon gesagt,

wie ich zu Emma Gerstl stehe. Ich frag mich nur, warum sie dir überhaupt so wichtig ist.«

Ja, das fragte er sich mittlerweile auch. Er schwankte nicht mehr zwischen Emma und Gloria. Auch nicht zwischen Gloria und Silke, die er am Ende auch noch in Betracht gezogen hatte. Denn nach der heutigen Begegnung hatte er sich klar für Gloria entschieden.

Im Zimmer brannte allein die kleine elektrische Lampe neben dem Rechner, dessen Bildschirm schwarz war. Draußen war es um den trüben Schein einer Straßenlaterne herum stockfinster.

»Krieg ich noch ein Bier?«, fragte er, um Zeit zu gewinnen.

Gloria war eine Spezialistin im Einschenken von Weißbier. Genau die richtige Temperatur, exakt das richtige Maß an Schaum, das beim Antrinken an der Oberlippe kleben bleibt.

Gleich nach dem ersten Schluck stieß er ein genüssliches »Ahhh!« aus. »Ehrlich bist du also, gell?«, sagte er. »Dann kann ich dir die Version, die du über den Helmut geliefert hast, abnehmen?« Er schaute ihr knapp in die Augen, dann fuhr er fort: »So wie der sich aufführt, passt das nicht zu deiner Story. Von wegen großer, starker Bruder und so.«

Gloria lachte kurz auf. Ihr Lachen klang belustigt. »Ja, ich versichere dir, dass es stimmt, was ich erzählt hab. Aber sag mal, lieber Claus, warum ist dir das mit dem Helmut so wichtig?«

Innerlich wand sich Claussen wie ein glitschiger Wurm. Äußerlich aber behielt er Haltung, griff sich sein Glas und schmetterte: »Prost! Auf dich und mich!«

Waren es die Getränke oder die folgenden körperlichen Verausgabungen oder beides – Gloria wurde müde. Wenn sie sprach, tat sie es schon an der Grenze zum Schlaf und zum Traum. Claussen hörte ihr gern zu, sie flüsterte beinahe. Ihre Stimme entfernte sich allmählich vom Körper und besetzte doch den dunklen Raum, sie redete wie von selbst.

In der Früh, als er gegangen war, konnte er sich nicht mehr erinnern, worüber. Er öffnete selbst den Mund, um zu reden.

Auch ihm gelang nur ein Flüstern, auch er hatte keine Kraft mehr. Er bewegte zwar die Lippen, doch es war ein Sprechen an der Grenze zur Lautlosigkeit, ein verhaltener Gebrauch seiner Stimme zur Tonerzeugung, nicht mehr.

Einmal sah er sie in seiner Phantasie beide von oben, ein nacktes Paar auf dem Rücken, verschwitzt, verstrubbelt, tief atmend. Sie drehte sich zu ihm, legte ein Bein über seinen Bauch und kroch dicht an ihn heran. Diese Regung spürte er schon nicht mehr, nur mehr ein kurzer Reflex, dann schliefen sie zusammen ein.

Er genoss die Zeit mit Gloria. Wenn er ehrlich zu sich selbst war, konnte er die Frau zwar nicht wahrhaft durchschauen. Doch in all ihrer Rätselhaftigkeit versprühte sie einen noch nie zuvor erlebten Charme, ja Zauber. Vielleicht machte das Unberechenbare an ihr, ihre direkte Unbekümmertheit, auch gerade die zutiefst empfundene Attraktivität für Claus Claussen aus.

Dem Zudrücken ihres Halses war sie zuerst mit einem schrecklichen Krächzen und mit vor Angst geweiteten Augen begegnet. Doch dann wischte sie alles weg und tat so, als wäre nichts gewesen und als würde es ihr nichts ausmachen. Sie beschäftigten und unterhielten sich aufs Beste.

Er war früh dran, als er an diesem Morgen durch die noch unbelebten Gassen des Färberviertels zum Max-Josefs-Platz trottete, die Hände tief in den Jackentaschen vergraben. An jedem Arbeitstag war es dasselbe, nur heute ging er aus einer anderen Richtung auf die »Barkasse« zu. Und noch etwas war anders: Er ertappte sich dabei, dass er pfiff. Er erkannte sogar die Melodie.

Claussen hatte noch Zeit, es schlug acht Uhr vom Kirchturm. »Finster wie Sau«, murmelte er.

Ja, es war noch recht dunkel. Nur die Luft war gut. Als ob sie von den Bergen gefiltert und weiter aufgepeppt wurde und deshalb in den Lungen so wohltat. Er beschloss, sich auf die Bank neben dem Nepomuk-Brunnen zu setzen. Von hier hatte er einen himmlischen Blick auf die Stände des Christkindlmarkts, die zu dieser Tageszeit wie verrammelte Bauhütten wirkten, doch das war ihm wurscht. Das Wasser aus dem Speier des Zierbrunnens rauschte ihm in den Ohren, und die Lichter der Laternen spiegelten sich im Wasser, die Stimmung kam ihm vor wie in einem Märchen. Das Geräusch des sprudelnden Wassers ließ Erinnerungen wach werden, die tief in ihm schlummerten. Mariechen Fisch, seine Mutter, ließ regelmäßig Wasser über ihren Fisch laufen, um ihn frisch zu halten. Das Wasser, das in ihr Karpfenbecken sprudelte, hatte denselben Klang wie der Brunnen neben ihm. Wenn die Temperatur über dem Gefrierpunkt lag, lief das Wasser. Etwas wie Heimweh überkam ihn.

Wie ein Stich ins Fleisch durchfuhr ihn plötzlich wieder der Gedanke an Gloria. Mit geschlossenen Augen sah er ihren Gesichtsausdruck, als er zudrückte. Er sah, wie die Kapillargefäße in den Augen beinahe platzten. Wie das Licht schwand. Wie sie zu sterben drohte.

Jemand rempelte ihn an auf der Bank. Das weckte ihn aus seinem Wahn. Es war eine ältere Frau, die ihren Rollator vor sich abstellte und rumpelnd neben ihm Platz nahm.

»Grüß Gott«, sagte sie.

Das musste er den Eingeborenen zugestehen, freundlich waren sie. Sie grüßten, wo immer sie standen oder gingen oder sich sonst wie bewegten. Die Jüngeren begrüßten sich mit »Servus«, die Älteren eben mit »Grüß Gott«.

Nach den Bildern in seinem Kopf fiel es ihm schwer, in die Wirklichkeit zurückzukehren. War er dabei, zu einem psychopathischen Killer zu werden? Er lehnte sich zurück, ächzte und tippte sich mit dem Zeigefinger langsam gegen die Schläfe.

»Grüß Gott«, grüßte er zurück und stand auf.

Die Uhr vom Turm der Nikolauskirche schlug ein Mal. Viertel nach acht. Claussen machte sich auf den Weg. Von Beginn an hatte er sich geschworen, die »Barkasse« niemals auch nur eine Minute zu spät zu öffnen.

Die Straßen waren verlassen. Gelegentlich fuhr ein Lieferwagen an ihm vorbei. Manchmal konnte Claussen die Gesichter der Insassen sehen, manchmal nur die Glut ihrer Zigaretten. Über sich in der Finsternis ahnte er schon die Nebeldecke, die den Beginn des Tages verhängen würde. Er versuchte, sich nicht auszumalen, wie Gloria sich fühlte. Ihm war elend zumute.

9

Der Januar schien nicht vorübergehen zu wollen. Die Begeisterung, mit der Claus Claussen und die »Rote Barkasse« das neue Jahr begrüßt hatten, war hohlwangiger Ernüchterung gewichen. Mit dem Geschäft, das so erfolgversprechend begonnen hatte, waren sie keinen Schritt weitergekommen. Im Gegenteil: Die Umsätze waren zurückgegangen, die weihnacht- und silvesterliche Feierlaune war einer miesen Katerstimmung gewichen, die schwer zu überwinden war.

Die »Rote Barkasse« war kühl und roch sauber, ein Verdienst von Gerda, der Putzhilfe. Doch es war wenig los. Es fehlten die Gäste, die vorher bei ein paar Gläsern die Weihnachtsessen hatten ausklingen lassen. Es fehlten die, die sich für das neue Jahr einen besseren Lebenswandel vorgenommen hatten. Und wer durch die Bank durch Abwesenheit glänzte, waren so prominente Namen wie Max Berghammer, der Großbäcker, Emil Gassner, Geschäftsführer des bedeutendsten Kaufhauses, Heidi Carqueville, die Verlegerin, oder auch der Stadtrat Heino Wirnsmayer. Hinter dem Fehlen von Franzi Rakusch, dem Grafikchef, vermutete man finanzielle Beweggründe. Seine Zweimannfirma war noch nicht über die Startschwierigkeiten hinweggekommen. Hoffentlich kein Muster für mich, musste Claussen denken.

Doch immerhin der Rest der Stammrunde hatte das Jahr begonnen, wie er das alte beendet hatte. Während der Mittagspause der City-Firmen traf man sich zum Essen oder auf einen Kaffee unter Führung von Peter von Croesen, dem Versicherungsmakler. Wer Lust hatte und die Freiheit genießen durfte, blieb etwas länger.

Später, nach Feierabend, bildete sich ein anderes Rudel. Der Leitwolf war hier freilich ein ganz anderer. Es war Alberto. Es stellte sich heraus, dass der kleine Kioskbetreiber über ein ausgedehntes Netzwerk verfügte. Die Gruppe war sozusagen die Dorfzeitung. Verwertbarer und weit hergeholter Tratsch, neueste Business-News, Personalveränderungen bei den Eishockey-Starbulls, vor allem aber das Neueste von Facebook und den anderen Medien bekam Claussen auf diese Weise täglich mit.

Auch Emma ließ sich ab und zu blicken. Emma, der Claussen täglich im Bus begegnete, den sie lenkte. Ihr Verhältnis hatte sich zwar merklich abgekühlt. Doch wenn sie in die »Barkasse« kam, wanderten ihre Augen als Erstes zu Claussen, und sie begrüßten und verabschiedeten sich nach wie vor mit einem Küsschen.

Manchmal kam Emma etwas früher, und dann unterhielten sie sich, bis die anderen eintrafen. Emma auf einem Hocker an der kleinen Bar, er im Stehen in seiner Kombüse bei der Arbeit. Von einem Arbeitsersuchen ihrerseits keine Spur. Claussen fiel nur auf, dass sie offenbar den Kontakt mit ihrem Onkel Alberto mied oder zumindest eingeschränkt hatte. Er scheute sich, sie nach dem Grund zu fragen.

Insofern war die »Rote Barkasse« in kurzer Zeit zu einem Informationszentrum in der Stadt herangewachsen, der Buschfunk funktionierte. Gerüchte, Halbwahrheiten und Tatsachen reihten sich aneinander und waren kaum mehr auseinanderzuhalten. So hielt sich hartnäckig die zweifelhafte Botschaft, wonach Emmas Freund im Zusammenhang mit dem Mangfall-Mord verhaftet worden sei. Deshalb sähe man sie in letzter Zeit nur mehr allein. Claussen sammelte diese Nachrichten und formte sich ein eigenes Bild. Gotti. May hieß der Mann angeblich, Gottlieb May, wenn er sich richtig erinnerte.

Sofort musste er an die beiden Polizisten denken, die vor Weihnachten bei ihm im Lokal waren und die ihn an der Autobahn vernommen hatten. Ein Mann und eine Frau, die Frau schien das Kommando zu haben. Sollte er sich dort schlaumachen? Er verwarf den Gedanken wieder. Er wollte nicht weiter ins Visier und die Mühle der Polizei geraten. Falls das Gerücht überhaupt stimmte.

Claus Claussen hatte sich verliebt. Gloria und er sprangen zwar miteinander ins Bett, doch sie waren noch kein Paar. Sie kam selten ins Lokal, und sie traten nicht zusammen auf. Er war zuversichtlich, dass sich das bald ändern würde. Alle Anzeichen sprachen dafür, ebenso wie die Tatsache, dass sie nach Lage der Dinge tatsächlich kein Verhältnis mit diesem Helmut zu haben schien. Sie hatte also die Wahrheit gesagt.

Der Mann ließ sich noch immer in der »Barkasse« blicken, das eine Mal mit einem Bekannten, das andere Mal allein. Er schien sich sogar an Silke heranmachen zu wollen, und Silke schien nicht abgeneigt. Doch mit Gloria war er nie zusammen. Das stimmte Claussen froh, denn er hasste Auseinandersetzungen solcher Art.

Es war kurz vor Mittag, als er sich spontan entschloss, Gloria anzurufen. Spontan war es nicht wirklich, er hatte schon eine ganze Weile auf dem Gedanken herumgekaut.

»Ja?«, hörte er. Es klang kurz angebunden, warum? Ihr Display meldete ihr doch, wer anrief.

»Wollen wir uns heute sehen?«, fragte er.

»Äh … äh …«

Irgendwie komisch, dieses Zögern.

»Was ist, Gloria? Was ist los? Soll ich zu dir kommen? Oder willst du mit der Bahn nach Raubling?«

»Äh … mir geht's nicht gut. Irgendwas mit dem Magen. Können wir das verschieben?«

Er räusperte sich und versuchte, seinen aufkeimenden Zorn möglichst runterzuschlucken. »Ist doch egal«, hakte er nach. »Wir müssen ja nichts essen. Ich will dich nur in den Arm nehmen. Oder so.«

Kurze Pause. »Tut mir leid, Claus. Ich fühle mich wirklich nicht wohl. Es ist nicht nur der Magen. Ich ruf dich an, wenn's mir wieder besser geht, okay?«

»Oder wir treffen uns in der ›Barkasse‹. Ich mach dir Lindenblütentee.« Es war ihm nicht gelungen, fürchtete er, den sarkastischen Ton zu unterdrücken.

Die Abendrunde mit Alberto an der Spitze kam aus dem Diskutieren, wie sie es hochtrabend bezeichneten, nicht mehr raus. Es wurde spät. Claussen redete eine Minute mit Alberto, bevor er sich ans Saubermachen der Tische und der Kombüse machte. Es waren die ersten Worte seit längerer Zeit, die er mit ihm wechselte. Seit er die »Barkasse« eröffnet hatte, kam er während der Öffnungszeiten nicht mehr an den Kiosk, und wenn der Italiener im Lokal war, war er umgeben von seinen Leuten, außerdem hatte Claussen dann anderes zu tun. Dazu noch hatte er den Verdacht, dass Emma die Ursache dafür war, dass Alberto sich von ihm distanzierte. Sie war schließlich seine Nichte.

Im grellen Licht der Spots reinigte er gerade eine Pfanne, als er laut und überdeutlich das Wort *amore* vernahm. Dieses Wort fand weltweit Beachtung und Wertschätzung, so auch bei Claus Claussen. Seine Ohren dehnten sich auf ungeahnte Längen.

Es ging um Gloria. Claussen hatte sich Alberto diesbezüglich einmal anvertraut, und jetzt wurde auf allem, was man meinte, über sie und um sie herum zu wissen, heftig herumgekaut. Auch auf ihrer neuen Liebe, wie er den Gesprächsfetzen entnahm. Er schnappte den schiefen Blick auf, den Alberto ihm hersandte. Unter Claussens Füßen schmolz der Boden. Seine Nackenhaare sträubten sich. Ihm wich alles Blut aus dem Gesicht. Voller Ungeduld wartete er ab, bis die Meute schwätzend und schulterklopfend absegelte. Eilig schloss er ab und machte sich auf den Weg.

Er machte einen kleinen Schlenker und suchte die siebenköpfige Entenkolonie auf, die Gloria und er kürzlich am Bach entdeckt hatten. Es waren Mandarin- und Stockenten, und er und Gloria hatten sich ausführlich darüber unterhalten. Als er sich näherte, war er überrascht, dass er von Weitem schon lebhaftes Geschnatter hörte.

An der Böschung nahe einer Straßenlaterne stand eine Frau im dunklen Mantel. In der einen Hand hielt sie eine abgewetzte Einkaufstasche, mit der anderen versuchte sie, deren Inhalt gerecht unter den Enten zu verteilen. Sie überging die frechsten, die sich bis an ihre Füße vorwagten, und warf die Brotstücke den schüchternsten zu, die am Bachufer hin und her watschelten und, kaum hatten sie sich eines geschnappt, es sich von den tüchtigeren wieder abjagen ließen.

Claussen spürte, wie sich Tränen in seinen Augen sammelten, als er an der Frau vorüberging. Verständnisvoll erwiderte er ihr Lächeln. Er nahm den schmalen Uferpfad, der schnurstracks ins Färberviertel führte. Der Weg war von einer Platanenallee gesäumt. Zweimal musste er sich an den Wegrand stellen, um Radler vorbeizulassen, die ohne Licht fuhren. Dabei herrschte hier Fahrverbot.

Er warf einen Blick auf die Uhr. Auf keinen Fall durfte er den Bus, notfalls den Zug verpassen. Er musste sich also beeilen.

Die Gassen im Färberviertel waren dunkel und schmal, manche verliefen so gewunden, dass man sich als Unkundiger sehr leicht verirren konnte. Immer wieder hörte Claussen schrille und lachende Gruppen, die durch die Stadt zogen, sie schienen sich auf das Zentrum zuzubewegen. Unversehens stand er am Rand eines ausgedehnten Platzes, der von langen Arkadengängen eingefasst war. Einer davon führte zu einer mächtigen Kirche, deren Glocken im selben Augenblick die Zeit anzeigten. Es läutete zweimal, es war halb elf. Claussen beschleunigte seinen Schritt. Er musste heute noch nach Raubling kommen. Als er in ein Gässchen einbog, das zu der Kirche führte, dämmerte ihm, dass er soeben den Max-Josefs-Platz hinter sich gelassen hatte. Er war in eine komplett falsche Richtung gelaufen und hatte sich im Kreis gedreht.

Ihre Sätze gingen ihm nicht mehr aus dem Kopf. Wenn Gloria sich so miserabel fühlte, wie sie beschrieben hatte, musste sie unweigerlich zu Hause sein. Das wollte er prüfen, auch wenn er sich bei dem Gedanken unwohl fühlte. Nur – er wollte sichergehen, dass er von ihr nicht übers Ohr gehauen wurde, ein vages Gefühl der Unsicherheit hatte ihn schon bei ihrem Telefonat überkommen.

Die Fassade des Hauses, in dem sich die Wohnung befand, stand blutleer, ja leichenblass in der Gasse. Kein Licht brannte. Auch nicht im ersten Stock, in dem Glorias Wohnzimmer lag. Natürlich, sie hatte sich ins Bett verzogen, wenn sie krank war, kam ihm in den Sinn, und das Schlafzimmer ging nach hinten hinaus.

Breitbeinig stellte sich Claussen vor das Haus und stützte die Fäuste in die Hüfte. Reglos und aufrecht stand er da wie ein böser, kampfbereiter Raubvogel in der Savanne. Kaum ein Laut. Nur hinter ihm in der Ferne war noch das Lärmen der Nachtschwärmer zu hören. Vor ihm sprang eine Katze von undefinierbarer Farbe in langen Sätzen an der Hauswand entlang und verschwand um die Ecke. So stand er mindestens eine Viertelstunde lang. Er bewegte sich kaum, nichts rührte sich um ihn herum. Er wusste nicht, warum er so dastand, während die Zeit verrann.

Dann, ganz plötzlich, ging das Licht im Hausflur an, der rechteckig verlaufende Milchglaseinsatz verriet den Schein. Kurz darauf öffnete sich die Haustür. Das Erste, was er wahrnahm, waren zwei Geräusche. Zuerst die unverständlichen Worte aus einem Männermund. Dann ein gurrendes Lachen aus weiblicher Kehle. Claussen wurde glühend heiß. Noch behalf er sich mit dem Glauben, dass er sich täuschte und die Frau eine andere war. Doch als sie im Licht stand, wurde sie gnadenlos unverwechselbar: Das Wesen, das da im Eingang stand und jubilierend den Mann umarmte, war Gloria, kein Zweifel! Und Gloria, auch ohne Zweifel, war pumperlgsund. Diesen und einige andere bayerische Begriffe hatte er von Emma übernommen, die ihm im selben Augenblick einfiel.

Gloria! Was tat sie nur? Sie hing an dem Mann, der sich entfernen wollte, und ließ ihn nicht los. Sie flehte, sie war nahe am Weinen. Helmut kam ihm in den Sinn, der Koloss. Dieser dort war alles andere als ein Koloss, es war ein anderer. Etwas spornte Claussen an, loszusprinten und die Sache auf seine Art zu regeln. Doch ein letzter Rest an Lauterkeit, vielleicht auch Vorsicht, hielt ihn zurück.

Er konnte sich nicht erinnern, in seinem Leben je solche Eifersucht gespürt zu haben. Nun aber überfiel ihn das grauenhafte Monstrum und fraß sich in ihm fest wie ein feuriger Drache. Das Gefühl bohrte sich in seine Eingeweide, höhlte ihn aus und ließ ihn nicht mehr los.

Das Schauspiel drüben ging zu Ende. Der Mann entfernte sich mit den Händen in der Hosentasche, er drehte sich nicht um und warf keinen Blick zurück. Gloria – es gab nicht die geringste Ungewissheit, dass sie es war – stand lange unter der Tür und sah ihm nach. Claussen kochte. Scharrte mit den Füßen. Wollte schreien. Wollte die Fesseln lösen, die ihn banden.

Gloria, noch immer im Licht, schaute zu ihm her.

Er wusste nicht, ob sie ihn wahrnahm.

»Gloria?«, hörte er sich halblaut sagen und trat aus dem Schatten. Der Blick war fest auf sie geheftet. Ihm war unklar, ob er sie umarmen oder erwürgen würde, wenn sie ihm unter die Finger kam.

Gloria blieb stumm, sie sprach kein Wort. Auf Claussen wirkte sie wie eine Madonna im Glorienschein. Eine schwarze Madonna.

Weiterhin schweigend wandte sie sich um und ging langsam zurück in den Hausflur. Sie schloss die Tür.

Claussen konnte ihre Silhouette durch das Glas in der Tür erkennen. »Gloria«, sprach er noch einmal leise vor sich hin.

Dann verlöschte das Licht, und alles war wie vorher. Als ob sich nichts ereignet hätte.

Für Claus Claussen war eine Welt zusammengebrochen. Er schwebte unbestimmt zwischen Trauer, Wut und Eifersucht. Im Zeitlupentempo kehrte er dem Haus den Rücken. Als es vom Kirchturm elf Uhr schlug, beschleunigte er seinen Schritt. Den Bus hatte er verpasst, nun blieb nur mehr der Zug, und der fuhr in wenigen Minuten. Er zog die Hände aus den Taschen und rannte. Am Max-Josefs-Platz wäre er beinahe über einen schwarzen Hund gefallen. Am Ende des Salingartens, kurz vor der Einmündung in den Salinplatz, versperrten ihm drei Menschen den Weg. Sie sprachen Bayerisch.

»Wo wuisdn hi, so gschwind?«
»Geh, zoi uns do no a Bier!«
Nachher bedrohlicher: »Wannsd ned spursd, raubn mir di aus!«
Er war schneller als die drei.

Es gab drei Ticketautomaten in der Halle. Zwei waren besetzt, der dritte ging nicht. Mit Mühe konnte er die Fahrkarte nach Raubling lösen. Auf den letzten Drücker erreichte er den Zug auf Bahnsteig sieben. Kurz nach Mitternacht war er in seiner Wohnung. Brandeilig huschte er ins Badezimmer und übergab sich.

Er drückte Glorias gespeicherte Nummer. Er hörte, wie das Telefon wählte, jede einzelne Ziffer hörte er. Gerade noch rechtzeitig legte er auf. Er klickte sich noch zu Emmas Nummer durch. Doch er biss die Zähne zusammen und wählte nicht. Er wollte allein bleiben, auch wenn er jetzt keinen Schlaf fand.

Gloria, gute Nacht und ade.

10

Die folgenden Tage verliefen farb- und trostlos. Gloria ließ sich nicht blicken. Claussen war in Gedanken bei ihr und einsilbig zu den Gästen. Das färbte natürlich auf Klima und Umsatz ab. Resolut machte Silke ihn darauf aufmerksam. Er versuchte sich zu bessern.

Alberto nahm ihn zur Seite und legte ihm den Arm um die Schulter. »Was ist mit dir los, *amico*?« Das hatte er lange nicht getan. Als sie sich kennenlernten im Salingarten, war Alberto wie ein Vater zu ihm gewesen oder wie der gute Onkel. Er pflegte das Italienische und versuchte, es Claussen nahezubringen. Die italienische Küche, die Musik, den Fußball. Doch Claussen war das Bayrische schon exotisch genug, und er widerstand. Die gemeinschaftliche Nähe zu Emma hatte die beiden unterschiedlichen Männer verbunden. Doch im gleichen Maß, wie Claussen sich Gloria zuwandte, hatte Alberto ihm den Rücken zugekehrt.

Und Claussens Gedanken blieben bei Gloria. Mitleidlose Träume zerrissen seine Seele, schweißgebadet wachte er morgens auf. Bis er endlich Boden fand: Er wollte ein Geschenk für sie besorgen. Gloria war nicht die Einzige, der er noch nie etwas geschenkt hatte, es war also etwas Besonderes, wenn er es tat.

In der Früh war wenig los, sie bereiteten im Wesentlichen nur das Mittagsgeschäft vor. Er bat Silke, ihn für eine Stunde zu vertreten, und verdrückte sich mit schlechtem Gewissen.

Er war sich sicher, dass er sich auf dünnes Eis begab. Die Situation, in der er Gloria hatte zuschauen müssen, war bar jeden Zweifels. Gloria hatte ihm gesundheitliche Probleme vorgetäuscht und damit seine Einladung zurückgewiesen. Sie hatte einen Mann zu später Stunde zur Tür begleitet, und vorher war kein Licht in der Wohnung an gewesen, was sollte man davon halten?

Er hatte geschwankt, ob er sie erwürgen oder erschlagen sollte oder sich sonst wie an ihr rächen. Schließlich hatte er sich entschieden, es noch einmal im Guten mit ihr zu versuchen. Nur ein einziges, letztes Mal noch! Auf diesem Pflanzboden war die Idee gereift, es mit einem Geschenk zu versuchen und ihr nicht aufzutischen, dass er sie bei einem Fehltritt ertappt hatte. Hatte er überhaupt ein Recht dazu? Die Frau war nicht in seinem Besitz wie ein Hund oder ein Koffer. Doch auch diesen Einwand wischte er im Handumdrehen vom Tisch.

Gut und schön, wenn er ihr ein Geschenk besorgen wollte. Aber welches? Und wo? Silke hatte schließlich die richtige Eingebung gehabt.

»Jede Frau wünscht sich Geschmeide«, hatte sie gepredigt. »Egal, welches, es muss nur glänzen und funkeln. Um eine Kette zu kaufen, brauchen Sie die Weite. Dasselbe gilt für einen Ring. Bleiben also nur Anhänger oder Armband. Wenn Sie es sich leisten können«, fügte sie mit kritischem Blick hinzu.

Aha, Silke kannte sich aus. Er entschied sich für das Armband. Er fand es bei Karstadt.

»Soll ich es geschenkmäßig verpacken?«, wurde er gefragt.

»Ja bitte, unbedingt.«

Er hatte also nun ein Armband für Gloria. Was fing er damit an? Mit der Post verschicken? Blödsinn. Es mit zusammengebissenen Zähnen persönlich übergeben? Die einzige Lösung.

»Gloria? Bist du wieder gesund? ... Ja? Prima. Hör zu, ich möchte dich für Sonntag zu einem Brunch einladen. Welche Uhrzeit würde dir passen? Vielleicht halb elf, elf Uhr?«

Er hatte sich gerade erst auf den Weg gemacht, doch Claus Claussen war genervt. Genervt von der Farce, die er würde spielen müssen, indem er Freude und Leidenschaft heuchelte, wenn er sich mit Gloria traf. Genervt, weil er Geld für eine Sache ausgegeben hatte, die sich wahrscheinlich nicht auszahlen würde. Und genervt, weil er im Grunde sicher war, dass die Affäre mit Gloria vorbei war, so oder so. Die Obsession war vorbei. Der Vertrauensbruch war zu gewichtig. Wozu also die Investition?

Er beschloss, sie an der Wohnung abzupassen. Sie waren für elf Uhr am Café Innig verabredet, einem modernen Lokal in industriellem Outfit, das früher ein Steinmetzbetrieb gewesen war und an der Innstraße lag. Gloria würde zehn Minuten benötigen, um dorthin zu kommen, also stand Claussen kurz nach halb elf schräg gegenüber ihrer Wohnung. Er fühlte sich unruhig, beinahe nervös.

Was er mit ansehen musste, jagte ihm Schauer über den Rücken. Hämmernde Kopfschmerzen ließen ihn die Zähne zusammenbeißen. Er ballte die Fäuste in den Hosentaschen, als er den Mann sah, der vor Gloria aus dem Haus trat. Sie hatte wieder ihre Wollmütze auf dem Kopf und trug einen schwarzen gefütterten Anorak.

Der Mann, den er vorher nur einmal im Dunklen gesehen hatte, hatte die Figur eines Langstreckenläufers. Hoch aufgeschossen, hager, hohlwangig. Gekleidet war er wie ein Model für Gutwetter-Winterkleidung einschließlich der cognacfarbenen Bullboxer-Sneakers. Er langte mit einer Hand nach hinten, und sie ergriff die Hand. So gingen sie die schmale Gasse hinunter, die Claussen zum ersten Mal bei Tageslicht erlebte.

Was sollte er tun? Die ganze Sache hinwerfen? Das Geschenk im Bach versenken? Gloria aus seinem Kopf streichen? All diese Gedanken verschwanden aber hinter einem anderen, viel gewaltigeren, bisher nie gekannten Empfinden: dieser alles durchbrechenden Eifersucht. Von einer Sekunde auf die andere wurde sie durch den Umstand entfacht, dass Gloria in Begleitung eines Fremden aus dem Haus gekommen war, der womöglich sogar die Nacht bei ihr verbracht hatte. Entschlossen und verbittert folgte er den beiden über den Ludwigsplatz.

Heute am Sonntag wirkte der Platz leblos. Sonst war hier reger Marktbetrieb, sonst hupten Autos, Radfahrer hoppelten über das Pflaster, während verzweifelte Fußgänger sich hastig über die Kaiserstraße retteten.

Zum Innig waren es von hier nur wenige Schritte. An dem kleinen Kreisel, der die Innstraße vom Ludwigsplatz trennte, blieben die beiden stehen, sahen sich kurz an, und Gloria verabschiedete den Mann mit Küsschen links und rechts, bevor er Richtung Innenstadt verschwand.

Claussen verzögerte den Schritt, sodass er Gloria erst am Eingang zum Café Innig traf, dort, wo sich in der warmen Jahreszeit der Biergarten befand.

Das Café Innig war eher ein Lokal in der Art einer italienischen Trattoria mit überhohen Decken, einfachen Tischen, Bänken und Stühlen. Eine Kuchentheke, eine Kaffeebar und eine einsehbare Küche rundeten das Bild ab. Sie wurden von einer jungen Kellnerin in Jeans und Wollpulli charmant begrüßt und zu einem Ecktisch neben einem Fenster geleitet, wo sie ungestört sein konnten.

Die Karte wies sieben Sorten von Frühstück aus, Gloria wählte das venezianische. Claussen war der Appetit vergangen, er bestellte nur ein weiches Ei.

»Wie geht es dir, Gloria?«, begann er heuchlerisch und unter Zögern.

Sie saßen über Kreuz an einem quadratischen Tisch.

Ihre Antwort war ebenso scheinheilig wie seine Frage. »Danke, mir geht's gut. Ich habe nur im Moment recht viel zu tun.« Sie hob die Augen zur Decke.

Das Tisch-Thermometer sank auf minus vierzig Grad.

Was sie denn so zu tun habe, hakte er nach. Es wurde ein Frage-Antwort-Spiel, aus dem er nicht schlau wurde. Am liebsten hätte er sie hier auf offener Bühne umgebracht. Er erfühlte das Päckchen mit dem Geschenk in seiner Tasche und überlegte zum wiederholten Mal, ob er es opfern sollte.

Das Essen und die Getränke standen schnell auf dem Tisch. Der Reigen wollte nicht enden, Eier, Gemüse, Wurst, Käse, Pilze und Artischocken, Kaffee, Marmelade und Gebäck.

»Ganz Venedig liegt Ihnen zu Füßen, meine Herrschaften«, sprach die Kellnerin und warf ihr Haar zurück.

Claussen musste herausfinden, wer der Mann war und in

welcher Beziehung er zu Gloria stand. Es konnte schließlich auch ihr Cousin aus Südfrankreich oder vom Balkan sein. Obwohl – wie sie sich verhalten hatten, ihre Gesten, das sprach Bände. Sie ließen keine andere Lösung zu als die Befürchtung, die er hegte. Er überlegte, wie er es am geschicktesten anstellen sollte.

Doch sie selbst ergriff die Initiative. »Sag mal, wie bist du eigentlich auf die Idee mit der Krabbenstube gekommen?«

Es hörte sich an wie eine harmlose Frage, aber er spürte genau, dass dahinter mehr steckte. Er erklärte ihr seine Liebe zum Meer, aber auch zu diesem oberbayerischen Landstrich. Er sprach von seinem Geburtsland, seiner großen Neigung zum Kochen und von seinem Wunsch, schon seit frühester Jugend, ein Lokal aufzumachen, speziell eine Krabbenstube.

Während er erzählte und für sich überlegte, verfolgte er wieder das Spiel ihrer Finger, das er schon aus der »Barkasse« kannte. Seine eigenen Finger hielt er dabei ganz still, fast furchtsam still. Er ließ sie auf dem glatt polierten Holz des Tisches liegen, als wären sie dort festgeschnallt.

Eine Frage hatte er sich während des Sprechens überlegt. Er stellte sie zum Schluss und sah ihr dabei direkt in die Augen. Nicht die leiseste Reaktion konnte ihm entkommen. »Wer war der Mann, der dich herbegleitet hat?« Jetzt war es heraus.

Ihre Augen blieben ruhig. Kein Zucken, kein verdächtiges Flackern, keine Regung. Auch ihre Miene veränderte sich nicht. Als ob sie vorbereitet gewesen wäre und die Frage erwartet hätte.

Seine eigenen Augen wanderten hinab zu ihren Fingern. Sie rührten sich nicht. Vorhin hatten sie sich noch in gewohnter Weise fast nervös bewegt. War es nicht obszön, was sie trieb?

Er begann sich selbst von dem gefährlichen Thema abzulenken und startete den Versuch, Gloria unter dem Aspekt Sex zu betrachten. Ihre Ausstrahlung veränderte sich, ihre ganze Figur und ihre Gestik gerieten in ein anderes Licht. Er erinnerte sich, wie sie sich auszog, den Pulli zuerst, dann die

Hose, den BH und ganz zum Schluss den roten Tanga, der zum Vorschein kam. Er selbst hatte keine Chance gehabt, mitzuwirken, da war sie schon nackt. Vielleicht mochte sie noch ganz andere Dinge. Was Sex anging, war ihr alles zuzutrauen.

»Warum fragst du? Ich bin doch nicht mit dir verheiratet!« Ihre Stimme klang heiser und wie von weit her.

Er wollte kontern. Doch er hielt die Anspannung nicht mehr aus. »Entschuldigung«, sagte er und verschwand zur Toilette im ersten Stock.

Als er wiederkam, war Gloria nicht mehr da. Ihr Anorak war weg. Ihre Aura war geblieben.

»Sagen Sie«, fragte er die Kellnerin, »hatten Sie meine Partnerin im Blick? Wo ist sie hin?«

Die junge Frau gab eine ausweichende Antwort und wandte sich wieder der Kaffeebar zu.

Er rannte hinaus. Sie blieb verschwunden. Er ging zurück, bezahlte und warf sich die Jacke über die Schultern. Plötzlich fühlte er sich erschöpft, müde, verbraucht, benutzt. Er war in diesem Augenblick ein anderer Mensch als der, der dieses Lokal betreten hatte. All seine Sinne waren auf Gloria gerichtet. Mindestens aber ebenso sehr auf den rätselhaften Mann, der sie begleitet hatte.

Die nächsten Tage vergingen mühsam. Claussen fühlte sich wie magenkrank. Seine Innereien schienen sich ineinander verknotet zu haben. Beim Anfassen oder auch nur Ansehen von Fisch wurde ihm fast übel. Häufiger als üblich trieb er sich in der Stadt herum und übergab stundenweise Silke das Geschäft. An der frischen Rosenheimer Luft und bei Bewegung wurde ihm besser.

Am Donnerstag war Markttag. Der Ludwigsplatz und der nördliche Teil des Max-Josef-Platzes waren dann übersät mit Ständen. Da er ohnehin einiges zu besorgen hatte, setzte er kurzerhand Silke wieder als Geschäftsführerin ein – »Ich verspreche dir eine Gehaltserhöhung, sobald wir im Gewinn sind« – und begab sich mit dem ausladenden Henkelkorb, mit dem Silke sonst die Semmeln holte, zum Ludwigsplatz.

Die Stadt war noch winterlich. Inseln mit sülzigem Schnee füllten den Platz, die künstlichen Bächlein, die hier flossen, waren übervoll.

Der Markt war viel größer, als er ihn in Erinnerung hatte. Mit all seinen bunten und verschiedenartigen Ständen reichte er bis in die sternförmig vom Platz abgehenden Seitengassen hinein und schien so die halbe Innenstadt zu füllen. Langsam und achtsam, um niemanden umzustoßen und selbst nicht angerempelt zu werden, durchstreifte Claussen die Menge.

Es gab Stände mit Kleidung und Schuhen, sogar Eisenpfannen wurden angeboten, Küchengeräte, Käse und Wurst, Gänse- und Schweineschmalz. Einige Geschäfte meinte er auch auf dem Christkindlmarkt gesehen zu haben. Wonach er aber suchte, waren die Stände mit Obst und Gemüse. Als er diesen Teil gefunden hatte, blieb er stehen und ließ den Blick schweifen. Und plötzlich, recht weit entfernt, aber doch deutlich im Hintergrund der Szene, erkannte er ihn: den Mann an Glorias Seite. Sofort hielt er auch nach ihr Ausschau. Ihm fiel ein Stein vom Herzen, als er sie nicht entdecken konnte.

Einen ganzen Kopf überragte der Mann mit dem Aussehen eines Extrembergsteigers die umgebenden Menschen. Heute kam er Claussen im Gesicht noch ausgemergelter vor als kürzlich. Er hatte eine blaue, eng anliegende Jacke an, ein goldenes Emblem schmückte die rechte Seite. Eine große Einkaufstasche aus blauem Stoff hing über seiner Schulter, er hatte den schlendernden Gang eines Mannes, der vor Selbstbewusstsein strotzte. Claussen war dieser Zug zutiefst unsympathisch. Er hatte sich in den Schatten eines überhohen Schirms gestellt und betrachtete den anderen mit einem abwägenden, skeptischen Blick. Er fragte sich, wie weit die Zweisamkeit zwischen diesem Fremden und Gloria wohl gehen mochte.

Das Rasierzeug, das er in Glorias Badezimmer entdeckt hatte, gehörte das womöglich zu ihm? Dieser Gedanke bereitete Claussen Angst, innerlich war er flatterhaft wie ein balzender Auerhahn. Er durfte sich nicht ablenken lassen, wieder fixierte er den Hintergrund.

Der Mann hatte sich vor einen Gemüsestand gestellt und hielt ein Bund Karotten in der Hand. Er beäugte sie, sprach mit dem Verkäufer. Claussen näherte sich dem Stand und dem Mann bis auf wenige Meter und postierte sich seitwärts, hinter einer langen Flanke anderer Stände. So konnte er dem Geschehen folgen, ohne bemerkt zu werden. Er wollte versuchen, dem anderen auf den Fersen zu bleiben, ohne seine Pflicht, ins Geschäft zurückzukehren, zu vernachlässigen. Er musste herausfinden, wie und vor allem wo der Streifzug endete.

Der Geier – so hieß er bei Claussen mittlerweile – legte ganz offensichtlich keinen Wert darauf, voranzukommen. Jedenfalls musterte er die Umgebung so, als überlegte er sich jedes Mal von Neuem, ob er etwas kaufen sollte. Für Claussen war es nicht leicht, ihm geschmeidig und unbemerkt zu folgen, außerdem musste er auf der Hut sein.

In der Nähe des Wasserbrunnens hatte der Geier einen Zigarillo im Mund. Nach jedem Rauchausstoß bewegte er ihn hin und her, als hätte er großes Vergnügen an dieser Raucherei. Rauchend begrüßte er auch einen fahrenden Schuhhändler. Claussen beobachtete, wie der Mann eilig in seinem Lieferwagen verschwand und mit einem hellen Karton wieder erschien. Er hielt den Karton vorsichtig in beiden Händen, es schien, als hätte er für seinen Kunden ein ganz besonderes Paar Schuhe ausgesucht. Er stellte die Schuhe direkt vor ihn hin auf das Pflaster. Der Geier nickte großmütig und entledigte sich trotz der Minusgrade seiner Schuhe, um in das neue, glänzende Paar hineinzuschlüpfen. Sekundenlang drehte er sich pfauenhaft vor einem auf dem Boden stehenden Spiegel, dann klatschte er theatralisch in die Hände und kaufte die Schuhe.

Claussen war das so zuwider. Er konnte nicht mehr hinschauen, so verhasst war ihm der Typ geworden. Der behielt die neuen Schuhe gleich an, bezahlte mit zwei Hundertern und steckte nicht nur die Münzen, sondern auch die Scheine des Wechselgelds beiläufig in die Hosentasche. Er kaufte eine Semmel mit einer langen Bratwurst darin, tat Senf dazu. Die Semmel hielt er in einer Papierserviette mit drei Fingern, drehte sie vor seinen Augen, ging leicht in die Knie und schnappte mit dem Mund nach der Wurst. Dabei spritzte ihm eine Ladung Senf von der Wurst mitten ins Gesicht. Zuerst versuchte er, das Zeug mit der Serviette abzuwischen, vergeblich. Dann nahm er den Handrücken, das funktionierte besser. Den Rest schlang er hinunter. Mit dem Nagel des kleinen Fingers versuchte er, die Fleischfasern aus den Zähnen herauszupulen. Es sah aus, als hätte ihm nie jemand beigebracht, wie man isst.

Claussen hasste diesen Mann, von ganzem Herzen hasste er ihn. Er hoffte, dass er niemals in seiner »Barkasse« auftauchen möge.

Silke machte sich langsam Sorgen. Ihr Chef hatte sie für eine Stunde allein lassen wollen, nun waren es schon über zwei Stunden. Und die »Rote Barkasse« brummte ausgerechnet heute einmal wieder, alle Tische waren besetzt, und Silke kam mit den Bestellungen nicht mehr hinterher.

Nicht nur ein Gast fragte nach dem Chef, Claus Claussen wurde vermisst. Silke fiel zum ersten Mal auf, wie populär ihr Chef war, nicht nur bei den Frauen, der größte Teil der Gäste waren eh Männer. Geschäftsleute und ab und zu ein paar Rentner gaben sich die Klinke in die Hand. Die »Barkasse« galt als etwas neoalternativ. Vielleicht war das Lokal eine Spur zu seemännisch eingerichtet und das Abgegriffene eine Prise zu gewollt und künstlich. Aber das spielte keine Rolle, die Gäste schienen das nicht einmal zu bemerken, oder es traf ihren Geschmack. Jedenfalls strahlte das Bistro eine Behaglichkeit aus, die sich auf die Besucher übertrug.

Jedes Mal wenn die Tür aufging, hoffte Silke, es möge Claussen sein. Sie ging in diesem Meer an Bestellungen total unter. Bestellungen aufnehmen, kochen, zubereiten, servieren und kassieren, und alles möglichst gleichzeitig, das wäre auch für jeden anderen zu viel gewesen. Land unter!, hätte sie am liebsten hinausgeschrien.

»Kann ich dir helfen?«, hörte sie plötzlich eine männliche Stimme hinter sich. Sie stand in der Kombüse und bereitete drei Portionen des Husumer Krabbenbrots vor. Diese Stimme kannte sie. Vorsichtig drehte sie sich um, während sie die Spiegeleier briet. Es war Helmut – ein heimlicher Verehrer?

»Bist du nicht überlastet bei diesem Betrieb hier? Sieht aus, als wärst du ganz allein«, sagte er. Sein Schatten überlagerte den kompletten vorderen Teil des kleinen Restaurants.

Etwas in Silkes Innerem tat einen Hupfer. Sie nahm sich ein Herz und nickte. »Ja, gern«, sagte sie. »In einer Minute kannst du drei Portionen servieren. Ich zeig dir gleich, wo sie hinmüssen.«

Die eine Minute war um. Gäste riefen nach ihrem Essen. Andere wollten bezahlen, Neuankömmlinge suchten zu bestellen. Silkes Hände zitterten, als sie die Gerichte auf dem Teller platzierte.

»Und jetzt?«, knurrte Helmut ungeduldig.

»Hier, bitte.« Silke stellte die fertigen Gerichte auf die Theke. Sie sahen lecker und frisch aus.

»Keine Angst«, bemerkte er. »Ich hab meine Ausbildung auch als Kellner finanziert.«

Gar nicht unelegant trug Helmut die Teller an die Plätze, die Silke ihm zugewiesen hatte. Durch einen ungeschickten Schlenker zum Schluss rutschte einer der Teller über die Platte des Bistrotisches und krachte zu Boden. Ob es Helmuts Schuld war oder die des Gastes, war nicht ersichtlich.

»Was ist denn hier los?«, donnerte es durch den Raum. Claussen stand in der Tür und hielt noch die Klinke in der Hand. Innerhalb einer Sekunde hatte er das Geschehen im Blick, der am Ende bei Silke hängen blieb.

Silke duckte sich und breitete die Hände aus.

»Du lässt diesen Helmut servieren?«, fragte Claussen ungläubig. »Und der schmeißt gleich einen Teller zu Bruch?«

»Lassen Sie das Mädchen in Ruh!«, ging Helmut dazwischen. »Sie war allein, es war unmöglich für sie, die Arbeit zu schaffen. Wo haben Sie sich denn rumgetrieben mitten im Geschäftsbetrieb?«

Claussen stand aufrecht und schnaubte. »Scheren Sie sich zum Teufel«, sagte er überdeutlich. Und zu Silke gewandt: »Mach du deinen Job. Ich übernehme die Küche. Wo sind die Bestellungen?«

Claussen war dem Geier, wie er ihn für sich nannte, über den Markt hinaus gefolgt. Den schlenkernden Gang hatte der Mann beibehalten, die blaue Einkaufstasche hing jetzt über seinem Arm. Von der anfangs an Sicherheit grenzenden Befürchtung, die Reise würde vor Glorias Wohnung enden, konnte er sich bis zum Schluss nicht lösen. Doch als sie hintereinanderher durch den Park am Lokschuppen und über den Salinplatz gingen, entstanden große Fragezeichen in seinem Kopf. Am Bahnhof löste sich schließlich das Rätsel. Der Geier erwarb am Automaten ein Ticket, und Claussen machte sich mit schlechtem Gewissen auf den Rückweg zur »Barkasse«. Zu gern hätte er freilich Gewissheit gehabt, was das Reiseziel des Geiers war.

11

Als ich an jenem Morgen ins Präsidium fuhr und die Treppen zum Kommissariat hinaufjoggte, ahnte ich noch nicht, was die nächsten Stunden bringen würden. Ich nahm niemals den Aufzug, denn an einem ausgefüllten Arbeitstag waren diese sechsundfünfzig Stufen die einzigen paar Höhenmeter, die ich zurücklegen konnte. Ich folgte dem Flur nach rechts und betrat Chilis Büro durch die geöffnete Tür.

»Wir haben ihn«, kündigte sie ohne Umschweife an.

Das überraschte mich nicht. Setze Chili Toledo auf eine Fährte, und sie wird mit der Beute zurückkehren. »Aha«, sagte ich. »Du bist eben einsame Spitze.« Es stand außer Zweifel, dass sie eine lückenlose Beweisführung meinte, um endlich den Mangfall-Mörder zu überführen. Die Lösung des Falles Thomas Wurzrainer war also gesichert.

Chili lief rot an, streckte die Arme von sich, spreizte die Finger und vollführte in ihrem Bürosessel eine halbe Drehung um die eigene Achse. Sie wirkte wie ein Rad schlagender Pfau, Chilis Art von Humor. Am Ende sagte sie: »Ja, wir haben den Haftbefehl!«

Aha. Und ich hatte doch glatt gedacht, dass uns das noch bevorstand.

Als wir am vorherigen Abend bis spät in die Nacht noch privat zusammen waren, hatten wir kein Wort über den Dienst gesprochen. Es war eine stillschweigende Vereinbarung zwischen uns, in unserer Freizeit dienstliche Themen auszuschließen. Später am Abend waren wir auf ein M 11 – Chilis Lieblingsgericht – und ein M 27 – meines – beim Thailänder gewesen. Nach einem flüchtigen Hand-in-Hand-Spaziergang waren wir in Chilis Wohnung gegangen. Ich mag diese Wohnung sehr. Sie verfügt nicht über sehr viele Quadratmeter, ist puristisch eingerichtet, aber behaglich und unaufgeregt liebenswert. Glücklicherweise besitzen wir beide in vielen Dingen den gleichen Geschmack. Erst weit nach Mitternacht kehrte ich in meine eigenen vier Wände am Max-Josefs-Platz zurück und holte in den verbliebenen dreieinhalb Stunden die acht Stunden Schlaf nach, die ich eigentlich brauchte.

Ich bin selbst über mich erstaunt, wie rasch es mir gelang, von einer Situation zur anderen umzuschalten.

»Aha«, wiederholte ich mich. Ich blickte Chili prüfend an. »Den Haftbefehl also. Wie hast du es geschafft, den Staatsanwalt um den Finger zu wickeln?«

Ich brauchte Chili nur anzuschauen. Tief braunrotes Haar wie auf einem Gemälde, symmetrische Züge, leuchtende Augen wie Bernstein, ein verführerischer Mund. Und dort der Staatsanwalt, der auf jede halbwegs attraktive Frau flog. Schon so manches Mal hatte der Richter Mühe gehabt, ihn im Angesicht einer atemberaubenden Schönheit auf den geraden Weg der Objektivität zurückzulocken.

»Ich bin einfach der Logik gefolgt«, sagte Chili. »Da ist dieser Thomas Wurzrainer, der in dem Haus, in dem Emma Gerstl bei ihrer Mutter gelebt hat, eine Etage tiefer wohnt. Er ist gerade in dem richtigen Alter, um auf den damaligen Jung-Teenager Emma scharf zu sein. Da er nicht mehr minderjährig ist, muss es sich in meiner Theorie um Missbrauch handeln. Vergewaltigung, um es deutlich auszudrücken.« Sie sagte das in einem geradezu befremdlich unpersönlichen Ton, typisches Zeichen einer professionellen Einstellung.

»Aha. Und weiter?«

»Adele hat die Aktenlage von damals geprüft. Sie konnte nichts Nennenswertes finden, das uns hier weiterhelfen würde. Emmas Mutter ist vor drei Jahren gestorben. Also habe ich mir Emma nochmals vorgenommen. Auf den Wurzrainer angesprochen, druckste sie zuerst herum. Je mehr sie danach den Kopf sinken ließ, desto mehr habe ich nachgehakt. Bis sie schließlich zugegeben hat, mehrere Male in Wurzrainers Wohnung gewesen zu sein.«

»Wo der Typ sie vergewaltigt hat.«

»Das Wort ist nicht gefallen. Aber es geschah nicht einvernehmlich.«

»Warum ist sie ihm dann in die Wohnung gefolgt?«

»Ja, das wusste sie selbst nicht mehr so genau.« Chili stand auf und schritt tief atmend auf kurzem Umweg zum Fenster. Sie schaute hinaus. Trauernde Baumgerippe über der Kaiserstraße zur Loretowiese hin.

Wenn es Missbrauch war, wäre das nach dieser langen Zeit verjährt gewesen. Mit welcher Logik, wie sie es nannte, hatte Chili den Haftbefehl gegen ihn erwirkt?

»Adele hat sich umgehört. Ich auch. Emma Gerstl und dieser Gottlieb May sind nicht nur locker befreundet, wie sie vorgegeben hat. Sie gelten als Paar, wenn auch momentan etwas schläfrig. Aber diese Zurückhaltung hängt vielleicht genau mit unserem Mordfall zusammen.«

Ich war neugierig geworden. Die gleichen Gedanken waren mir auch schon durch den Kopf gegangen. »Aha?«, sagte ich, diesmal mit Fragezeichen.

»Emma erzählt ihrem Freund, dem May, von ihrem damaligen Dilemma als Jungfrau«, fuhr Chili fort. »Und der regt sich so auf, dass er beschließt, Emma zu rächen. Indem er den Wurzrainer umbringt.« Entschlossen sah Chili mich an. »Ja, ja«, betonte sie, um mich zu überzeugen, »es gibt Männer, die wollen damit ihrer Freundin imponieren. Du weißt das genauso gut wie ich.«

Kleine Grübchen hatten sich in ihren Wangen gebildet. Sie sah bezaubernd aus. Und nicht nur dann.

»Gibt es dafür Beweise?«, spielte ich den Staatsanwalt. »Hat der May den Mord gestanden?«

Die nächste bezaubernde Pose. Chili lächelte. »Jap! Hat er. Es hat gar nicht so viel Überzeugung gekostet. Nur die Details, die müssen wir noch liefern. Aber für den Haftbefehl hat es gereicht.«

***

»Sie haben den Gotti verhaftet!« Emma erstürmte ungeniert die »Rote Barkasse« und warf die Tür hinter sich zu.

Claussens Hauptarbeitsplatz war die Kombüse. Dort stand er weit vor der Öffnungszeit und werkelte an einem großen Kübel asiatischer Fischsuppe herum. Er hatte sein Repertoire inzwischen erweitert. Die Nachricht überraschte ihn keineswegs, er hätte selbst nicht sagen können, weshalb. »Dann kannst du aber von Glück reden«, sagte er, ohne sich umzuwenden.

Sie stutzte. »Von Glück? Ich? Was meinst du?«

»Dass du noch frei herumläufst. Beihilfe nennt man das, glaub ich, wenn du dabei warst, als der Mord geschah. Weiß die Polizei davon?«

Emma hatte sich neben ihn in eine Nische gezwängt. »Unter die Nase hab ich es ihnen nicht gerieben. Ob der Gotti was geplaudert hat, kann ich nicht sagen.«

»Gib mal das Handtuch, bitte«, sagte Claussen.

Sie reichte es ihm, er wischte sich die Stirn damit ab.

»Guten Morgen!«, kam es kantig von der Tür her.

Claussen fuhr herum. Er hätte doch besser abschließen sollen. »Ja, wer …«, brachte er gerade noch heraus, bevor er erkannte, um wen es sich handelte. Er ließ das Handtuch fallen.

»Guten Morgen«, sagte Chili Toledo noch einmal, diesmal etwas gefälliger. »Hätten Sie vielleicht einen Kaffee für mich? Vielleicht sogar einen Cappuccino?« Sie umkreiste Emma Gerstl, die sich aus der Kombüse entfernt hatte. »Wegen Ihnen bin ich hier«, sagte sie leise zu Emma.

Claussen schob die Tasse Kaffee über die Theke. »Bitte schön, Frau Kommissarin.« Er hatte ein ungutes Gefühl in der Magengegend. Was suchte die Polizei bei ihm? Und woher hatte sie Kenntnis, dass Emma Gerstl so früh am Morgen bei ihm war? Sein Magen zog sich zusammen.

»Danke. Frau Gerstl, sagen Sie: Sie kennen Gottlieb May besser, als Sie neulich eingeräumt haben. Wie gut und wie eng ist Ihr Verhältnis zu ihm in Wirklichkeit?«

Tapfer stellte sich Emma aufrecht vor die Kommissarin hin.

»Warum wollen Sie das wissen?«, fragte sie mit Nachdruck. »Sie haben den Gottlieb doch schon verhaftet!«

»Was wissen Sie über den Tod von Thomas Wurzrainer?«, hakte die Kommissarin ungerührt nach. »Über das wenige hinaus, das Sie uns geschildert haben. Sie sind zusammen in das Parkhaus gefahren. Was ist dann passiert?«

Da war etwas im Busch, das Claussen nicht greifen konnte. Etwas, das über diesen komischen Mord hinausging. Der dringende Wunsch Emmas, ihren Freund umzubringen, konnte es nicht sein. Das Vorhaben hatte sich durch die Festnahme erledigt. Aber was sonst?

Emma kam ihm zu Hilfe. »Ein hübsches Jackerl haben Sie da an, Frau Kommissarin«, schnurrte sie.

»Lenken Sie nicht ab! Was ist geschehen, als Sie dort eingeparkt haben? Wussten Sie oder Ihr Freund, dass der Herr Wurzrainer auch im Parkhaus war? Sind Sie ihm zufällig begegnet?«

»Erstens nein, zweitens ja.«

Claus Claussen hatte einmal in seinem Leben – damals, als er Ella gewürgt hatte – mit kriminalpolizeilichen Ermittlungen zu tun gehabt. Es war ihm klar, dass diese Fragen auch schon dem May gestellt worden waren. Hatte er Emma belastet?

Wieder wurde – sechs Meter von ihnen entfernt in ihrem Rücken – die Eingangstür geöffnet. Diesmal nicht vorsichtig und dezent wie vorhin, sondern mit einem solch heftigen Ruck, dass sie gegen die Wand krachte. Weißer Putz bröckelte.

»Silke, bist du schon hier?« Eine sonore Stimme. Helmut streckte den Kopf über die Schwelle. Er steckte in Jeans und Lederjacke.

»Jetzt reicht's aber.« Claussen sprintete hin. Er versuchte gegen heftigen Widerstand, die Tür zuzudrücken. Vergeblich, Helmuts Athletenkörper hielt dagegen. »Scheren Sie sich raus, wir haben noch geschlossen.«

»Aber Silke –«

»Nix Silke«, unterbrach Claussen. »Silke geht Sie gar nichts an. Sie ist hier bei mir beschäftigt.«

Widerstrebend gab Helmut nach. Claussen machte die Tür zu und schloss diesmal ab.

Chili Toledo folgte dem Auftritt mit erkennbarem Interesse. »Ein Kunde?«, fragte sie Claussen. »Kennen Sie den Mann näher?«

»Mei, Sie sind mir vielleicht eine Fragetante.« Claussen seufzte tief. Mehr noch als die Polizei beschäftigte ihn die Frage, was der Helmut hier zu suchen hatte. Anscheinend hatte er tatsächlich nichts mit Gloria. Doch dass er sich plötzlich intensiv für Silke interessierte, ging ihm ebenfalls zu weit. Wie ein gegnerischer Hirschbulle wilderte er in fremdem Revier. »Ein Kunde halt«, beendete er die Fragestunde.

Die Kommissarin nickte und wandte sich wieder Emma zu. »Sie sind Wurzrainer also zufällig begegnet«, setzte sie ihre Befragung fort. Auf Claussens Anwesenheit nahm sie keine Rücksicht. »Was ist dann passiert? Ist Ihr Freund sofort auf ihn losgestürzt? Mitten im Parkhaus?«

Immer ungemütlicher fühlte sich Claussen. Mit dem Schneiden, Hacken und Verteilen von Sprossen, Knoblauch und Ingwer versuchte er seinen nervösen Magen zu beruhigen. Erst ganz zum Schluss, wenn die Zwiebeln in dem großen Eisentopf dunkelbraun waren, wollte er die Zutaten mitschwitzen lassen.

Indessen versuchte sich Emma aus der Umklammerung zu befreien. Sie löste sich von Chili Toledo. »Was wollen Sie eigentlich von mir?«, rief sie ihr hitzig entgegen. »Der Gottlieb hat doch schon alles gestanden, wie man hört. Wieso brauchen Sie mich da noch?«

»Hier stelle ich die Fragen, junge Frau!« Chili schaute auf die Uhr. »Jetzt ist's gleich neun Uhr. Ich erwarte Sie um halb elf bei mir im Kommissariat. Dritte Etage Polizeipräsidium. Kommen Sie bloß nicht auf die Idee, unser Treffen versäumen zu wollen! Dann lasse ich Sie von der Streife abholen.« Energisches Klingeln des Ohrgehänges. »Also, bis dann.«

12

Veronika Hofferbert war zwanzig Jahre alt, wartete seit ihrem Abitur auf einen Studienplatz und wohnte, bis es so weit war, bei ihren Eltern im südwestlichen Rosenheimer Stadtteil Pang. Vor zwölf Jahren waren die Hofferberts aus dem Odenwald nach Rosenheim gezogen.

Vater hatte sich um eine Stelle bei einem internationalen Unternehmen beworben, die zu ihm passte, und er hatte sie bekommen. Nun war er zuständig für die interne und externe Post des gesamten Firmenstandorts, half in der Materialausgabe aus, machte offizielle Besorgungen für die Abteilungen und private für die Führungsmannschaft, war die Ansprechperson für das Putzgeschwader und stand auch für diverse andere anfallende Aufgaben zur Verfügung. Vom Vater hatte Veronika die Geradlinig- und Hartnäckigkeit geerbt, von der Mutter die Haarfarbe. Sie war blond.

Den Eltern gefiel es, dass ihre Tochter nicht bloß rumsaß und auf den Studienbeginn wartete, sondern dass sie zupackte, arbeitete und Geld verdiente. Schon lange hatten sie geplant, Veronika an ihrem Arbeitsplatz, einem neu eröffneten Fischrestaurant in der Rosenheimer Innenstadt, zu besuchen und, wenn möglich, dort auch zu essen. Doch Vater war zu überlastet und fand nie Zeit, Mutter scheute sich, allein unter Leuten zu sein.

Veronika pflegte viel und lebhaft von ihrer Arbeit in der »Roten Barkasse« zu erzählen. Dass sie ihren Chef dafür bewundere, wie er in so kurzer Zeit so bemerkenswerten Erfolg mit seinem Bistro hatte. Dass sich unter den Stammgästen mehrere Zirkel gebildet hatten, insbesondere unter denen, die mittags kamen.

»Ach ja«, Veronika musste lachen, als sie es nach ihren ersten Arbeitstagen daheim zum Besten gegeben hatte, »ach ja, und der Chef hat mich Silke getauft. Weil der Name besser zu seinen Krabbengerichten passt als Veronika.« Da musste sogar Vater grinsen. Er hieß Horst. In seiner Kindheit hatten sie ihn Bernd genannt nach dem damaligen bedeutenden Fußballstürmer Bernd Hölzenbein von Eintracht Frankfurt. Im Spaß, seit er von der Namensgebung wusste, rief Horst Hofferbert seine Tochter manchmal Silke.

Vor zwei Tagen und zwei Nächten hatte für Silkes Vater und seine blonde Frau der große Kummer eingesetzt. Seit diesen zwei Tagen war Veronika nicht mehr nach Hause gekommen. Da sie absolut zuverlässig und auch häuslich war, bedeutete ihre Abwesenheit einen Schock für die Eltern. Von einem Freund, bei dem sie eventuell übernachten würde, hatte sie nie berichtet.

»Wir müssen zur Polizei. Sie müssen sie suchen«, sagte die Mutter nach dem ersten Tag mit rot geweinten Augen.

»Wir warten noch einen Tag«, versuchte ihr Mann sie zu beruhigen. »Alles wird gut.«

Doch nichts wurde gut, wenigstens vorerst nicht. Horst Hofferbert nahm kurzfristig frei und ging zur Polizei. Endlich, wie seine Frau fand. Er ging allein zur Polizei. Sie wollte unter solchen Umständen auch diesmal nicht unter Menschen.

In der »Roten Barkasse« wurde Silke schon am ersten Tag, den sie wegblieb, schmerzlich vermisst. Claus Claussen war zuerst überrascht, dann enttäuscht, dann zornig. Wie konnte er sich so abartig in dem Mädchen getäuscht haben! Als sie auch am nächsten Tag nicht wie gewohnt zur Arbeit erschien, wurde er unruhig. Erstickte er schon an der Arbeit, wenn Silke aushalf, drohte nun das totale Chaos auszubrechen.

»He, was ist hier los?«

»Warum dauert das so lange?«

»Ich warte schon über eine halbe Stunde auf mein Essen!«

»Sag mal, Claussen, wo ist eigentlich Silke? Hat sie gekündigt? Wär ja kein Wunder unter diesen Umständen hier.«

Seltsamerweise fiel ihm Helmut ein. Er war ins Lokal gekommen und hatte damit überrascht, dass er Silke beim

Servieren half. Gar nicht ungeschickt hatte er sich dabei angestellt. Das mit dem runtergefallenen Teller hätte auch ihm selbst passieren können, dachte Claussen. Aber Helmut hier in der »Barkasse« neben sich? Unter keinen Umständen!

Der einzige Ausweg wäre Emma. Alberto hatte sie ihm angeboten. Doch Emma stand bei dem Busunternehmen in Lohn und Brot, sie konnte sich dort nicht mir nichts, dir nichts herauslösen. Er ging außerdem davon aus, dass Emma gar nicht wollte. Und er selbst? Eine neue Kraft auf die Schnelle anlernen wollte und konnte er auch nicht. Also blieb nur eine einzige Lösung: Er musste Silke finden.

Dunkel erinnerte er sich, dass sie gar nicht Silke hieß. Gerade als er zwei Husumer Krabbenbrote mit Spiegelei zu Tisch vier brachte, fiel es ihm wieder ein: Veronika hieß sie in Wirklichkeit. Doch er hatte keinen blassen Schimmer, wie er die Verbindung zu ihr herstellen sollte. Weder wusste er wo noch wie sie lebte. Den ganzen Papierkram eines Einstellungsverfahrens hatte er bewusst vermieden, er hasste Bürokratie. Lediglich ihre Handynummer hatte er, und die hatte er gleich in der zweiten Stunde ihrer Absenz bereits mehrfach erfolglos versucht. Sie war nicht erreichbar und blieb es auch, das Handy schien sogar abgeschaltet zu sein.

Ihm blieb nur dieser Helmut als Informationsquelle, der hatte schließlich nach ihr gefragt. Doch auch über ihn wusste er so gut wie nichts. Gloria konnte ihm da vielleicht weiterhelfen. Freilich war sein Verhältnis zu ihr merklich abgekühlt, seit er jenen Mann auf ihren Spuren entdecken musste, den er für sich den Geier getauft hatte.

»Gloria? Ich habe hier eine prima Fischsuppe. Bisschen pikant, bisschen exotisch. Darf ich dich zu einem Teller einladen? Randvoll, bis oben hin? Und ein Baguette mit Knoblauchremoulade dazu?«

Er wusste ihre Vorliebe für Ausgefallenes zu schätzen.

»Und? Bis wann gibt's diese Suppe?«

»Nur heute. Morgen hab ich etwas anderes.«

»Ja, ja, ich meine heute. Bis wann?«

»Am liebsten wär mir, du kämst so zwischen vier und fünf. Da ist am wenigsten los, und wir wären ungestört.«

Gloria erschien um kurz nach vier. Sie nahm die Strickmütze ab, zog die Wollhandschuhe aus und öffnete den Reißverschluss ihres schwarzen Anoraks. Dann schob sie die Sonnenbrille aufs Haar, sie sah aus wie ein Diadem. Er platzierte sie am Stehtisch direkt neben der Kombüse, der ihr ja vertraut war.

Sie wedelte sich Luft zu. »Hmm, die Suppe duftet ja bis hierher«, schwärmte sie.

»Wie für dich erfunden«, legte er nach. Vorsichtig stellte er den bis zum Überlaufen vollen Teller vor sie hin, ein Schüsselchen mit der cremigen Remoulade und das Brot daneben. »Lass dir's schmecken.«

Wie ausgehungert fiel sie über die Suppe her.

Er ließ sie in Ruhe essen und beschäftigte sich mit den Vorbereitungen für seine neueste Errungenschaft, der »Fischpfanne BRASIL« auf Reis. Zunächst gab er den zerteilten Fisch und die Garnelen in eine Schüssel, beträufelte sie mit Zitronensaft und presste vier Knoblauchzehen dazu. Als er sich den Oliven, der Paprika und den Zwiebeln widmen wollte, hatte Gloria den Teller schon geleert.

»Super«, sagte sie, »das hat toll geschmeckt. Kein Wunder, dass immer Leute hier sind.« Sie ließ einen Arm kreisen und lächelte breit.

Gesprächsfetzen waberten durch das Lokal. Leere Gläser und Teller standen vor den Gästen herum.

Ihr Lächeln liebte er. Wenn er nicht wüsste, wie betrügerisch sie sein konnte, hielte er es für ehrlich.

»Und? Was willst du mir mitteilen?« Ihre Finger spielten mit dem leeren Teller.

Er räusperte sich und kam ohne Umschweife zur Sache. »Kannst du mir sagen, wie ich den Helmut erreichen kann?«

Nun lachte sie. »Den Helmut? Ich denke, ihr seid wie Hund und Katz. Wozu willst du den Helmut erreichen?«

Er erklärte es ihr. Seine einzige Möglichkeit eines Zugangs zu Silke.

Von einem Zusammenhang zwischen ihm und der Bedienung wusste sie nichts. »Ich hab seine Handynummer«, erklärte sie. »Soll ich ihn fragen oder willst du?«

»Du rufst an und gibst dann an mich weiter.«

Claussen stand total unter Spannung, als sie seine Nummer suchte, offenkundig eine Kurzwahl.

»Belegt«, sagte sie nach einer Weile und hielt ihm den Hörer hin.

Er hörte es tuten. Nach einem Glas Wein und einem Espresso tutete es noch immer.

Er räumte die Tische ab und wischte die Platten sauber.

»Na endlich«, sagte ein Mürrischer mit dunklem Schnauzer und den gelben Fingern eines starken Rauchers.

»Immer noch belegt. Da stimmt was nicht. So lange telefoniert der nie im Leben.«

Nun war sie schon einmal in seiner Griffweite. Er nahm sich ein Herz und fragte: »Wer ist der Mann, der hinter dir herläuft? Groß, hager, Marathontyp?«

Im selben Augenblick ging eine Veränderung auf Glorias Gesicht vor. Die Farbe wechselte, drei senkrechte Falten gruben sich in die Stirn, die Mundwinkel senkten sich, er hatte sogar den Eindruck, ihre Nase wäre spitzer geworden. Trotzdem war er überzeugt davon, dass sie behaupten würde, diesen Mann nicht zu kennen.

»Ich habe keine Ahnung, wen du meinst«, sagte sie. »Keine Ahnung. Gibt's so einen Mann in Rosenheim?«

Claussen gab auf. Von ihr würde er keine weiteren Informationen erhalten, weder über den Geier noch über Helmut.

***

Wie ein übel gelauntes, eingesperrtes Raubtier tigerte Claus Claussen vor Geschäftsöffnung durch die »Barkasse«, als heftig an die Tür gehämmert wurde.

»Aufmachen, Polizei!«

Das hat gerade noch gefehlt, dachte er mit Wut im Bauch.

Er machte auf. Es waren die beiden, denen er bei seiner Anhörung draußen in Raubling gegenübergesessen hatte. Stahl und Toledo, er hatte sich die Namen gut merken können. Seinen wegen seiner Augen wie Stahl, ihren wegen des spanischen Geklimpers an den Ohren. Ein Ton wie von Kastagnetten.

Dieser Claussen war ein seltsamer Typ, er war nicht zu greifen. Mein Gefühl sagte mir, dass etwas faul war an ihm. Wir hörten uns um. Außer einer Jugendstrafe, die er sich mit siebzehn eingefangen hatte, sprach jedoch nichts gegen ihn.

Der Mann stand in irgendeinem entfernten Zusammenhang mit dem Mangfall-Mord. Emma Gerstl, die Freundin des mutmaßlichen Mörders, hatte bei ihrer Anhörung durch Chili im Präsidium bestätigt, mit ihm befreundet zu sein. Und im Fall der verschwundenen Veronika Hofferbert stand fest, dass er auch in ihrem näheren Umfeld zu finden war.

»Du mit deinem Gefühl«, hatte Chili gelästert. »Halte dich doch lieber an die Fakten. Der hat seit seiner Jugend nichts verbrochen. Kein gerechtfertigter Verdacht, nichts.«

Die Pose, in der Claussen uns an der Tür zu seinem Lokal empfing, gab ihr recht. Der Mann wirkte, als würde er lang erwartete Gäste empfangen. Er lachte sogar und reichte jedem von uns die Hand. »Was kann ich diesmal für Sie tun?«

Vermisstensuche war nicht unser Job. Doch da uns durch Claus Claussen im weiteren Sinn ein Bezug zu dem Wurzrainer-Mord zu bestehen schien, war diese Befragung ein Aufwasch.

»Sie kommen ungelegen, in zwanzig Minuten öffnet die ›Rote Barkasse‹.«

Wenigstens ein technischer Einwand, das machte den Mann menschlicher. Doch sofort fing er sich wieder. »Sie werden selbstverständlich Ihre Gründe haben. Weswegen sind Sie heute hier?«

Wir nahmen drinnen auf einer kleinen Sitzbank Platz, Chili und ich. Claussen saß uns gegenüber. Es roch nach Gewürzen und Meister Proper.

Diesmal war ich es, der das Wort ergriff. »Herr Claussen, was glauben Sie, warum Veronika Hofferbert schon mehrere Tage der Arbeit ferngeblieben ist?«

Er sah mich irritiert an. Als ob er den Namen noch nie gehört hätte. Dann schien es zu dämmern. »Ach ja, Silke. Ich nenne sie Silke, weil der Name besser zu meinen Krabben passt.«

»Ja. Weshalb, meinen Sie, fehlt Silke? Glauben Sie, dass sie einen Unfall hatte?«

»Nein, das glaube ich nicht. Ich habe mich bei den umliegenden Krankenhäusern erkundigt. Da wurde sie nicht eingeliefert.«

»Warum haben Sie nicht bei ihren Eltern angerufen?«

»Die haben bei mir angerufen. Seither weiß ich, wie sie heißt, die Silke. Hofferbert heißt sie.«

Claussens sehr norddeutsch eingefärbter Akzent wirkte in der Umgebung dieser Krabbenstube und der Fischernetze nicht einmal fremdartig. Dass er einen nervösen Eindruck machte, war wohl auf den Zeitdruck zurückzuführen, den er spürte. Er blickte auf die Uhr. Es war kurz vor neun.

»Haben Sie sonst gar keine Verbindung zu Ihrer Angestellten? Kennen Sie keinen Cousin, keinen Onkel, keinen Freund?«

Treffer! Claussen druckste erkennbar herum.

Ich sprang auf und legte ein furchterregendes Donnern in meine Stimme. »Heraus mit der Sprache! Wen gibt es da?«

»Sie wissen doch etwas!«, legte Chili nach.

»Okay. Da ist ein Mann, der ab und zu Gast in der ›Barkasse‹ ist. Der scheint sich um Silke zu bemühen.«

»Und? Wer ist der Mann? Wie heißt er?« Diesmal schoss Chili vor.

»Er heißt Helmut.« Claussen beschrieb den Mann. Groß, athletisch, Frauentyp. Mehr wisse er nicht. Nein, auch nicht, wo er wohne. Gar nichts.

»Ist das der, der den Kopf zur Tür hereingestreckt hat, als ich grade hier war?«, fragte Chili.

Claussen nickte traurig.

Wir fragten ihn noch halbherzig über Emma Gerstl aus und erfuhren, dass er sie am Tag seiner Ankunft in Rosenheim über ihren Onkel Alberto kennengelernt hatte. Es war der Tag des Mordes an Wurzrainer, das machte mich hellhörig. Einmal sei er mit ihr essen gewesen, sonst gäbe es keine Berührungspunkte. Die Information über diesen Helmut gaben wir an die Leiterin der Vermisstenstelle weiter.

Mein bisheriges Gefühl über Claus Claussen blieb in der Magengrube haften.

»Schmink dir das ab. Wie soll er mit dem Mord zu tun haben, wenn er Emma erst an dem Tag zufällig kennengelernt hat?«, hielt Chili dagegen. »Das ist ein ganz ein Netter.«

***

Vollkommen abgeebbt war das Gefühl für Emma noch nicht, vor allem, seit Gloria nicht mehr greifbar war. Als Claus Claussen das nächste Mal mit dem Bus von Raubling zur Arbeit fuhr, saß Emma am Steuer. Wie unbeabsichtigt stieg er vorne ein.

»Was ist mit deiner Silke? Ist sie wieder zur Arbeit erschienen?« Ihrem Tonfall war nicht zu entnehmen, ob der Hintergrund ihrer Frage Sorge, Neugier oder Schadenfreude war.

Vor der offenen Tür drängelten Menschen, die zusteigen wollten, sodass Claussen nur ein kurzes »Nein« blieb. Er setzte sich in der Busmitte ans Fenster und verfiel augenblicklich ins Grübeln. Silkes Fehlen bereitete ihm großen Kummer, er wusste bald nicht mehr, wie er die Arbeit allein schaffen sollte. Auf Dauer war es unmöglich.

In der nächsten Sekunde geschah etwas Denkwürdiges. Aus dem Nichts schoss ihm ein Gedanke durch den Kopf, der ihm schon längst hätte kommen müssen. Die beiden jungen Frauen, die er gleich bei seiner Ankunft in Rosenheim mit dem Transporter fotografiert hatte! Er hatte nie mehr an die Mädels gedacht, er hatte den Kopf einfach zu voll mit anderen Dingen. Die eine hatte ihm ihre E-Mail-Adresse gegeben. Schon längst hätte er ihr das Foto schicken sollen, er hatte es versprochen. Im Kopf hatte er ihr Bild noch – hochgegelte Kurzhaarfrisur, gepierctes Ohr, hübsches Gesicht –, die beiden hatten sich als Studentinnen für Innenarchitektur vorgestellt. Sie studierten demnach bestimmt an der Hochschule Rosenheim. Wäre das nicht eine Vertretung, bis Silke wiederkam? Falls er Silke dann noch haben wollte.

Seine Überlegungen wurden von einem fürchterlichen Hustenfall hinter ihm unterbrochen. Eine Frau schien gerade daran zugrunde zu gehen. Lustlos schaute er nach hinten.

Schock!

Zwei Sitze hinter ihm saß ein Sitzriese am Fenster. Claussen sah weg und schaute wieder hin. Wahrhaftig, er hatte sich nicht geirrt. Dort saß der Geier und blickte ihm mitten ins Gesicht. Unmöglich, dass der ihn erkannte, die Verfolgung war unauffällig gewesen. Aber der Geier schaute ihn an und grinste.

Blut stieg Claussen in den Kopf, eine unbändige Wut erfasste ihn. Statt jedoch seinem Drang nachzugeben, den Mann aus dem Bus zu werfen oder zu erwürgen, stand er auf, folgte dem Mittelgang und setzte sich in die Reihe hinter Emma. Dort kochte es weiter in ihm.

»Ich könnte schon ein bisschen aushelfen«, schickte ihm Emma über ihre Schulter zu.

Erst musste er sich wieder zurechtfinden. Wenn man in der Hölle geschmort hat, ist es schwer, sich wieder im Paradies zu orientieren. Wer ist der Mann dahinten, wollte er sie fragen. Fährt der jeden Tag mit diesem Bus? Er unterließ es. Er wollte seinen Hass nicht öffentlich machen.

»Dann lass uns darüber reden«, sagte er leise. »Wann? Und wo?«

»Ich hab ab zwei Uhr frei. Heute Abend bei mir?«

»Okay. Ich werde da sein.«

Der Geier hinter ihm im Bus! Wie das Leben wieder einmal so spielte. Er musste was draus machen.

Den Besuch bei Emma hatte er nicht so sehr wegen ihres Vorschlags zugesagt, sondern weil er sie wiedersehen wollte. Das Risiko, sie in der »Barkasse« ständig um sich zu haben, war ihm zu groß, er wollte es nicht eingehen. Zumindest so lange nicht, bis er Antwort von der Studentin hatte. Davon versprach er sich einiges.

Es war verbreitet und achtbar, dass junge Menschen arbeiteten, um ihr Studium zu finanzieren. Die junge Frau hatte auf ihn einen aktiven Eindruck gemacht, er würde sie wahrscheinlich sofort anstellen. Er wollte auf jeden Fall erst auf sie warten, bevor er mit Emma darüber redete.

Solche Gedanken beschäftigten ihn, als er sich nach Geschäftsschluss auf den Weg machte. Er fand Emma sympathisch, in gewisser Weise sexy und teilweise amüsant, aber gewiss nicht unwiderstehlich. Sie war gut fürs Bett, aber sonst? Lust auf eine ernsthafte Liaison mit ihr hatte er jedenfalls nicht.

In einer eigenartigen Mischung aus Euphorie und Nachdenklichkeit schlenderte er durch das nächtliche Viertel dahin. Die Wohnhäuser säumten dunkel die Straße, nur hie und da war ein Spalt Licht zwischen den Vorhängen zu sehen oder das bläuliche Flackern eines Fernsehers an einer Zimmerdecke.

Am Straßenrand waren noch die Überreste von schmutzigem Schnee und Splitt zu sehen, in den wenigen winzigen Vorgärten lagen Schneeflecken wie kleine Inseln.

Zwischen ihm und Emma stand auch noch dieser saublöde Mord im Parkhaus. Er war ihr und dem Mörder begegnet, als sie die Leiche im Fahrzeug aus dem Parkhaus beförderten. Offenbar hatte Gotti das nicht ausgeplaudert. Sie hatten es nie ausgesprochen, und doch war er sich sicher, dass Emma realisierte, dass er für die Polizei ein wichtiger Zeuge war. Er konnte davon ausgehen, dass auch Emma diese Tatsache bei ihrer Vernehmung durch die Kommissarin im Präsidium nicht preisgegeben hatte.

Bis auf wenige Schritte, vielleicht dreißig, hatte er das Haus mit Emmas Wohnung erreicht, als er in der Jackentasche das vertraute Piepsen und Vibrieren wahrnahm. E-Mail! Bei jeder E-Mail, die ihn erreichte, hoffte er, dass es ein Signal der Studentin sei. Schneller als diesmal hatte er seinen Account noch nie geöffnet. Der Absender passte: die Adresse, die sie ihm notiert hatte.

»Okay ich melde mich«, stand da.

Das war alles. Keine Interpunktion. Nichts weiter.

Okay ich melde mich.

Basta.

Er blieb stehen und behielt das Handy in der Hand. Er wollte jetzt mit niemandem reden. Er wollte seine Gedanken ordnen. Er hatte kein Bedürfnis, Banalitäten mit Emma auszutauschen. Wollte auch nicht mit ihr schlafen. Er wollte nur allein sein.

»Emma? Tut mir leid, es geht heute nicht. Lass uns telefonieren. … Ja? Okay, ich melde mich.«

In dem Haus, das er vermieden hatte, schwenkte ein Vorhang zur Seite, verharrte kurz und fiel wieder zu.

Okay, er stand im Lichtschatten. Er hoffte, dass sie ihn nicht erkannt hatte.

Claussen hatte Mandy älter in Erinnerung. Jetzt saß ein Mädchen vor ihm, das wirkte, als stünde es ein, zwei Jahre vorm Abitur. Mandy war blass, hatte unternehmungslustige braune Augen, eine erfreuliche Oberweite und bewegte sich mit ungezierter Eleganz. Eine Art Kostüm in verhaltener Farbe wollte so gar nicht zu ihr passen. Es wirkte wie ausgeliehen und verlieh ihr etwas Damenhaftes. Vielleicht hatte sie sich auf ein Vorstellungsgespräch bei ihm eingestellt.

»Okay ich melde mich.«

Und mit welchem Paukenschlag sie sich meldete!

Es hatte bei ihm zu Hause geschellt, er öffnete, und dieses Mädchen stand vor ihm. Die Studentin, die er angemailt hatte. »Ich bin Mandy. Erinnern Sie sich an mich?«

So leicht verschlug es Claus Claussen die Sprache nicht.

Doch jetzt fehlten ihm die Worte. Mit einer Kopfbewegung bat er sie schweigend herein.

»Ich habe mir Ihr Lokal angesehen«, kam sie ihm zuvor. »Es scheint gut zu laufen.« Sie sagte das, noch bevor sie sich in den angebotenen Korbsessel gesetzt hatte. Und legte nach: »Und Sie suchen jemanden für den Service? Weil Ihnen die bisherige Kraft …«, sie hüstelte, »… weil die bisherige Kraft Sie verlassen hat?«

Claussen musste sich erst einmal sammeln. »Wie haben Sie mich gefunden?«, fragte er.

Mandy legte einen Zeigefinger an die Lippen. »Betriebsgeheimnis. War nicht schwer. Kluges Kerlchen.« Sie grinste überlegen.

Na gut. Und jetzt? »Können Sie denn tagsüber arbeiten? Haben Sie so etwas schon einmal gemacht?«

»Ja und ja. Ich kann auch sofort anfangen. Ich wohne am Stadtrand und würde mit dem Fahrrad fahren.«

Rasch und unkompliziert hatten sie sich auf die Bezahlung geeinigt. Claussen wurde immer wieder von Mandys Oberweite abgelenkt. Er zwang sich, nicht hinzustarren. Außerdem konnte er sich nicht wirklich konzentrieren, weil er ständig an den Geier im Bus denken musste. Er hätte Emma doch fragen sollen, ob sie den Mann schon früher gesehen hatte und ob er regelmäßig fuhr.

Zahlreiche Wimpernschläge lang kamen ihm die absurdesten Gedankenspiele. Tötungsarten. Zeitpunkt. Tötungsorte. Entsorgung. Jede Menge Krimis hatte er im Fernsehen schon gesehen, es konnte nicht allzu schwer sein. Doch warum sollte er den Typ überhaupt töten? Einerseits, bildete er sich ein, um Gloria von ihm zu befreien, andererseits wollte er Gloria für sich allein. Ja, er wollte sie besitzen.

»Wann fange ich jetzt an, Herr Claussen?« Mandy saß mit geschlossenen Augen da, ihr Jungmädchengesicht schimmerte im schwachen Licht der Stehlampe wie gewachstes Elfenbein.

Seine Antwort blieb verschwommen.

In der Zwischenzeit hatte es geschneit. Als er Mandy hinausbrachte, hatten die frischen Flocken die schmutzigen Schneehaufen, die der Schneepflug hinterlassen hatte, weiß zugedeckt. Die wenigen Autos, die unterwegs waren, fuhren langsam und mit aufgeregten Scheibenwischern. Claussen kehrte mit gesenktem Kopf ins Haus zurück. Seine dunkle Basecap war mit einem Hauch von Schnee bedeckt.

***

»Ach, du bist's, Gloria.« Jemand hatte ihm von hinten auf die Schulter getippt. »Tut mir leid, ich hab jetzt keine Zeit. Du siehst ja, der Laden ist voll.«

»Ja, ich seh's. Ich bin nur hier, um dir etwas zu sagen.«

»Aha, was denn?«, sagte er, konzentriert und mit den Augen auf seinem Krabbengericht.

»Du hast mich nach dem Schorsch gefragt. Da wollte ich dir sagen –«

»Wer ist Schorsch?«

»Der Mann, der hinter mir herläuft. Groß, hager, Marathontyp.«

Er ließ die Krabben Krabben sein und wirbelte herum. »Was ist mit ihm? Bei mir heißt er der Geier. So sieht er nämlich aus.« Er spürte, wie das Blut ihm wieder in den Kopf schoss und sich Gänsehaut am Rücken und Falten auf der Stirn bildeten.

Gloria bewegte den Kopf langsam hin und her. »Schorsch heißt er. Er ist von hier. Und er ist mein Freund.« Mitfühlend legte sie ihm eine Hand auf den Unterarm. »Du hast den Helmut in Verdacht gehabt, nicht?«

Er schüttelte die Hand ab. »Das ist jetzt egal. Sie sollen zur Hölle fahren alle miteinander.« Damit wendete er sich wieder seiner Arbeit zu.

Da er beharrlich schwieg, äußerte sich auch Gloria nicht weiter. Kurz darauf verließ sie die »Barkasse« wieder.

Claussen bereitete das Essen vor, kochte, nahm Bestellungen auf, servierte und räumte ab. Er wusste nicht mehr, wo ihm der Kopf stand. Die ganze Zeit über sann er auf Rache. Gloria oder dieser Geier Schorsch, das war die Frage.

Die Nacht draußen war klarer, als es die vergangenen Tage gewesen waren. Dazu hatte ein eisiger Wind eingesetzt, der Glorias Augen tränen ließ. Immer wieder musste sie die Hände aus den Manteltaschen nehmen und mit ihnen die Ohren wärmen. Als sie über den Ludwigsplatz marschierte, fragte sie sich, ob ihre Tränen wirklich nur vom Wind kamen.

13

Auf der Suche nach Veronika Hofferbert alias Silke hatte die Polizei die notwendigen Register gezogen: Suchmeldungen, Fahndungsausschreibung, Personenbeschreibung und Foto in Presse und Regionalfernsehen. Das Farbfoto hatte die Familie zur Verfügung gestellt. Es zeigte eine jugendliche Frau mit hübschem, ausgeglichenem Gesicht, offenem Blick und einer adretten Frisur. Ein Wesen, das einem von der ersten Sekunde an sympathisch war. »Süß«, nannte es Lissy Feyerbach, die Leiterin der Vermisstenstelle.

Veronika – oder Vroni, wie ihre Eltern sie überwiegend nannten – war schon aus dem Haus gewesen, um zunächst eine Ausbildung als »Gestalterin für visuelles Marketing« anzufangen. Um ihr kreatives Potenzial auszuschöpfen, wie sie ihren Eltern erklärte.

»So ein geschwollener Ausdruck«, schimpfte der Vater. »Früher hieß das Dekorateur.«

Veronika brauchte keine drei Monate, um einzusehen, dass ihre Mutter recht gehabt hatte und dieser Schritt ein Fehler gewesen war. Und die Eltern zu bitten, sie wieder in ihrer mittelgroßen Wohnung aufzunehmen, bis sie den Studienplatz hätte. So sparte sie sich die Miete.

Das Leben mit den Eltern war nicht ganz einfach, fand die Polizei nach ihrem Verschwinden bald heraus. Nicht nur aus den klassischen Gründen. Der Vater verbrachte so gut wie nie Zeit mit seiner Tochter, weil er nie welche hatte, behauptete er. Und die Mutter mischte sich nicht in Veronikas Angelegenheiten. Im Gegenteil, sie lebte ihr eigenes Leben und ließ Vroni ihres leben.

Wie das Leben der Mutter aussah, deckte die Polizei sehr bald auf. Brigitte Hofferbert hatte zahlreiche Liebhaber. Ihr Liebesleben spielte sich teils extern ab, zum anderen Teil aber in der kargen Wohnung. Immer wieder musste Veronika aus ihrem

Zimmer flüchten, damit Mutter sich ungestört ihren eigenen Interessen hingeben konnte.

Nicht selten streifte die Tochter bei solchen Gelegenheiten durch die Rosenheimer Innenstadt, auch am Abend, und lernte alles Mögliche kennen. So landete sie in der »Roten Barkasse«. Sie bewarb sich und wurde angenommen.

»Und Ihre Tochter hat keinen Freund?« Die Polizei wollte es nicht glauben.

Auch hier sollte sich bald herausstellen, dass beide Eltern im Grunde keinerlei Vorstellung vom Leben ihrer Tochter hatten. Veronika selbst hatte sich als *independent girl*, wie es hieß, betrachtet. Doch von Männerfreundschaften oder Aufenthalten bei Männern war nichts zu hören. Veronika Hofferbert musste ihr Leben wohl so führen, wie ihr Foto es aussagte: souverän und ohne Makel.

Auch am fünften Tag nach ihrem Verschwinden blieb Veronika Hofferbert unauffindbar. Nach diesem Helmut, den Claussen ihnen genannt hatte, forschten sie noch immer.

***

In Claus Claussen arbeitete es. Er ging seiner Arbeit mit ungebremster Leidenschaft nach, doch seine Gedanken waren anderswo. In der Früh fuhr er mit dem Bus zur Arbeit, abends damit nach Hause. Das eine Mal saß Emma am Steuer – dann wechselte er ein paar Worte mit ihr –, das andere Mal jemand anders, meistens ein Mann. Bei jeder einzelnen Fahrt war er voller Hoffnung, diesen Schorsch zu treffen.

Claussen führte seine abgenutzte Aktentasche mit sich. Darin befand sich das Schlachtermesser, mit dem er den Fisch köpfte und häutete. Am Tag arbeitete er mit dem Messer. Vor der Heimfahrt reinigte er es und wickelte es sorgsam in einen Einkaufsbeutel aus Stoff. Er hatte das Messer immer dabei, sowohl auf der Hin- wie auf der Rückfahrt. Einmal, in der Früh, saß Schorsch auf der vorletzten Bank im Bus, doch es war zu voll, um etwas zu unternehmen.

Einen Tag später aber – Silke war noch immer nicht aufgetaucht – war es so weit. Wie immer bestieg Claussen den Bus in Rosenheim durch die Vordertür. Es war sehr finster. Claussen trug einen olivfarbenen Parka mit dunklen Flecken am linken Ärmel. Er warf Emma einen flüchtigen Gruß zu und scannte das Businnere. Eine Grauhaarige saß direkt hinter Emma, außer ihr war nur eine einzige Person im Bus, ein Mann im hinteren Teil. Der Mann hatte den Kopf gesenkt, er schien Lesestoff vor sich zu haben. Die Merkmale waren jedoch unverkennbar – der Geier!

Claussen presste die Tasche an sich, zog sich dünne Lederhandschuhe an und stakste storchartig an dem Kerl vorbei ganz nach hinten.

Der sah von seiner Lektüre keine Sekunde auf.

Während der zwanzigminütigen Fahrt nach Raubling behielt Claussen den weit aufragenden Hinterkopf vor sich im Blick, während er die Einkaufstasche mit dem Messer aus der Tasche fingerte und vorbereitete. Die Handschuhe zog er ein letztes Mal glatt. Heute galt es, Gloria zurückzugewinnen. Lange schon hatte er sich das vorgenommen.

Mit eintönigem Geräusch, ohne zu rütteln, zu scheppern oder zu ruckeln, folgte der Bus der Landstraße. Kurz vor Raubling machte sich Claussen bereit. Endlich hatte er einen fast leeren Bus erwischt, in dem der Geier tatsächlich saß. Geduckt schlich er sich an, und geduckt positionierte er sich hinter seinem Opfer. Er warf einen vorsichtigen Blick nach vorn. Emma war voll mit Fahren beschäftig, die Frau hinter ihr schien eingeschlafen zu sein. Auch der Geier döste vor sich hin.

Es dauerte nicht lange. Zwei Stiche mit dem kinderarmlangen Messer, dann verstaute er die Waffe wieder in dem Stoffbeutel und packte ihn in die Aktentasche. Kein Laut kam vom Geier, nicht einmal ein tiefes Schnaufen. Schmerz konnte er nicht mehr gespürt haben, er war sofort tot. Claussen achtete darauf, dass die Leiche nicht wegkippte. Alles paletti!

Außer nachher beim Aussteigen.

Die Frau hinter Emma schlief noch immer, als Claussen sie passierte.

»Ciao«, sagte er zu Emma.

Sie nickte. »Ich hab alles gesehen«, sagte sie mit Verschwörermiene. »Eine schöne Sauerei hast du in meinem Bus veranstaltet.«

***

Wenn Lissy Feyerbach aus ihrem Bürofenster im Polizeipräsidium blickte, konnte sie im Süden die Berge sehen. An diesem Tag war wieder einmal der Föhn das alles beherrschende Wetterphänomen. Deshalb war die Sicht besonders gut und klar, die Gebirgsspitzen mit den zerklüfteten Geröllhängen darunter, auf denen im Hochsommer die Steine glühten, wirkten unglaublich nah. Wie in einem Heimatfilm, dachte Lissy und öffnete eine Glastür, um hinaus auf den kleinen Balkon zu treten, der vor ihrem Büro lag.

Der Balkon war von einem zierlichen umlaufenden Eisengeländer umgeben, auf das sie ihre Hand stützte. Sie musste aufpassen, das wusste sie, denn gegen einen Absturz gesichert war sie durch das kraftlose Gitter definitiv nicht. Tief atmete sie die frische Luft ein. Wenn sie die Augen geschlossen hätte, hätte sie sich auf eine Berglichtung versetzen können, mit einer Almhütte mittendrin und Tannen und Buchen drumherum, durchzogen von einer lauen Bergbrise.

Doch ihr fehlte die Zeit, die Augen zu schließen, das Telefon klingelte. Sie ging hinein und ließ die Balkontür offen. Das Festnetztelefon klebte auf einem eleganten alten Schreibtisch aus ihrem Privatbesitz. Sie hatte ihn einst von ihrem verstorbenen Onkel übernommen, der zwei Stände am Münchener Viktualienmarkt betrieben hatte. Sie nahm auf einem der beiden nicht minder eleganten Stühle davor Platz.

»Feyerbach«, meldete sie sich. Es war eine interne Nummer.

»Frau Feyerbach, ich verbinde Sie.«

»Wer ist denn dran?«

»Ein Mann will Sie sprechen. Aus Rosenheim. Wegen dem Fall Hofferbert.«

»Okay, stellen Sie durch.«

Lissy Feyerbach war Anfang vierzig, wirkte wie Mitte dreißig, hatte es schon vor Jahren zur Hauptkommissarin gebracht und leitete die Vermisstenstelle. Ihre Hobbys waren vielfältig, von Bergsport über Stricken bis zur Patenschaft für ein Schwein auf einem niederbayerischen Gnadenhof. Was jeder wusste, worüber aber keiner sprach: Sie war die mehrjährige Ex-Freundin des Chefs der Mordkommission, Rico Stahl. Was auch jeder wusste: Die beiden gingen sich seit ihrer Trennung aus dem Weg.

Ein unverständlicher Name am Telefon. Starker oberbayerischer Akzent. Der Mann polterte los.

Lissy unterbrach sofort. »Bitte sagen Sie mir Ihren Namen noch einmal, diesmal etwas deutlicher. Von wo rufen Sie an?«

»Stigloher, va Oabling. Ohne ›ie‹. 's geht um die Entführung von dera junga Frau z' Rosenheim.«

Aha, ein Herr Stigloher aus Bad Aibling. Lissy notierte Namen, Ort und Zeitpunkt des Anrufs. Sie wusste zwar nicht, ob es sich tatsächlich um Kidnapping handelte, doch sie wollte dem Mann nicht wieder das Wort abschneiden. »Und Sie haben etwas beobachtet, Herr Stigloher? Was genau haben Sie beobachtet?«

»Wissen S', wo z' Rosenheim des ›Erdinger Weißbräu‹ is? Draußen in Pang, wissen S' scho.«

»Ja, dieses Wirtshaus kenne ich.« Es war erst im vergangenen Jahr eröffnet worden.

»Also. I war im ›Erdinger Weißbräu‹ gwen und bin pfeilgrad aussikemma, wo die junge Frau aufm Fahrradl vorbeigrauscht is. Oans vo dene Mountainbikes, wissen S' scho. A ganz verreckts Teil.«

Etwas Mühe hatte sie schon, diesen Herrn zu verstehen. Die Bad Aiblinger pflegten ganz bewusst ihren Dialekt, der sich von den umliegenden Dialekten hörbar unterschied. Wann war Ihre Beobachtung denn gewesen, war sie versucht zu fragen. Und an welchem Tag. Es war über eine Woche her, dass Veronika Hofferbert verschwunden war. Doch Lissy ließ den Mann vorerst reden.

»Ja, und da … hören S' mi iberhaubt no? San S' no dro?«

»Ja, ich bin noch dran.«

Stigloher fuhr mitleidlos in seinem Oablingerdeutsch fort. »… und da hat a großer Geländewagen neben ihr ghalten. So a großes Teil, a Japaner, glaub ich. Er hat auf meiner Seite ghalten, sodass ich die Frau nimmer sehen konnt.« Der Zeuge sprach immer aufgeregter. »Ich denk, sie haben sich unterhalten. Und als er wieder angfahren is, war die Frau nimmer da. Mitsamt dem Radl war sie verschwunden. Ich denk halt, sie ist zu ihm eingestiegen und hat auch ihr Radl eingladen.«

Interessant! Ein Geländewagen also. Es gab nur ein lästiges Haar in der Suppe. Die Zeit.

»Interessant, Herr Stigloher. Ich habe da aber eine wichtige Frage. Heute ist der 27. Januar. Veronika Hofferbert wird aber seit dem 19. Januar vermisst. Hat sich das, was Sie beschreiben, am 19. Januar abgespielt? Das war ein Dienstag. Und warum melden Sie den Vorfall erst heute?« Sie würde den Mann ins Kommissariat bitten oder sogar zu ihm hinfahren. Doch jetzt war es besser, den Redefluss vorerst nicht zu stoppen.

Sie hörte Stigloher lachen. »Ganz einfach: Mir waren im Urlaub, und ich hab die Sach erst jetzt in der alten Zeitung glesen. Ich hab vergessen, die Zeitung abzubestellen. Ich hab auch das Foto von der Frau da drin gsehn.«

»Und Sie erinnern sich so genau, dass Sie den Vorfall exakt an dem Tag beobachtet haben? Sie waren am 19. Januar im Wirtshaus? Zu welcher Tageszeit war das?«

Kurze Pause. Das Ticken auf einem Smartphone war zu hören. »Da hab ich's wieder. Wissen S', ich bin Vertreter für Gastronomiebedarf. Da führ ich natürlich einen Terminplan. Ich war genau am 19. im ›Erdinger Weißbräu‹. Um elf war der Termin, so um halb zwölf war ich fertig. Und draußen hab ich dann die Radlfahrerin gesehen. Große Ähnlichkeit mit dem Bild in der Zeitung, ja.«

Das klang authentisch. »Können Sie mir denn die Person beschreiben, Herr Stigloher? Die Radfahrerin?«

»Ja, oberflächlich. Groß, schlank, blond. Und da war irgendetwas Bsonderes mit ihrer Frisur, ich weiß aber nimmer, was.«

»Hatte sie vielleicht einen Kranz?«

»Könnt schon sein, ich erinnere mich halt nimmer. Wissen S', die Frisuren von Frauen sind mir wurscht, ich schau lieber woandershin. Hahahaha«

»Wo sind Sie jetzt in Bad Aibling, Herr Stigloher? Ich würde Sie gern persönlich kennenlernen.«

»Jetzt? Jetzt bin ich in meinem kleinen Büro in Willing. Bestimmt noch zwei Stunden.«

Noch einmal alle Details mit ihm durchgehen, nähere Personenbeschreibung der Fahrradfahrerin, vor allem aber Einzelheiten über den Geländewagen und seinen Fahrer – sie wollte versuchen, aus dem Gastronomiebedarfsvertreter weitere Kleinigkeiten herauszukitzeln, im weitesten Sinn des Wortes. Ein Foto von Veronika könnte helfen.

Anschließend würde sie endlich diesen Claus Claussen aufsuchen, solange die »Rote Barkasse« heute noch geöffnet hatte, Stichwort »Helmut«. Mit ihrem Softwareprogramm wollte sie versuchen, ein Bild dieses Phantoms zu schaffen. Sie beherrschte die Technik, obwohl es nicht zu ihrem direkten Aufgabenbereich gehörte. Damit wollte sie sich an die Medien wenden.

Zwanzig Minuten dauerte es von Rosenheim nach Bad Aibling, wenn man auf der Staatsstraße nicht vom Verkehr aufgefressen wurde. Es konnte aber auch zwei Stunden dauern. Heute hatte sie Glück. Es gab nur eine kleine Verzögerung am Aiblinger Kreisel, als ihr Autotelefon sein fröhliches Lied erklingen ließ. »Präsidium«, zeigte es an.

»Ja?«

»Ja, da ist der Huawa. Ich muss Ihnen was sagen, was Sie aber gar nicht betrifft. Ich halte es trotzdem für wichtig, dass

Sie's wissen.« Der Huber war das Mädchen für alles im Präsidium, und er mochte die Leiterin der Vermisstenstelle.

»Na, dann sagen Sie's schon, Huawa. Was ist so wichtig?«

»Niemand Neues wird vermisst. Aber jemand ist ermordet worden. Ein Mann. Im Stadtbus. Letzte Nacht. Ich hab halt gedacht, Sie müssten das wissen. Wenn Sie's nicht schon erfahren haben von Ihrem … oh, entschuldigen S'.«

Überall geisterte noch immer die Mär von ihrer Beziehung mit dem Leiter der Mordkommission herum, die schon längst beendet war. »Nur zur Info?«, fragte sie vorsichtshalber.

Solch eine Nachricht warf eine Lissy Feyerbach nicht um. Aber es war für alle Fälle gut zu wissen. Sie bedankte sich, legte auf und bog kurz danach auf die Umgehungsstraße nach Willing ein.

Stigloher wartete schon. Er sah aus, wie er sprach. Struwweliges Haar, gebräuntes Gesicht, kariertes Hemd, Lederhose, Haferlschuhe. Ein waschechter Oablinger.

Als Erstes zeigte sie ihm das Foto von Veronika. »Ist das Ihr Fundstück? Die Frau, die Ihnen am 19. Januar mit dem Fahrrad mittags auf der Straße vor dem ›Erdinger Weißbräu‹ aufgefallen ist?«

Er hielt das Foto mit zwei Fingern vor sich hin. Fingerte eine Lesebrille hervor. Und bejahte heftig. »Ja freilich ist sie das. Ich erinner mich gut. Hier drauf hat s' sogar den Haarkranz.«

»Können Sie sich erinnern, welche Kleidung sie trug?«

Stigloher fasste sich an die Nase. Er war völlig auf das Foto fixiert und nachdenklich. »Groß, blond, schlank. Was sie anghabt hat? Na ja, ich denk, solche Jeans, wie die halt alle anhabn. Und obenrum …« Ein Geistesblitz durchzuckte ihn. »Ja freili, was Knallgelbes, so an Anorak oder so, ja, an Anorak hat sie anghabt. Und was mir no aufgfalln is – koane Tätowierunga ned.«

Na bitte. »Die Autonummer haben Sie sich nicht zufällig gemerkt?«

Traurig schüttelte Stigloher den Kopf und nahm die Brille wieder ab. Er kratzte sich am Ohr. »Da hab ich mir schon

Vorwürfe gemacht. Aber ich konnt ja nicht wissen, dass der was Böses vorhat.«

»Und der Mann? Oder die Person in dem Geländewagen?«

»Ja, ja, es war ein Mann, ganz sicher. Aber alles ist so schnell gangen. Der ist gleich auf die andre Seite nübergrutscht, und i hab ihn vo mir aus gar nimmer sehen können. Und als er wieder am Fahrersitz gsessen ist – da war er auch schon weg. Nein, tut mir leid.«

Lissy hatte nichts anderes erwartet. Aber manchmal geschahen auch Wunder. Vielleicht würde so eines noch vom Himmel fallen. Sie hatte sich die Fotos einer ganzen Reihe japanischer Fabrikate ausdrucken lassen, die passen könnten. Die schob sie über die Tischplatte vor Stigloher hin.

»Da … da … da … da, der da, der war's! Genau so wie da drauf. In Weiß.«

Aha. Also ein Toyota TownAce. Ein Van mit seitlichen Schiebetüren. Das machte Sinn. Sie konnte sich den Vorgang deutlich vor Augen führen. Die junge Frau angesprochen, auf die Beifahrerseite gewechselt, Schiebetür auf, Fahrrad rein, Veronika auf den Beifahrersitz, er zurück auf den Fahrersitz, Abfahrt.

»Wenn ich in der Lage wäre, Ihnen ein Foto des Fahrers zu zeigen, würden Sie den dann erkennen, Herr Stigloher?«

Er zuckte die Achseln, sah ihr vertrauensvoll in die Augen – und schwieg.

Mit ihrem Smartphone schoss sie noch ein Foto vom Zeugen Stigloher, verabschiedete sich und fuhr. So schnell wie möglich benötigte sie die Phantomzeichnung. Sie würde keine Stunde dafür benötigen. Inklusive Fahrtzeit.

»So, das Bild ist fertig. Schauen Sie sich's noch einmal an, Herr Claussen. Hier – die quadratische Gesichtsform, das kantige Kinn, die etwas abstehenden Ohren. Achten Sie vor allem auf die Augen – kommt das Phantom der Realität sehr nahe?«

Nur zögernd nickte Claussen. »Ich glaub schon. So oft hab ich ihn ja nicht gesehen.«

»Und die Augen? Stimmen die Augen?«

Diesmal mehr Zustimmung. »Ja, die sind gut getroffen. Der hat Augen wie Ihr Kollege, der neulich bei mir war. Das fiel mir auf.«

»Sie meinen den Kriminalrat Stahl?«

»Ja, genau. Augen wie Stahl.«

Dem Mann war keinerlei Aufgeregtheit anzumerken. Er zeigte sich freundlich und hilfsbereit.

Lissy Feyerbach hatte ihr Bild von Helmut.

»Auf Wiedersehen, Herr Claussen.«

Sie durchquerte die Nikolaistraße Richtung Mittertor. Dort stellte sie sich in einen Häuserwinkel, um zu telefonieren. »Hallo, Huawa. Danke für die Info vorhin. Können Sie mir sagen, ob der Kriminalrat in seinem Büro ist?«

Es war immer am einfachsten, den Huawa um eine Auskunft zu bitten, der wusste alles, ohne dass er es sofort weiterposaunte.

»Ja, ich hab ihn vorhin raufgehen sehen.«

»Danke, Huawa.«

***

»Wir sollten diese Emma Gerstl hierher vorladen. Es ist schon ein seltsamer Zufall, in welche Dinge sie in so kurzer Zeit verwickelt ist.«

Chili Toledo war in mein Büro gekommen, von dessen Tür ich das Schild »Leiter Mordkommission« hatte abmontieren lassen. Wer zu mir wollte, würde die Tür auch ohne Anschrift und ohne Zeitverzögerung finden. Emma Gerstl, da stimmte ich zu, war in den Mordfall Wurzrainer verstrickt, und nun wurde ausgerechnet in dem Omnibus, den sie führte, eine weitere Bluttat verübt. Das war offensichtlich und in der Tat ein sehr seltsamer Zufall.

Das Opfer war tot auf seinem Sitz im Bus gefunden worden, zu seinen Füßen hatte sich eine ungeheure Blutlache gebildet, den Unebenheiten des Fahrzeugbodens folgend.

Georg Sojek – als solcher wurde er bald identifiziert – war ein hochgewachsener Mann um die fünfzig, dünn, sehnig, kurze Haare. Zwei Messerstiche hatten ihn sofort getötet, einer direkt ins Herz, einer knapp daneben. Die Tatwaffe war bisher verschollen.

Nicht um Chilis Bemerkung auszuweichen, sondern um genauer darüber nachzudenken, betrachtete ich für Sekunden meine behaarten Hände. Dann kehrte mein Blick zurück zu Chilis sprechendem, glattem Gesicht. Ihre wachen Augen ruhten auf mir.

Unvermittelt unterbrach mein Telefon schrill die Stille.

»Adele hier. Ich hab ein bisserl über den Georg Sojek recherchiert. Der scheint eine Freundin gehabt zu haben. Gloria Waldschütz, wohnhaft Färberstraße 7.«

Ich hatte auf Mithören gestellt. Zum ersten Mal zeichnete sich auf Chilis bisher unbewegtem Gesicht eine Art Lächeln ab. »Streiche Emma, setze Gloria«, sagte sie. »Vorläufig.« Zeichen einer nicht seltenen Sprunghaftigkeit.

»Einspruch«, widersprach ich. »Diese Busfahrerin muss über Informationen aus erster Hand verfügen, die sie uns bisher verschwiegen hat. Sollte sie nichts von diesem Mord bemerkt haben, der ein paar Meter hinter ihr passiert ist? Das fände ich reichlich komisch. Holen wir erst einmal Emma Gerstl zu uns, danach kümmern wir uns um die Freundin.«

Chilis Lächeln schwand. Beleidigt? Konnte nicht sein, dafür kannte ich Chili zu gut.

Ich meinte, ein zartes Klopfen an der Tür zu hören.

Auch Chili lauschte.

Das Klopfen wurde energischer.

»Soll ich?«, fragte Chili. Sie nickte mit dem Kopf zur Tür.

»Ja, gern.«

Als wollte sie den Klopfer aufschrecken, riss sie die Tür auf. Ich konnte das verwirrte Erstaunen von ihrem Gesicht ablesen.

»Hallo, Lissy«, grüßte sie und sah gleichzeitig zu mir herüber, als wollte sie mich warnen. Einer der Augenblicke, in denen ich mich immer wieder aufs Neue in Chili verliebte.

Ich war gespannt und hatte keine Ahnung, wohin Lissys Erscheinen führen würde.

»Setz dich bitte«, empfing ich Lissy Feyerbach. Ich hatte mich natürlich erhoben und rückte einen Stuhl zurecht. »Was führt dich zu mir?«

Chili setzte sich wieder an ihren alten Platz.

Auch Lissy vermied das übliche Shakehands. »Jetzt tu nicht so, als ob du es dir nicht denken kannst«, blaffte sie. »Ihr habt einen neuen Mord? Die News haben mich erreicht, und ich wollte mich aus erster Hand informieren.« Ihre Lippen kräuselten sich zu einem schiefen Lächeln. »Auch ich habe vielleicht etwas Interessantes für euch.« Sie nickte Chili zu.

Nach längerem Schweigen entschloss ich mich zu reden. Ich gestattete mir sogar ein Lächeln. »Hast du intern davon erfahren? Oder ist die Neuigkeit etwa schon rum? Die Tat ist noch nicht so alt.«

Leben kam in Lissy Feyerbach. »Jeder hat so seine Quellen, nicht wahr? Ich habe mich nicht danach erkundigt, mir ist es zugeflogen.«

»Was hast du denn erfahren?«

Sie schien empört. »Hör bitte damit auf, Rico. Sag mir einfach, was los ist. Ich bin der Lösung des Falls Hofferbert ein Stück näher gekommen und schließe nicht aus, dass alles, was in dieser Stadt geschieht, in einem Zusammenhang steht.« Sie kniff die hübschen Augen zusammen. »Also bitte.«

Ich widmete mich eine kurze Zeit lang der Betrachtung meiner Fußspitzen. Lissy und ich waren – Dienst hin oder her – zweieinhalb Jahre zusammen gewesen, sie hatte sogar die Hälfte dieser Zeit bei mir gewohnt. Doch irgendwann konnten wir unsere Verschiedenheit und die daraus entstehenden Differenzen nicht mehr bewältigen, und es kam nach zwei vergeblichen Wiederbelebungsversuchen zum endgültigen Bruch. Seither mieden wir uns. Nicht aus Abneigung oder gar Hass, oh nein. Wir schwiegen uns gegenseitig tot, um so das schwelende Strohfeuer auszutreten.

Ich schielte zu Chili hinüber, die mit mehr oder weniger

versteinerter Miene auf ihrem Stuhl hockte. Lissy erfasste die Heimlichkeit und schaute in die andere Richtung.

Ich hoffte, dass Chili die stille Zwiesprache nicht mitbekam. Doch ich war Lissy eine Antwort schuldig geblieben. Ich riss mich zusammen, stand auf, strich die Anzughose glatt und schilderte das bisher bekannte Geschehen in dem Stadtbus. Der erstochene Mann, das viele Blut, die Fahrerin, die nichts gesehen haben wollte.

»Und die Tatwaffe?«, fragte Lissy.

Ich schüttelte den Kopf. »Nichts. Bisher nichts.«

»Schon Spuren?«

Ich verweigerte die Auskunft. »Und was gibt's Neues bei eurer Vermissten?«, stellte ich die Gegenfrage.

Sie zögerte einen Augenblick.

Chili stand auf, warf mir einen unbestimmbaren Blick zu und verließ mein Büro. Was immer das zu bedeuten hatte.

Lissy sah ihr nach und zuckte die Achseln. Sie erhob sich und setzte sich halb auf den Schreibtisch vor mich hin. Sollte ich widersprechen?

»Bis gestern hat sich niemand gemeldet, der etwas Verdächtiges gesehen hat. Wir haben systematisch begonnen, die Bewohner in der Umgebung des elterlichen Hauses der Vermissten zu befragen, aber keinerlei Hinweise erhalten. Ich hatte mich schon damit abgefunden, dass dieser Fall nur durch so etwas Banales wie Textilfasern oder zufällige Augenzeugen zu lösen sein würde. Doch die Zeit rennt uns weg. Wir suchen nach etwas Lebendem, nicht etwas Totem so wie ihr. Wir stehen immer unter Zeitdruck. Und das Mädchen ist nun schon seit über einer Woche verschwunden.«

Ich hatte das Bedürfnis, Einspruch einzulegen. Auch wir Mordler standen selbstverständlich bei jedem Fall aus Verpflichtung der Öffentlichkeit gegenüber unter Zeitdruck. Doch ich hielt mich zurück, um nicht durch die notgedrungen folgende Diskussion Lissys Anwesenheit unnötig zu verlängern.

»Bis sich doch tatsächlich ein Zeuge gemeldet hat. Ich denke, dass wir mit seiner Aussage einen großen Schritt weiter sind.« Sie schilderte die Beobachtungen, die der Zeuge Stigloher gemacht hatte. Dass Stigloher Veronika Hofferbert als das Mädchen ausgemacht hatte, das mit ihrem Fahrrad verschwunden war. Dass sie mit Hilfe des Wirts der »Roten Barkasse« ein Phantombild von diesem geheimnisvollen Helmut angefertigt hatte. Stigloher sollte nur mehr das Phantombild identifizieren, doch etwas Brauchbares war dabei nicht herausgekommen.

Alles zusammengenommen klang es dennoch vielversprechend. Mir schwirrten nebenher noch Überlegungen zu Emma durch den Kopf, die mich intensiv verfolgten. War es purer Zufall, dass diese Frau innerhalb kurzer Zeit in drei unserer Fälle verwickelt war? Sie war aus ihrer Vergangenheit sehr persönlich mit dem getöteten Wurzrainer verbunden. Georg Sojek war in ihrer Gegenwart im Bus erstochen worden, und sie weigerte sich zuzugeben, etwas davon mitbekommen zu haben. Schließlich bestand über den Lokalbesitzer Claussen auch noch eine Verbindung zum Fall der seit über einer Woche vermissten Veronika Hofferbert. Überaus merkwürdig! Wir mussten ein waches Auge auf sie haben.

Kaum hatte ich Lissy bedeutet, sie möge den Schreibtisch räumen, kam Chili auch schon wieder zurück. Ein prüfender Rundumblick, ein schmales »Entschuldigung«, dann saß sie wieder auf ihrem Stuhl.

Lissy Feyerbach verabschiedete sich, Chili und ich setzten unser Fachgespräch weiter fort. Eine Veränderung war Chili nicht anzumerken.

Ich nahm mir vor, mich möglichst bald um Emma Gerstl zu kümmern.

***

Claus Claussen konnte in dieser Nacht kaum ein Auge zumachen. Er hatte sich gewundert, wie tief und fest er in der vergangenen Nacht geschlafen hatte, da er doch kurz zuvor einen Menschen getötet hatte. In dieser Nacht hatte er versucht, die Zeit vom Besteigen des Busses bis zu seinem Verlassen zu rekonstruieren.

Emma hatte ihn natürlich beim Einstieg erkannt und wahrscheinlich im Rückspiegel verfolgt, wie er durch den Mittelgang nach hinten ging. Dass sie ihn tatsächlich beobachtet hatte, als er zustach, bezweifelte er sehr, jedenfalls hoffte er das. Das Messer hatte er an der Stofftasche abgewischt, den Beutel in der Aktentasche verstaut und das Ganze später in einem abgelegenen Wiesenstück, nahe des Raublinger Bahnhofs, aber weitab seiner Route, vergraben. Die Jacke hatte er vorsichtshalber mit in die Grube gelegt.

Emmas Bemerkung beim Aussteigen – »eine schöne Sauerei hast du in meinem Bus veranstaltet« – machte ihm schwer zu schaffen und war wahrscheinlich der Grund für seine Schlaflosigkeit. Sollte er sie zur Rede stellen?

Als dann gleich in der Früh die Polizistin kam, war für ihn die Welt zusammengebrochen. Wie hatten sie in dieser Geschwindigkeit …? Doch die Polizistin hatte sich als Leiterin der Vermisstenstelle vorgestellt, und es ging um seine Silke. Auch Alberto hatte ihn deswegen schon angesprochen. Er half ihr willig bei dem Phantombild von Helmut. Auch er wollte Silke schließlich wiedersehen.

Claussen redete sich ein, dass er bei seinem Mord alles richtig gemacht habe und er un-fass-bar sei. Doch das beruhigte ihn in keiner Weise.

Um mehr Ruhe in der »Barkasse« zu haben und um sich abzulenken, sagte er noch am selben Tag Mandy zu. Sie bedurfte eines Tages der Einweisung, danach war's, als hätte sie schon immer in diesem Job gearbeitet. Sie hatte einen kessen Rock an und einen ihrer Oberweite angemessenen quer gestreiften Pulli, nicht zu weit ausgeschnitten. Ja, Mandy machte sich schon am ersten Tag gut. Es überraschte ihn nicht. Trotzdem dachte er mit etwas Wehmut an Silke. Wie es ihr wohl ging?

»Mandy, traust du dir zu, den Laden eine Stunde lang selbstständig zu führen? Ich muss mal weg.«

Ja, sie traute sich.

Er nahm sich vor, tatsächlich in spätestens einer Stunde wieder da zu sein, und trat hinaus auf die ruhige Nikolaistraße.

Er brauchte keine zwanzig Minuten, um die Innenstadt hinter sich zu lassen und den Salinpark zu erreichen.

»Hallo, Alberto, hier bin ich.«

Alberto tat überrascht. Er hantierte hinter seiner Verkaufstheke herum und überfiel Claussen mit einem Überschwang an Italienisch, wobei er die Arme wie die Flügel eines Kormorans ausbreitete. »Grüß dich, alter Verbrecher.«

Eine Begrüßung wie ein Stich ins Herz. Was konnte Alberto wissen? Emma war schließlich seine Nichte und stand ihm nahe. Es wäre völlig normal, wenn sie gegenseitig Geheimnisse austauschten. Claussen war gekommen, um zu erfühlen, ob Emma ihren Onkel eingeweiht hatte. Sollte er ihn nun fragen: Alberto, was weißt du? Nein, er ging um die Ecke und umarmte ihn wie ein alter Sizilianer bei einem Mafiatreff.

»Ich komme nicht dazu, dich zu besuchen, *amico*«, sagte Alberto. »Genau wie du lange nicht bei mir warst. Wir haben beide viel zu tun. *Grazie a Dio.*« Er besann sich kurz und holte etwas hinter seinem Rücken hervor. »Hier, Butterbrezn, frische gemachte, ganze frische.«

Das Licht, das sich jetzt vom Morgen- in ein Mittagslicht wandelte, war magisch. Es überwand sogar die Skelettzweige der hohen Bäume, unter denen Albertos Kiosk sein Leben im Salinpark fristete. Es war von einer seltenen Zauberkraft, alles strahlte intensiv, warm und sanft.

Von dem bekam Claussen nichts mit, dafür war er zu angespannt. Wie ein Blitz durchzuckte ihn deshalb Albertos Frage: »Hast du schon von dem neuen Mord gehört? Meine Emma hat den Bus gefahren, in dem der Mord geschah. Wusstest du das schon?«

In Gedanken versunken verließ Claussen den Salingarten. Was hatte Alberto mit dieser Bemerkung bezweckt? Wusste er mehr, als er verriet?

Als er zurück in seiner »Barkasse« war, ging es Schlag auf Schlag. Mandy beherrschte die Szene, als hätte sie ihr junges Leben lang nichts anderes gemacht. Sie bugsierte volle Tabletts durch das Gewimmel der immer ungeduldiger werdenden Gäste, immer ein paar Bestellungen im Rückstand. Sie tat das mit einem bezaubernden Lächeln und freundlichen Worten.

Mandy war also nicht das Problem.

Doch kurze Zeit später stand Emma da. Claussen hielt sich in der Kombüse auf, mitten in der Arbeit. Er erwartete, dass sie ihn sofort zum Mörder erklärte. Doch sie fragte mit einem schiefen Blick auf Mandy: »Wer ist denn das?«

Er hatte keine Lust, ihre Neugierde zu befriedigen. Er war viel zu beschäftigt, er blieb abweisend.

»Sei dir nicht zu sicher«, sagte sie in drohendem Ton.

Emma wurde zu einer unkalkulierbaren Bedrohung. Wie viel hatte sie ihrem Onkel Alberto erzählt? Er musste sich etwas einfallen lassen.

Kaum war sie wieder draußen – Mandy löcherte ihn kurz mit fragenden Blicken –, erschien Gloria. Claussen wurde durch das Raunen am Eingang auf sie aufmerksam. Wie eine Filmdiva kam sie hereinstolziert, aufgedonnert wie ein Pfau und in hochnäsiger Pose. Normalerweise wäre er stolz auf so einen Gast gewesen. So aber kam sie ihm vor wie ein Gruß aus der Hölle.

Sie kam gleich zur Sache. »Ich werd dich heute Abend anrufen. Überlege dir bis dahin, wer meinen Freund umgebracht hat, den Schorsch, und warum. Wie gesagt, ich gebe dir Zeit bis heute Abend.« Mit einem unheilvollen Blick paradierte sie wieder nach draußen.

Es zog kalt durch die Tür rein.

»Sie haben ja eine Menge Verehrerinnen, Chef«, meinte Mandy bewundernd.

14

Ich bin schon verschiedene Male gefragt worden – auch von KollegInnen –, warum ich mich mit verurteilten Mördern zusammensetze und sie geduldig interviewe. »Ist das nicht vertane Zeit, Herr Stahl?«, höre ich manchmal. Nein, ist es nicht, ich vertrete eine andere Meinung. Deshalb habe ich auch diesen Claus Claussen im Gefängnis befragt.

Die Täter sind die ausgewiesenen Experten für ihre eigenen Taten, für ihre spezifischen Fälle. Indem ich so viele Fälle wie möglich studiert und mit diesen »Experten« gesprochen habe, bin ich in der Lage, Hinweise zu interpretieren und Schlussfolgerungen zu ziehen. Das ist sehr ähnlich wie bei einem Arzt, der verschiedene Symptome einschätzt, um eine bestimmte Krankheit oder einen akuten Zustand zu diagnostizieren. Und ganz wie dieser Arzt eine Diagnose wagen kann, nachdem er mehrere Aspekte eines Krankheitsbilds erkannt hat, das ihm schon einmal begegnet ist, können auch wir Kriminalisten zu bestimmten Betrachtungen und Implikationen kommen. Dann nämlich, wenn wir sehen, dass sich bestimmte Verhaltensmuster herauskristallisieren, denen wir vorher schon einmal begegnet sind.

»Claussen«, sagte ich. »Ich bin Ihnen gegenüber im Nachteil. Ich weiß nicht, warum Sie es getan haben. War es Eifersucht? Rache für etwas, was ich nicht weiß? Wollten Sie der hochmütigen Gloria auf brutale Art eins auswischen?«

Er nahm die Zigarette, die ich ihm anbot. Ich gab ihm Feuer.

Er nahm einen tiefen Zug, schaute mich interessiert an, antwortete aber nicht gleich.

»Ich habe diesen Geier gehasst. Von Anfang an. Ich hab ihn gesehen und hab ihn gehasst.«

»Da wär die Welt voller Leichen, wenn jeder, der gehasst wird, umgebracht würde. Hätten Sie den Georg Sojek denn auch erstochen, wenn Gloria nicht existiert hätte?«

Er nahm einen hastigen Zug und dachte nach. »Nein«, sagte er. Überraschung lag auf seinem Gesicht. »Nein, das wohl nicht.«

Natürlich nicht. Der Grund wird auch nicht die »normale« Eifersucht gewesen sein, die wir alle kennen. Grund war ein extrem übersteigertes Besitzverlangen. Er wollte für Gloria der einzig wahre Held auf dieser Welt sein. Sie sein Eigen nennen.

»Als Sie den Sojek im Bus erstochen hatten«, nahm ich einen neuen Anlauf, »haben Sie sich da besser gefühlt als vorher, als er noch lebte? Nun konnten Sie ganz allein über Gloria verfügen, nicht wahr? Vorausgesetzt, sie machte mit. Hat sie mitgemacht?«

Claussen drückte den bis auf Fingernagellänge heruntergerauchten Lungentorpedo in einem Unterteller aus. Seine Stimme zitterte, als er mich überlaut angriff. »Wie würden Sie sich verhalten, wenn ich Sie über Ihre Weibergeschichten ausfragen würde, Sie Klugscheißer? Hä?«

Ich ging darauf nicht ein, versuchte, souverän zu bleiben. »Sie haben im Bus etwas von Sojeks Leiche mitgenommen, nicht? Etwas, das ihm gehört hat.«

Das überraschte ihn. Er schwieg dazu.

Wenn die Täter genau zuhören, weiß man, dass man auf etwas gestoßen ist. Das habe ich bei meinen Gefängnisinterviews gelernt und konnte es immer wieder einsetzen, so auch diesmal. Ich sah, dass ich seine ungeteilte Aufmerksamkeit besaß.

»Sozusagen eine Trophäe. Was war es denn, Herr Claussen? War es ein Handschuh?«

Er hatte tatsächlich einen Handschuh mitgehen lassen. Dass ich das wusste, war weder Hexerei noch ein Taschenspielertrick, wie es dem Gefangenen vielleicht vorkommen musste. Wir hatten nur einen einzigen Handschuh bei Sojek gefunden, der andere blieb verschwunden. Es lag nahe, dass der Täter ihn mitgenommen haben konnte. Doch die Idee dazu war mir erst während des Gesprächs gekommen.

Claussen nickte. Zunächst zögernd, dann fast mit Begeisterung. Er schwieg, und sein Kopf blieb gesenkt.

Ich setzte noch eins drauf. »Georg Sojek ist unter großer Beteiligung in Rosenheim am Städtischen Friedhof beigesetzt worden. Sie waren später sogar an diesem Grab, hab ich recht, Claussen? Und Sie hatten den Handschuh dabei.«

Er hob den Kopf und sah mich an. Feuerrot war er im Gesicht geworden. Eine Antwort war nicht nötig. Ich konnte deutlich sehen, dass ich einen weiteren Treffer gelandet hatte. Wie ein angeschlagener Boxer begann er zu taumeln.

»Sie wollten Ihren Triumph genießen, Ihre Überlegenheit. Dazu haben Sie den Tod eines Menschen in Kauf genommen. Mich würde interessieren, wie Sie heute darüber denken. Hat sich das Risiko gelohnt, das Sie eingegangen sind?«

Die Röte war aus seinem Gesicht gewichen. Er verschränkte die Arme und lehnte sich zurück.

Ich sah, dass sich Claussens Körpersprache allmählich veränderte. Dass er sich weiter öffnete. Jede Empfindung wurde offenkundig in seinen Zügen, die immer unruhiger zuckten. »Ich war froh, als ich's getan hatte«, sagte er. »Gelohnt hat sich's nicht, weil Gloria, die blöde Gans, hat mich auch weiterhin verarscht. Doch dieser grässliche Mann, der war wenigstens weg.«

Auf eine seltsame Weise verlor seine Stimme nach und nach, sekündlich praktisch, an Volumen. Claus Claussen konnte einem beinahe leidtun, wie er sich bemühte, etwas herauszubringen. Es gelang nicht, er gab auf. Er sah mich noch einmal lange an, bevor er mir die Hand zum Abschied gab.

Ich gab dem Wärter einen Wink, Claussen wurde wieder in seine Zelle geführt. Gerade rechtzeitig, dachte ich. Rechtzeitig, bevor wir beim nächsten Kapitel seiner Psyche angekommen wären.

***

Seit sich der Oablinger Gastronomiebedarfsberater bei Lissy Feyerbach gemeldet hatte, folgte sie der Fährte zur vermissten Veronika Hofferbert intensiv. Sie roch die Spur buchstäblich.

Mit Stigloher zusammen besichtigte sie den Ort am »Erdinger Weißbräu«, an dem er das Zusammentreffen der jungen Frau mit dem Fahrrad und des Geländewagens beobachtet hatte. Sie ging davon aus, dass es sich bei der weiblichen Person um Veronika gehandelt hatte. Und schloss absolut nicht aus, dass der Fahrer Helmut war, der »Silke« aus der »Roten Barkasse« kannte und nach Zeugenaussagen ein Auge auf sie geworfen hatte. Diese Theorie lag im Reich der Spekulationen. Doch sich an etwas zu klammern half immer, davon war Lissy überzeugt. Hätten sie auch den Nachnamen dieses Helmut gekannt, wäre es einfach gewesen. Sie hätten herausfinden können, ob er im Besitz eines Toyota TownAce war.

»Als der Geländewagen anhält«, sagte Lissy zu Stigloher, »wechselt der Fahrer bei geöffnetem Fenster ein paar Worte mit der Fahrradfahrerin, die auch stehen bleibt. Ich gehe davon aus, dass die zwei sich kennen. Sie willigt ein, er öffnet die Schiebetür und lässt sie das Fahrrad ins Auto heben. Sie steigt ein, und sie fahren los. Das Ganze dauert nur ein paar Sekunden.«

Stigloher nickte heftig. »Grad so kann's gwen sei«, meinte er. »I hab's ned sehn kenna, weil des Auto zwischen mir und dem Madl gstandn is.« Er überlegte einen Moment. »Und wenn er sie ned kennt hat? Was war dann?«

Sie musste nicht lange überlegen. Auch das hatte sie selbstverständlich ins Kalkül gezogen. »Dann war es eine Entführung. Da gibt's nur eine Möglichkeit: Der Entführer wird gewalttätig, und zwar blitzschnell. Er betäubt sie oder verpasst ihr einen Schlag, um sie außer Gefecht zu setzen. Darauf zieht er zuerst sie, dann das Rad ins Innere, und ab geht's.« Lissy pausierte kurz, dann schloss sie: »Das ist zwar hochriskant, aber durchaus möglich. Ich hab schon ganz andere Sachen erlebt.« Sie fixierte Stigloher, als wollte sie ihn aufsaugen. »Das aber müssten Sie gesehen haben, Herr Stigloher. Haben Sie?«

Der Mann hob beide Hände vor die Brust, Handflächen nach oben. »Also wenn des so gwen wär, hätt ich's bestimmt gseng, Frau Kommissar. Aber das i's ned gseng hab, muss ned heißn, dass es ned so war. I hob einfach ned drauf geachtet. I hob ja ned wissen kenna, das des nachher zum Kriminalfall wird, woaßt scho.«

Das half Lissy nicht sehr viel weiter. Doch sie hatte Verständnis für den Mann. Er hatte wahrscheinlich mehr darauf gewartet, dass die Straße wieder frei wurde, als dass er ein Verbrechen hätte vorhersehen können. Sie schluckte und dachte weiter.

In der Zwischenzeit waren alle Besitzer eines Toyota Town-Ace im Landkreis und darüber hinaus ausfindig gemacht worden. Zumindest die Alibis ihrer Besitzer für die Zeit des Vorfalls wurden überprüft.

Was Lissy aber für das Vielversprechendste hielt: Das Phantombild, das sie mit Claussen gefertigt hatte, wurde veröffentlicht. Nebenbei erfuhr sie vom einstigen Zusammentreffen Rico Stahls mit dem Gesuchten an der Innentür der »Roten Barkasse«. Auch er hielt das Bild für gut getroffen.

»Hallo, ist dort die Polizei?« Eine aufgeregte weibliche Stimme.

Der Huawa in der Zentrale war dran. Es folgte ein Telefonat, das jemand, der außerhalb der Zuständigkeitsgrenzen dieses Polizeipräsidiums aufgewachsen war, niemals hätte verstehen können.

»Und Sie ruafa jetz ganz persönlich selber an?«, fragte der Huawa. »Was haben S' denn erlebt?«

»Erlebt hab i goa nixn. Bloß in der Zeitung was gseng. A Buidl. Vo meim Nachbarn.«

»Und wo san Sie?«

»In Krottenmühl. Woaßt scho, am Simssee.«

Oberbayern, wenn sie einander vertraut sind, duzen sich flott, wenn nicht gleich.

Mehr brauchte Helmuts Nachbarin nicht zu beschreiben, der Huawa kapierte sofort. Er fragte Name und Adresse ab, notierte den Zeitpunkt des Anrufs (»10:26 Uhr«), notierte vorsichthalber noch, dass es fünfundzwanzig Minuten bis zum Simssee seien (»mit dem Auto«), und sandte eine E-Mail an die Frau Hauptkommissarin, Leiterin der Vermisstenstelle.

Fünfundvierzig Minuten später machte sich Lissy Feyerbach allein auf den Weg an den Simssee. All ihre abkömmlichen Mitarbeiter waren dienstlich unterwegs. Es sollte ein hoffnungsvoller Tag für Lissy werden.

Schon das gewundene, etwas hügelige Sträßchen von der Bundesstraße hinunter an den See bot einen ausladenden Blick. Rechts von Lissy, im Süden, breitete sich das Panorama der Berge mit Hochries und Hochgern aus, dahinter, schon im Berchtesgadener Land, ragte der Hochstaufen empor.

Als Erstes, einer unbezwingbaren Laune folgend, fuhr sie ans Wasser. Das war nicht einfach, denn sämtliche Ufergrundstücke, so schien es, befanden sich in Privathand. Doch sie stöberte einen Zugang zum Wasser auf und schlenderte an ein paar Bootsstegen entlang. Sie betrachtete die Hecks der unterschiedlichsten Boote, von denen jedes einzelne sie auf andere Weise zum Träumen hätte bringen können.

Es war unglaublich still. Nur von einer nahe gelegenen Seewirtschaft drangen flüchtig ein paar Juchzer an ihr Ohr. Die Hälfte des Monats Januar war lange überschritten. Es war die Zeit, in der oft die diesige Luft wie eine Gardine über dem See hing, die Katzen selbst bei Kälte zwischen und auf den Booten am Uferrand dösten und die tiefe Reinheit der Stille Geräusche von den Fischerbooten herübertrug, die draußen vor dem Ufer ihre Arbeit verrichteten. Heute war das Mittagslicht, das auf den kräuselnden Wellen und auf der Brandung lag, die noch schüchtern mit hohlem Brausen gegen das Ufer schlug, fast schon frühlingshaft. Weit draußen kreischten jetzt ein paar Möwen, die im Schwarm tief über die wie Zinkblech glitzernde Wasseroberfläche flogen.

Lissy fühlte sich an ihre Kindheit erinnert, die sie mit ihrem Vater auch oft an einem See verbracht hatte. Ihre Schwester war vom Gericht der Mutter zugeteilt worden.

Mit einem Mal wurden ihre Gedanken wieder in die Realität zurückgeschleudert. Eine der Möwen draußen hatte sich aus dem Schwarm gelöst und raste im Tiefflug auf den Strand zu. Lissy befürchtete schon, das Ziel des Vogels zu sein, und duckte sich weg. Doch abrupt gab es einen heftigen Schlag und einen Knall. Die Möwe war verschwunden.

Lissy Feyerbach hielt Ausschau und ging vornübergebeugt ein paar Schritte ans Wasser, dorthin, wo die Boote wie ruhende Seekühe kieloben lagen. Vor einem Kahn, einem blau bemalten, lag auch die Möwe im nassen Sand. Warum sie wie ein Pfeil gegen die Bootswand geschossen war, hatte sie als Geheimnis mit in den Tod genommen.

Lissy sprach einige Worte mit dem toten Vogel, überlegte, ob sie ihn begraben sollte, und entschied sich dagegen.

Das Haus am anderen Ende des Dorfs hatte sie rasch gefunden. Der Huawa in seiner Einfalt hatte lediglich Nummer und Adresse der Anruferin aufgeschrieben. Das Wichtigste, nämlich Nachname und Adresse von Helmut, dem angezeigten Nachbarn, fehlte. Lissy musste nachhaken. Helmut Harms, Erlenweg 17.

Es war nicht schwierig, die Adresse aufzuspüren. Geradeaus durchs Dorf, am Ende links Richtung See, dann rechts in einen Feldweg. Zweihundert Meter weiter stand ein altes ländliches Steinhaus mit Holzbalkon in einem leicht verwilderten Garten. Kein Name zu finden, doch nach der Beschreibung war sie hier richtig. Eine wildromantische Umgebung. Die Garage war leer, das Kipptor stand offen.

Lissy drückte die Klingel, die in ein grob verputztes Steinmäuerchen neben dem Einfahrtstor eingelassen war. Es war nicht zu hören, ob sie funktionierte. Nichts rührte sich. Sie schellte noch einmal. Wieder nichts. Sie sah sich um. Weit und breit niemand zu sehen. Keine Kuh, keine Ziege. An dem Haus der Nachbarin, die sich gemeldet hatte, war sie vorbeigefahren.

Lissy entschloss sich zum direkten Angriff. Das Törchen zum Fußweg war abgeschlossen. Auch mit Rütteln und Schieben war nichts zu machen. Also stieg sie über den Zaun, der aus parallel übereinanderliegenden, grün gestrichenen, runden

Metallstäben bestand. Fünfundzwanzig Meter auf einem mit unregelmäßig geformten Steinplatten beschlagenen Weg bis zur Haustür. Die Kieseinfahrt zur Garage verlief daneben. In einem durchaus von Hand gepflegten Vorgarten zwei winterfeste Grünpflanzen in Kübeln. Vergitterte Kellerfenster. Auf dem Gitterabstreifer vor der Tür lag eine »Motor & Sport«, auf die Name und Adresse aufgedruckt waren. Ein Postbote auf dem Land irrte nicht, also war die Adresse korrekt.

Ihr Rütteln an der Tür war vergebens. Sie durchstreifte die Garage in der Hoffnung, einen Fingerzeig auf das zugehörige Fahrzeug zu finden. Nichts. Auch ein kurzer Streifzug ums Haus brachte nichts ein. War dieses Fehlen jeglicher Hinweise und Indizien nicht schon allein eine Indikation dafür, dass Helmut Harms sauber auf- und alles Verdächtige weggeräumt hatte?

»Hallo, ist da jemand?«, rief sie mehrmals. »Veronika, bist du hier? Siiiilke!«

Alles blieb ruhig.

Sie zuckte die Achseln und kramte ihr Mobiltelefon hervor. »Huawa? Ich bin gerade an der Adresse, die du mir gegeben hast. Sie stimmt. Bitte bring doch alles über unseren Helmut Harms in Erfahrung. Leben, Beruf, Werdegang, Privates, du weißt schon. Dass man sich halt ein Bild von dem Mann machen kann, ohne ihn zu kennen oder gesehen zu haben. Machst du das?«

»Freili, Chef, wird sofortestens erledigt. I lass alles andere lieng und stehn. Viel Glück wünsch i no, gell?«

»Wenn du nicht sofort weiterkommst, schalte bitte Adele ein!«

»Freili, mach i!«

Lissy Feyerbach hatte ihre helle Freude an diesem Mann. Daneben musste sie unwillkürlich an einen anderen denken. Wie würde der große Rico Stahl an ihrer Stelle handeln? Würde er versuchen, in das Haus einzudringen? Oder gar in den Keller? Sie musste sich gut mit ihm stellen.

Diesmal wandte sich Lissy Feyerbach nach ihrer Rückkehr direkt an Chili Toledo. Sie wollte nicht wieder in die Vertrautheit des Chefs der Mordkommission mit seiner Kollegin Chili einbrechen. Noch einmal beschrieb sie ausführlich die Beobachtungen des Gastronomiebedarfsberaters Stigloher vor dem Gasthof zum »Erdinger Weißbräu«. Sie befanden sich in Chilis Büro auf der dritten Etage im Präsidium. Verschiedener als die beiden konnten zwei Frauen nicht sein.

»Hast du denn weitere Anhaltspunkte, dass es dieser Harms war, der die junge Frau entführt haben könnte?«, fragte Chili.

»Na ja«, meinte Lissy etwas zurückhaltend. »Er wurde etliche Male in der ›Roten Barkasse‹ gesichtet, und er hatte eindeutig näheren Kontakt zu der Vermissten. Der Inhaber, Claus Claussen, hat das bezeugt.«

Als der Name fiel, machte Chili ein nachdenkliches Gesicht.

Lissy überging ihre Miene. »Dieser Harms bewohnt eine Art Landhaus am Simssee. Ich habe ihn dort nicht angetroffen. Und da kommt meine Frage an dich: Würdest du ihn eher anrufen und einen Termin mit ihm vereinbaren? Oder es noch einmal auf gut Glück versuchen?« Mehr verriet sie vorerst nicht.

»Du hast doch einen Hintergedanken dabei, oder?«, platzte Chili heraus und sah sie fragend an.

»Ehrlich gesagt ja. Würdest du in seiner Abwesenheit ins Haus eindringen? Hast du das schon mal gemacht? Oder der Rico? Ich bin nicht sehr erfahren in solchen Sachen.«

Sie fing sich einen mitleidlosen Blick ein. Chili richtete sich in ihrem Stuhl auf. Grabesmiene und die Stimme gesenkt. »Das fragst du mich allen Ernstes? Überlege doch: Wenn du ehrlich bist, klammerst du dich an diesen Mann als Täter. Er hat die Frau entführt, oder sie ist freiwillig mit ihm gegangen. Was glaubst du?«

Entschlossen antwortete Lissy: »Entführt!«

»Klar. Dann wird er sie nicht im Wagen spazieren fahren oder mit ihr Enten füttern gehen am Ufer. Eine Möglichkeit ist also, dass sie sich im Haus aufhält. Irgendwo in diesem Haus am See. Es gibt genug solcher Fälle in deiner Branche. Wenn du ihn vorher anrufst, was glaubst du, was er tun wird?«

»Mit ihr wegfahren. Sie im Haus verstecken. Mich nicht einlassen.«

»Genau, siehst du? Was bleibt also als einzig sichere Möglichkeit übrig?«

Lissy wollte gerade etwas erwidern, als die Tür zu Chilis Büro sperrangelweit aufgerissen wurde und mit einem dumpfen Schlag gegen die Wand krachte. Wie ein Gummiball hüpfte der kleine Huawa herein.

»Ich hab dir schon mehrmals gesagt, ich knall dich ab, wenn du noch einmal so reinstürmst! Du weißt, dass ich das ernst meine. Irgendwann erschieß ich dich«, sagte Chili seelenruhig und ohne die Stimme zu erheben.

Dem Huawa bereitete die Drohung keine Sorgen, er war viel zu aufgeregt. Er wandte sich Lissy Feyerbach zu.

»Chef, ich wollte Ihnen sagen«, sprach er in seinem schwer verständlichen Dialekt, »dass ich alles herausgefunden habe, was Sie mir aufgetragen haben. Zuerst die Autonummer. Hier, ich hab sie Ihnen aufgeschrieben.« Er reichte ihr das Papier.

Chili nickte der Kollegin anerkennend zu und schnalzte mit der Zunge.

»Geboren ist Helmut Harms am 6. April 1974.« Er hielt kurz inne, weil er die Zahnräder in Lissys Kopf rotieren hörte. »Zweiundvierzig Jahre alt also. Geschieden, keine Kinder. Eine Jugendstrafe. Von Beruf ist er Werbetexter und Übersetzer. Er arbeitet in der Regel von zu Haus aus.«

Chili wurde sichtlich unruhig. Sie stieß Lissy an und flüsterte: »Brauchst du mich noch? Ich muss doch nicht dabei sein.«

Lissy nickte heftig. »Unbedingt brauch ich dich noch.« An Huawa gewandt sagte sie: »Sonst noch etwas Bedeutendes? Mir würde das vorerst reichen. Vielen Dank, Huawa.« Am liebsten hätte sie ihm den Kopf getätschelt wie ihrem Patenschwein. Doch das Grunzen überließ sie lieber dem Tier.

»Wir fahren gleich morgen früh raus an den Simssee!« Kurz entschlossen packte Chili die Kollegin am Unterarm. »Oder hast du was anderes vor?«

Als Lissy verneinte, schränkte Chili ein: »Wir fahren aber mit zwei Autos. Ich muss unabhängig sein, falls ich gebraucht werde. Irgendwas liegt in der Luft.«

***

An diesem Abend räumte Claus Claussen unruhiger als sonst seine »Rote Barkasse« auf. Schon die Fahrt im Bus heute Morgen war mühsam und nervtötend gewesen. Aus irgendeinem Grund war er schon mit Verspätung aus Raubling abgefahren, musste zwischendurch eine Umleitung nehmen und dann noch wegen eines Unfalls in der Schlange warten. Ein Glück nur, dass Emma nicht am Steuer saß. »Ich hab dich in der Hand. Du gehörst jetzt mir«, hatte sie ihm zuletzt ins Gesicht geworfen. Diese Drohung ging ihm nach. Tag und Nacht ging sie ihm nach. Er wollte sich nicht erpressen lassen.

Gottlieb May – Emmas »Gotti« – saß zwar in Untersuchungshaft. Ihr Mordplan an ihm hatte sich also stillschweigend erledigt. Doch er konnte sich vorstellen, dass sie ein anderes Vergnügen für ihn bereithielt und bei nächstbester Gelegenheit damit aufwartete. So schätzte er Emma ein.

»Überlege dir, wer meinen Freund umgebracht hat, den Schorsch, und warum. Ich gebe dir Zeit bis heute Abend.« Gloria. Sie hatte gedroht, ihn am Abend anzurufen.

Zwei Frauen saßen ihm im Genick. Früher hätte er sich gefreut, er wäre sogar stolz gewesen. Was sollte er mit Gloria machen? Die Polizei hatte ihn bisher mit Sicherheit noch nicht im Visier wegen des Mordes an Georg Sojek. Doch Gloria brauchte ihnen nur einen Tipp zu geben, dass der Typ ihr Liebhaber gewesen war und er, Claussen, eifersüchtig auf ihn, und schon hätte er schlechte Karten. Was also sollte er tun?

Nichts. Einfach abwarten. Aussitzen, wie man in der hohen Politik sagt.

Er musste nicht lange warten. Kaum hatte er den letzten Stuhl hochgestellt, tönte sein Smartphone. Er wusste sofort, dass es Gloria war. Die Bestätigung bekam er auf dem Display.

»Wer deinen Freund umgebracht hat, willst du von mir wissen?«, kam er ihr zuvor. »Warum gerade von mir? Ich weiß es nicht. Woher soll ich das wissen? Gloria, du irrst!«

***

Den Winter hatte Gloria Waldschütz noch nie gemocht. Der Winter war kalt, nass, dunkel, unfreundlich. Man musste Klamotten anziehen, die man gar nicht tragen wollte. Der Januar war besser als der Dezember, weil sie Weihnachten mit dem ganzen Getöse auch nicht mochte und weil der Januar langsam schon wieder an den Frühling heranreichte. Ihr Traum war, in den Süden zu ziehen, am liebsten für immer. Egal, ob Iberia oder Teneriffa, notfalls auch Kroatien oder Griechenland. Aber dafür fehlte ihr die Kohle. Dafür brauchte sie einen Mann, der sie verwöhnte.

Mit dem Schorsch war sie einmal in seiner Wohnung in Almería gewesen, die er von seiner Mutter geerbt hatte. Doch Almería lag in Südspanien, und die Wohnung war total veraltet. Er sprach immer davon, sie zu renovieren, aber dafür fehlte wohl auch ihm das Geld. Und nun fehlte ihm auch noch die Luft zum Atmen. Der Schorsch war tot.

Deshalb hatte sie mit dem Claussen noch ein Hühnchen zu rupfen. Für sie war klar, dass er es war, der den Schorsch im Bus erstochen hatte. Sie würde sich den Claussen ja selbst angeln, er war ganz attraktiv, aber die Knete, die sie brauchte, hatte der bestimmt auch nicht. Doch vielleicht ergab sich ja etwas anderes.

Sie ließ sich nicht abwimmeln, so wie er es am Telefon versucht hatte. Sie fing ihn ab, als er die »Barkasse« verließ. Und kam gleich zur Sache, während sie die nächtlichen Gassen hin zum Busbahnhof nebeneinanderher gingen. Sie hatte sich überlegt, womit sie ihn einfangen würde.

»Du hast den Schorsch umgebracht, meinen Freund. Ich weiß es, ich kann es sogar beweisen. Wir gehen jetzt zum Busbahnhof. Jeden Tag fährst du mit dem Bus von und nach Raubling. In so einem Bus ist der Schorsch ermordet worden. Weil du eifersüchtig warst auf ihn. Was denkst du, was passiert, wenn ich damit zur Polizei geh?«

Er verlangsamte den Schritt. »Du spinnst, liebe Gloria. Nie und nimmer. Mit diesem Mord hab ich nichts zu tun. Geh ruhig zur Polizei!«

Sie hielt an, nahm ihn am Arm und sah ihn an. Das Kunstlicht der Straße erhellte sein Gesicht und machte die Züge hart.

»Die Emma fuhr diesen Bus. Denkst du vielleicht, sie hat nichts bemerkt? Ich bin schließlich mit ihr befreundet. Nein, nein, du kommst mir nicht aus.«

Claussen atmete schneller und tiefer. Ein paarmal schluckte er. Dann stotterte er: »Gesetzt den Fall, es wäre so, wie du sagst, was würdest du wollen? Geld hätte ich keines.«

Claussen war am Verzweifeln. Im Dunklen saß er in seiner Wohnung und spielte mit dem Gedanken, zum Bahnhof zu gehen und sich vor einen Zug zu werfen. Diesen Mord hatte er in allen Einzelheiten geplant, mit aller Kraft durchgeführt und die Spuren verwischt. Trotz allem steckte er jetzt in einer Situation, die ihm ausweglos schien. Er stand auf verlorenem Posten. Am Ende sah er davon ab, einen weiteren Personenschaden zu verursachen. Zuerst wollte er sich um Gloria kümmern. Oder erst um Emma?

Es war stockfinster um ihn herum. Seine Gedanken wurden niedergedrückt, er konnte sie nicht zu Ende führen. Gloria rief an.

»Hey, was machst du?«

Seine Antwort war undeutlich und verwaschen.

»Ich muss dich sehen.« Ihr Ton war scharf. »Ich hab dir gesagt, dass du mir nicht auskommst. Bevor ich aber etwas unternehme, will ich noch einmal mit dir reden. Ein letztes Mal. Und zwar jetzt.«

Sollte es da einen Strohhalm für ihn geben? »Jetzt?« Ungewollt musste er kurz lachen. »Kein Bus. Keine Bahn. Wie soll das gehen?«

»Nimm dir ein Taxi!«

»Kein Geld für so was. Hast du eine Vorstellung, was das kostet? Ein Taxi von Raubling nach Rosenheim?«

»Okay, ich geb dir das Geld wieder, wenn du da bist. Aber komm her. Ich muss mit dir reden.«

»Bleib kurz dran.« Er suchte seinen Geldbeutel, zählte die Scheine. »Reicht wohl nicht. Ich hab grade mal fünfundzwanzig Euro.«

»Dann sag dem Taxler, dass der Empfänger das Porto zahlt.«

»Du wirst mich zur Hälfte an deinem Geschäft beteiligen!« Damit empfing Gloria ihn, kaum hatte sie die Wohnungstür hinter ihm geschlossen.

Hätte er jetzt in einen Spiegel geschaut, wäre er vor sich selbst erschrocken. Blass, unrasiert, gedunsene Augensäcke, hängende Mundwinkel.

»Du siehst schlecht aus«, bemerkte sie, bevor er etwas sagen konnte.

»Meinst du die ›Rote Barkasse‹?«, fragte er entgeistert.

»Hast du denn noch andere Besitztümer?«, entgegnete sie mit gönnerhafter Höflichkeit.

»Die ›Rote Barkasse‹? Dich beteiligen?«

»Jetzt zier dich nicht so. Wir beide reißen den Laden ganz anders auf, du kannst dich darauf verlassen. Du wirst die Kleine rausschmeißen, und ich werde mithelfen. Ich Service und Marketing, du Küche und Abwasch.«

Claussen musste schlucken.

Er, der Wert darauf legte, in jeder Situation korrekt gekleidet zu sein, trug jetzt eine alte Cordhose, verdreckte Schuhe, ein mehrfach gebrauchtes Hemd und einen ehemals gelben Wollpullover, darüber einen weiten alten Mantel.

»Ich geh mal kurz zur Toilette«, entschuldigte er sich und war weg. In der Toilette holte er die Stofftasche, die er unter dem Mantel versteckt hatte, hervor und deponierte sie mit Inhalt an einer Stelle, die Gloria nicht entdecken würde.

Danach trat Claus Claussen auf Gloria Waldschütz zu.

»Leck mich doch!«, presste er hervor, holte aus und versetzte Gloria eine laut schallende Ohrfeige.

Gloria klagte nicht, erschrak nicht und fiel nicht um. Sie schlug zurück.

Nur eine Sekunde lang war Claussen die Verwirrung anzumerken. Dann stürzte er sich auf sie und warf sie zu Boden.

»Verdammte Hexe!«, stammelte er. »Niemand nimmt mir meine ›Barkasse‹ weg.«

Er schlug sie noch einmal ins Gesicht. Diesmal mit der Faust und heftiger. Dann begann er sie zu würgen.

15

Der Simssee. Die Badewanne Rosenheims. Fünfeinhalb Kilometer lang, eineinhalb Kilometer breit, über zwanzig Meter tief, unter Naturschutz stehend. Das Wasser war zäh wie an jedem Tag in dieser Jahreszeit. Sein Spiegel schimmerte und schaukelte im kargen Winterlicht wie goldfarbene Rinderbrühe, über die ein Mundhauch hinwegstreicht, weil sie zu heiß ist.

Lissy Feyerbach sang im Auto zu den Klängen eines Helene-Fischer-Schlagers, während sie mit Chili im Schlepptau die letzten flachen Hügel hinter sich ließ. Die beiden Fahrzeuge folgten den zahlreichen Kurven des gewundenen Sträßchens hinab nach Krottenmühl.

Kies knirschte unter ihren Reifen, als sie in den Erlenweg einbogen. Das letzte Stück des Feldwegs war voller Schlaglöcher. Lissy verlangsamte, bis ihr die Kupplung fast entglitt. Was machen wir, wenn er immer noch nicht zu Haus ist?, überlegte sie.

»Dann gehen wir rein«, bestimmte Chili, als sie beide vor dem Anwesen angehalten hatten und ausgestiegen waren. Sie klimperte mit etwas Metallischem.

»Und wenn er doch da ist?« In Lissys Stimme klang Zweifel mit. Solch eine Situation hatte sie noch nie erleben müssen.

»Dann musst du die Psychologin spielen. Wir müssen in jedem Fall erreichen, dass wir das Haus betreten können, wenn wir schon einmal da sind. Wenn wir erst mal drin sind … dann lass mich nur machen.«

Sie warteten eine Weile und sahen sich alles an. Nichts rührte sich.

»Der scheint wieder nicht da zu sein.«

Am Himmel waren Wolken aufgezogen und hatten die Sonne in schräge Strahlen gespalten, die in verschiedene Richtungen abstanden. Einer dieser Strahlen zeigte direkt auf einen Hund, der abwartend auf dem Kies vor dem Tor in der Einfahrt stand und die ankommenden Menschen musterte.

»Hat der Harms einen Hund?«, fragte Chili.

»Wissen wir nicht, ist mir neu.«

Haus und Anwesen schienen wieder verlassen. Das Einzige, was sich bewegte, waren der Hund und zwei riesenhafte Vögel mit schwarzen Schnäbeln, die über den Rasen innerhalb des Zauns hüpften. Ihr Gefieder schimmerte in einem leuchtenden Blau, vermischt mit Weiß, Schwarz und einem zarten Braunrosa.

»He, was ist das?«, fragte Chili.

»Eichelhäher«, sagte Lissy. Sie schloss insgeheim eine Wette ab. Auf wen, sie oder Chili, würde der Hund zugehen, wenn sie näher gingen?

Der Hund fremdelte. Er ging auf keinen der beiden zu. Er wedelte unsicher mit dem Schwanz, verharrte aber am Tor.

»Weißt du, was das für ein Hund ist?«, fragte Lissy. Sie kannte sich aus.

Chili neben ihr hob die Schultern.

»Ein Bobtail.«

Aha. Ein Bobtail. Ein weiß-grauer Knuddelbär. Es erschien Chili wie ein kleines Wunder, dass der Hund durch die dichten Fransen hindurchsehen konnte, die ihm über die Augen hingen. Es war schwer zu unterscheiden, wo bei dem Tier hinten und wo vorn war. Nur der buschige Schwanz machte den Unterschied. Wohin der Hund gehörte, war noch immer ungewiss.

Die Fahrzeuge ließen sie stehen und schwangen sich über die Brüstung aus Eisenstangen in den Garten auf der anderen Seite. Der Bobtail bellte kurz auf, verhielt sich aber sonst ruhig.

Chili klimperte wieder mit Metall. Sie hielt einen Schlüsselbund in der Hand. »Unser Schlüssel zum Paradies«, behauptete sie.

»Sollen wir reingehen? Würdest du das wirklich schaffen?«, fragte Lissy. Sie wirkte ängstlich.

Chili Toledo war schon weitergegangen. Sie sah sich vorsichtig um und machte sich an der Haustür zu schaffen.

»Wuff!«

»Ja, wer bist du denn?«, fragte Lissy. Der Bobtail stand schwanzwedelnd hinter ihnen und checkte die Lage. Reine Freude und Neugier, von Misstrauen keine Spur.

»Na bitte!« Chili hatte es geschafft, die Tür des Hauses Erlenweg 17 stand einen Spalt weit offen. Lissy klemmte ein Holzscheit ein, damit sie nicht zufiel. Das Paradies winkte.

»Du bleibst draußen!« Lissy strich dem Hund über den Kopf. »Warte hier auf uns.«

In diesem Augenblick begann Chilis Handy ein unangenehmes Geräusch zu machen. Der Klingelton. Ein Anruf.

»Verdammt, ich hab vergessen, es auf lautlos zu schalten«, sagte sie leise. Sie nahm das Display ins Visier. »Nein, das gibt's nicht! Das verspricht nichts Gutes.« Sie wandte sich von der Tür ab und telefonierte mit dem Rücken zu Lissy. Ab und zu schüttelte sie ungläubig den Kopf.

»Ich muss zurück«, sagte sie mit unruhiger Stimme. »Es war Rico. Wir sollen zusammen einen Besuch machen, vielleicht eine Festnahme. Hat mit dem Messermord zu tun.«

Fast war sie schon an ihrem Wagen, da drehte sie sich noch einmal um. »Ciao, ich wünsch dir viel Glück. Und pass auf!«

Zurück blieben nur eine flüchtige Staubwolke und das Geräusch springender Kiesel.

Und ein Hund, der seinen Augen nicht traute.

***

Als Gloria Waldschütz endlich aus ihrer Ohnmacht erwachte, war sie verwundert, dass sie noch lebte. Sie mochte nicht glauben, dass die Bewusstlosigkeit bis zum nächsten Morgen gedauert hatte. Erst die Zeitansage im Radio brachte ihr Gewissheit. Sie tastete sich ab und ging zum Spiegel. Druckstellen am Hals, Schwellungen und Blutflecken im Gesicht. Obwohl sie böse Erinnerungen an den Besucher hatte, waren die Verletzungen geringer als ursprünglich befürchtet. Mit kaltem Wasser wusch sie ihr Gesicht und legte sich einen Schal um. Fast normal sah sie jetzt wieder aus.

Nicht viel später klingelte es. Sie erwartete keinen Besuch. Ich werde nicht aufmachen, nahm sie sich vor. Es klingelte erneut, diesmal ungeduldiger.

Schließlich der Ruf: »Aufmachen, Polizei!«

Polizei? Was wollte die Polizei von ihr? Von Claussens Überfall auf sie konnten sie unmöglich schon erfahren haben. Als schließlich auch noch an der Wohnungstür gerüttelt wurde, öffnete sie. Wie sind die unten ins Haus gekommen?, fragte sie sich.

Zwei Männer und eine Frau in Zivil, zwei Uniformierte und eine Schar Kapuzenmänner in weißen Strampelanzügen.

»Kriminalrat Rico Stahl, dies ist meine Kollegin Chili Toledo, Herr Schwarz ist Zeuge. Wir haben einen Durchsuchungsbeschluss für Ihre Wohnung.«

Das feststehende Messer, das im Badezimmer in einer Stofftasche hinter der Toilettenschüssel gefunden wurde, wurde konfisziert. Gloria Waldschütz wurde vorläufig festgenommen und abgeführt. Sie wurde ins Präsidium gebracht, wo bereits die Zeugin Emma Gerstl wartete. Auf Handschellen wurde verzichtet.

»Ich frage Sie noch einmal, Frau Gerstl. Sind Sie sicher, Frau Waldschütz erkannt zu haben, die zu Ihnen in den Bus gestiegen ist?«

Chili führte die Befragung im Präsidium durch. Ich hielt mich im Observationsraum auf.

»Ja freilich, deshalb habe ich mich doch gemeldet.«

»Und weshalb haben Sie es uns nicht gleich bei der ersten Anhörung verraten?«

»Ich bin mit Gloria befreundet. Ich wollte sie schützen.«

»Aber Sie haben doch den Mord beobachtet. Wie Frau Waldschütz auf das Opfer eingestochen hat.«

»Ja freilich. Sag ich doch, ich wollte mit Rücksicht auf sie nicht petzen. Aber dann kamen mir doch Bedenken. Im Lauf der Zeit. Deshalb habe ich mich heute früh gemeldet.«

Chili warf einen flüchtigen Blick auf die Scheibe, hinter der sie die Beobachter wusste. »Sehr gut, Frau Gerstl. Es handelt sich schließlich um Mord. Und zwar um einen sehr ungewöhnlichen.«

Traute sie dieser Gloria Waldschütz eine so brutale Bluttat zu? Eher nicht. Das Erstechen eines Mannes mit dieser Waffe deutete eindeutig auf einen männlichen Täter hin. Doch das Auffinden des Messers in der Wohnung sprach eine andere Sprache.

»Wir werden Sie später noch einmal zur Anhörung holen. Solange halten Sie sich zur Verfügung. Wir müssen noch etwas klären.«

»Frau Waldschütz, noch einmal: Wie kommt dieses feststehende Messer in Ihre Wohnung? Erzählen Sie bitte nicht wieder das Märchen von dem großen Unbekannten, der Ihnen das Ding unterjubeln will. Warum sollte jemand so etwas tun?«

Gloria wirkte nervös, eigenartigerweise aber glaubwürdig. Man musste sie ernst nehmen.

»Ich wiederhole noch einmal: Ich habe keine Ahnung, wie dieses Messer hinter meine Kloschüssel kommt. Ich habe das Teil noch nie gesehen. Ich hab überhaupt keine solchen Messer, schauen Sie doch nach.«

Die Frau wirkte ratlos, aber nicht wie eine Lügnerin. Doch ihr Leugnen war etwas Alltägliches. Chili machte noch einen Versuch.

»Wann haben Sie die Toilette zum letzten Mal benutzt? Oder wann waren Sie zuletzt in Ihrem Badezimmer gewesen?«

»Da muss ich nachdenken. Nach dem Aufstehen, schätze ich.«

»Und haben nichts gesehen?«

»Selbstverständlich nicht. Ich hätte das Paket doch sicher entfernt. Oder gemeldet, wenn ich den Inhalt gesehen hätte.«

Logisch. Jedermann hätte da etwas unternommen. Chili

fühlte sich zur Fairness verpflichtet und hakte nach. »Hat Sie jemand in der Zwischenzeit besucht? Wer war zuletzt bei Ihnen?«

Ein Leuchten ging über Glorias Gesicht. Sie wirkte wie befreit. »Na klar! Wie konnte ich da nicht selbst drauf kommen! Der Claus war bei mir, der Claussen!« Dann lockerte sie den Schal.

Chili rückte näher heran. Sie deutete auf Glorias Hals. »Was haben Sie da am Hals? Hat Sie jemand gewürgt? Lassen Sie mal sehen.« Sie griff nach dem Schal.

Gloria Waldschütz wehrte ab und zog den Schal wieder enger. »Hände weg, da ist nix. Ja, der Claussen war da. Aber wie soll der an das Mordmesser kommen?«

Chili hatte genug gehört. So viel, dass sie sich einen schlüssigen Reim auf das Geschehen in der Wohnung Waldschütz machen konnte und unter Umständen eine neue Wendung im Mordfall Sojek aufgedeckt hatte.

16

Lissy Feyerbach war nach langem Warten ins Innere von Helmut Harms' Haus vorgedrungen. Der herrenlose Hund hielt derweil draußen auf der Treppe vor der Tür Wache. Lissy war nicht nur hier, um Harms zu suchen, sondern vor allem, weil sie Veronika Hofferbert finden wollte. Tot oder lebendig?, fragte sie sich für eine Sekunde. Nein, tot konnte sie sich nicht vorstellen.

Hätte sie geahnt, dass sie drinnen Horror erwartete, blanker Horror, hätte sie sich allein nicht in dieses Haus gewagt. Ein Horror, der an so einem Morgen noch viel unerträglicher war, an so einem klaren Tag mit frohen Farben. Einige Zimmertüren im Haus standen offen, die anderen öffnete sie, nur um zu schauen, ob sich dahinter etwas oder jemand befand.

»Verooonika!«, rief sie laut durchs Haus. »Siiilke!«

Keine Antwort.

Blieb nur der Keller. Einen Speicher hatte das Haus nicht.

Sie stieg eine wackelige Holztreppe hinunter, die aus einem Hitchcock-Film hätte stammen können. Auf der dritten Stufe stolperte sie, stieß einen schrillen Schrei aus, als sie stürzte. Sie rappelte sich wieder hoch, wartete und schnaufte eine Weile.

Sie hielt sich am instabilen Geländer fest und polterte den Rest der Treppe hinunter. Das Grauen, das sich hinter der tristen Eisentür dort verbarg, war entsetzlicher, als sie es sich je vorgestellt hätte.

Diese Eisentür war die einzige im Haus, die abgeschlossen war. Nach einigem Suchen fand Lissy einen Schlüssel hinter einem Feuerlöscher in der Ecke. Der Schlüssel passte. Langsam schloss sie auf, sie musste zweimal drehen.

Der Raum war dunkel. Nach einem Schalter an der Wand suchte sie vergebens. Lediglich durch das spärliche Licht, das durch zwei schmale Fenster hereinkam, konnte sie allmählich Einzelheiten erspähen.

Was sie beim ersten flüchtigen Erkennen sah, ließ ihr den Atem stocken. Mitten im Raum lag ein Körper. Reglos.

»Silke?«, flüsterte sie.

Dann stand sie sekundenlang wie erstarrt. Ihre Augen wollten es nicht glauben, als sie näher trat. Es war Veronika Hofferberts nackter Körper, daran hatte sie keinen Zweifel. Der Mund war dick mit Lippenstift bemalt, die Augenbrauen mit einem Fettstift nachgezogen, Rouge auf die Wangen getupft. Um die Leichenblässe aufzufrischen, hatte der Mörder ihren ganzen Körper mit Make-up beschmiert. Der Tod hatte Veronikas Gesicht zu einer grinsenden Fratze verzerrt, ihre Zähne waren entblößt. Eine Horrorgrimasse, unwirklich und grausam echt zugleich.

Es stank erbärmlich.

Lissy wollte sich fallen lassen. Doch sie riss sich zusammen, kam wieder auf die Beine, rumpelte die Treppe hinauf, rannte ins Freie und kotzte sich die Seele aus dem Leib. Dabei stieß sie Klagelaute aus wie ein verwundetes Tier.

Der Bobtail stand tapfer daneben und jaulte.

»Chili? Du musst sofort herkommen. Und bring die Spusi mit. Und die … die … Rechtsmedizinerin.« Sie hatte große Mühe, den Atem so zu regulieren, dass sie sprechen konnte. Und war so aufgeregt, dass ihr nicht einmal der Name der Doktorin einfiel.

»Was ist los?«, fragte Chili. »Hast du das Mädchen gefunden?« Die Frage war überflüssig. Sie hätte die Antwort aus Lissys Reaktion erraten können.

Weinend platzte Lissy heraus: »Es ist … schrecklich … schlimm … grauenhaft! Komm her, Chili, bitte! Jetzt seid ihr für den Fall zuständig.«

***

»Griaß di, Stahl«, begrüßte mich die Rechtsmedizinerin Dr. Katz zwei Tage später in ihrem Büro. »Und griaß di, Chili. Seid ihr warm angezogen?«

Lissy Feyerbach hatte auf diesen Besuch verzichtet.

Die Katz war ans Fenster gegangen. Dort stand sie nun, die Hände auf dem Rücken verschränkt, und blickte nach draußen. Es lohnte heute, nach draußen zu schauen. Der Wind kam in brutalen, kurz aufeinanderfolgenden Stößen, er peitschte den Regen vor sich her. Es war halb neun, aber hell war es bisher nicht geworden. Der Himmel war von dramatischer Schwärze, gigantische Wolkenbrummer rasten dicht über die Dächer der Stadt und über die haushohen Bäume um die Loretowiese.

Ohne sich umzudrehen, sagte die Doktorin: »Ich habe Sie hergebeten, weil ich gerade mit der Autopsie dieses armen Mädels fertig geworden bin. Darauf haben Sie doch gewartet?«

Ein Nicken erübrigte sich. Ja, das hatten wir erwartet. Allerdings früher.

Die Katz war eine lebenslustige Frau mittleren Alters, immer mit einem flotten Spruch auf den Lippen. Doch heute wirkte sie erschöpft, fast schwermütig. Sie drehte sich um, setzte sich an ihren Schreibtisch und sah uns beiden nacheinander in die Augen.

»Veronika Hofferbert. Ich musste natürlich die Eltern bitten, ihre Tochter zu identifizieren. Sie waren beide … na, Sie können sich's denken.« Sie erhob sich wieder und schritt nochmals zum Fenster. »Ich wünsche mir wirklich, dass Sie den Kerl kriegen. Am liebsten hätte ich ihn lebend hier im Sektionssaal unterm Messer. In all den Jahren habe ich noch nie etwas so Grausiges erlebt. Es ist eine Tat ohnegleichen.« Mit dem letzten Satz hatte sie sich wieder auf ihren Holzdrehstuhl gesetzt.

Ich sah zu Chili hinüber. Gebannt hing sie an den Lippen der Medizinerin. Wir sagten beide nichts.

»Er hat ihr ein Auge herausgenommen, Haarbüschel herausgerissen, auf sie eingestochen und die Wunden dann mit einfachem Heftpflaster überklebt.« Dr. Katz hielt inne. Offenbar blieben ihr die Worte im Hals stecken.

»Doch nicht in lebendem Zustand?«, fragte ich halblaut.

Müde Augen hingen an mir. »Ich hab lange nicht verstanden«, sagte sie.

»Was?«, fragte Chili. »Was haben Sie nicht verstanden?«

»Warum er sie mit Gift getötet hat.«

»Er hat sie vergiftet?«

»Sie war seit dem 19. Januar vermisst, hab ich recht? Der Tod ist wohl höchstens einen Tag später eingetreten. Diese Drecksau hat sie sofort vergiftet, nachdem er sie in seine Gewalt gebracht hatte. Und danach seine Spielchen mit ihr gemacht.«

Chili atmete auf. »Dann hat er sie also gar nicht missbraucht? Wir hatten das – genau wie Frau Feyerbach – bisher angenommen.«

Dr. Katz verzog das Gesicht. »Glauben Sie das wirklich? Er hat sie wiederholt missbraucht.« Sie schluckte. Konnte nicht weiterreden. Dann, schließlich: »Aber ...«

Die sicherlich abgebrühte Katz war erkennbar aufgewühlt und erschüttert.

»Aber?«, fragte ich zögernd nach.

»Post mortem, wissen S' scho? Er wollte keinen lebendigen Menschen, sondern einen toten. So was wie eine wehr- und reglose Puppe.«

Ich hatte bisher immer geglaubt, alles schon einmal erlebt zu haben. Gegen solch tiefen Abscheu abgestumpft zu sein. Dickhäutig. Aber jetzt brauchte ich etliche Minuten, um mein Schwindelgefühl und meinen Ekel zu überwinden. Mir wurde langsam schlecht.

»Lieber Stahl«, sagte die Doktorin, als sie es bemerkte. »Ich hab auch schon gekotzt. Die Toilette ist, wenn Sie rauskommen, gleich rechts. Genieren Sie sich nicht.«

Als ich mich wieder gefasst hatte, sah mich die Katz lange an. »Sie müssen ihn fassen«, sagte sie bestimmt. Es klang trotzdem wie Flehen. »Sonst kommt er womöglich auf noch mehr solcher hübscher Einfälle, da können Sie Gift drauf nehmen.«

Das war genau das, was wir beide befürchteten, Chili und

ich. »Wir kriegen ihn«, sagten wir beide wie aus einem Mund. Und ich setzte hinzu: »Wir haben ihn praktisch schon.«

Lissy hatte recht mit ihrer Theorie, die sie nach den Aussagen von Stigloher, dem Oablinger, entwickelt hatte. Der Täter, also Helmut Harms, hatte Veronika Hofferbert in ihrem Wohnviertel verfolgt, sie auf der Straße vor dem »Erdinger Weißbräu« überholt und angesprochen. Da sie sich aus der »Roten Barkasse« kannten, war sie nicht misstrauisch. Entweder sie stieg freiwillig zu ihm ins Auto und sie verlud auch ihr Fahrrad. Oder der Entführer packte die junge Frau blitzschnell und zwang sie, in seinen Wagen zu steigen, bevor sie Widerstand leisten konnte. Ihr Fahrrad schob er hinterher. Anschließend verließ er mit quietschenden Reifen den Tatort in südwestlicher Richtung. Der brave Stigloher konnte das Geschehen nicht verfolgen, weil er sich auf der anderen Seite des Fahrzeugs befand und die Sicht versperrt war. Oder, wie er selbst eingeräumt hatte, den Vorgang nicht weiter beachtet hatte.

Dass die Entführung tödlich enden würde, damit hatte Lissy Feyerbach zwar rechnen müssen. Doch nicht in ihren schlimmsten Träumen war sie tatsächlich darauf gefasst gewesen.

Es musste ein Einzeltäter sein, der das Mädchen für sich allein haben wollte. Er hatte nicht die Absicht gehabt, es mit jemandem zu teilen. Jedenfalls war Lissy Feyerbach froh, den Fall nicht weiter bearbeiten zu müssen. Diejenigen, die dazu gezwungen waren, beneidete sie nicht.

Um den Messermord an Georg Sojek zügig zu lösen, hatten wir drei Möglichkeiten: Entweder wir hielten Claus Claussen für glaubwürdig, oder wir hielten uns an Gloria Waldschütz. Oder es handelte sich um einen ganz anderen Täter. Um es vorweg zu verraten: Wir landeten bei der zweiten Möglichkeit.

»Der Claus, der Claus Claussen hat mich zuletzt besucht.« Das war Glorias Aussage gewesen. Dadurch kam auch recht bald heraus, von wem die Würgeflecken an ihrem Hals stammten. Von ebendiesem Claussen. Er war für uns bisher ein eher unbeschriebenes Blatt gewesen, das im Umfeld der anderen zufällig aufgetaucht und ein geschäftstüchtiger Wirt war.

»Der Ermordete, der Georg Sojek, war doch Glorias Freund«, begann Chili mich zu überzeugen. Wir hatten uns ein nettes Café nahe der Haustätter Höhe gesucht und saßen abseits vom restlichen Publikum. »Damit hatte Claussen doch ein Motiv, ihn umzubringen. Er verehrte die Waldschütz.«

Ich sagte nichts.

Sie sah mich lange an. »Ja, ja, geliebter Rico, der Claussen bestreitet das. Und selbst wenn einer solch ein Motiv hat, ist er nicht gleich ein Mörder. Ich kenne deine Haltung.« Sie legte eine Hand auf meinen Unterarm. »Erinnerst du dich an die Aussage der Emma Gerstl?«

Ich versuchte zu lächeln. Das Lächeln geriet etwas schief. »Nein, das ist mir natürlich entfallen. Weißt du, in meinem hohen Alter …«

»Ach, hör doch auf! Also, die Gerstl hat ausgesagt, dass sie genau gesehen hat, wie ihre Freundin, unsere liebe Gloria, den Mann in ihrem Bus erstochen hat. Vorher hatte sie allerdings behauptet, gar nichts bemerkt zu haben. Ich wette, sie hat tatsächlich etwas beobachtet. Aber nicht –«

Eines von Murphys Gesetzen lautet: Wenn man nicht gestört werden will, wird man auch gestört.

Das traf zu. Chilis Handy prallte in die Stille hinein wie ein Torpedo auf einen Schiffskörper.

»Ja? Toledo?«

Augen können nicht lügen, und Chilis Augen bei einer Überraschung schon gleich nicht. »Joe, das ist ja eine Überraschung«, flötete sie und nickte mir zu. »Von wo rufst du an?«

Aha. Joe Ottakring. Ich wusste von der herzlichen Freundschaft der beiden. Sie hatte schon begonnen, als Chili noch ein Teenager war. Ich hörte heraus, dass Joe anrief, um sich nach unseren Mordfällen zu erkundigen. Chili erklärte ihm die Lage in aller Knappheit.

»Wann kommt ihr zurück, Joe? Und wie geht's Lola?«

Als sie endlich auflegte, strahlte sie übers ganze Gesicht. »Joe Ottakring und seine Frau. Sie verlassen gerade das Kreuzfahrtschiff. Er wollte wissen, was bei uns los ist. Es wird ihn halt nie loslassen, den alten Recken. In zwei, drei Tagen werden sie hier sein.«

Leicht genervt rutschte ich auf meinem Stuhl herum und nuckelte an dem frischen Kaffee, den ich bestellt hatte, während Chili telefonierte.

»… die Gloria Waldschütz?«, sagte ich, um sie aufs eigentliche Thema zurückzulenken.

»Wie bitte?«

»Du hattest einen Satz begonnen«, fuhr ich fort. »›Die Emma Gerstl hat tatsächlich etwas beobachtet. Aber nicht …‹ Dann kam der Anruf. Aber nicht die Gloria Waldschütz?«, vervollständigte ich.

Chili nickte eifrig. »Ah ja. Klar. Sie hat nicht die Gloria Waldschütz beobachtet. Bei dem Messer, das bei der Waldschütz gefunden wurde, handelt es sich hundertprozentig um die Waffe, mit der Georg Sojek in Emma Gerstls Bus erstochen worden ist, das ist bewiesen. Wie kommt also dieses Messer dort in das Badezimmer?«

»Hast du in diesem Augenblick dasselbe Empfinden wie ich?«

»Dass wir uns mal Claussens Messersammlung ansehen sollten? Ja, unbedingt.«

***

»Du, die haben mich wieder befragt. Lange und intensiv. Und ich musste ihnen schließlich gestehen, dass das nicht stimmt.« Emma wirkte zerknirscht.

»Dass was nicht stimmt?«, fragte Claussen.

»Na, dass Gloria den Georg erstochen hat«, sagte Emma.

»Du hast was?«, gab Claussen entsetzt zurück. »Hast du ihnen denn auch gesagt, was du in Wirklichkeit gesehen hast?« Hörbar spuckte er kleine Bläschen.

»Nein, das hab ich nicht. Ich hab einfach die frühere Aussage zurückgenommen.« Dann wurde die Stimme klagend. »Claus, ich konnte nicht anders. Sie haben mich unter Druck gesetzt. Sie haben mir einfach nicht geglaubt.« Emma setzte kurz aus. Dann kam sie wieder, diesmal schärfer. »Du hast mich ja auch erpresst damit.«

Claussen platzte bald. »Na dann. Bist du nachher zu Hause?«

Sie zögerte eine Weile. »Warum? Willst du herkommen? Nein, lieber nicht, Claus. Ich muss bald zur Arbeit.«

Wir kamen zu spät. Es hatte lange gedauert, den Haftbefehl gegen Claus Claussen vom Richter zu erwirken.

»Wegen Krankheit geschlossen«, wurden wir an der Tür zur »Roten Barkasse« informiert. Auch Claussens Wohnung in Raubling war verschlossen.

Wir lösten die Fahndung, kombiniert mit einer detaillierten Personenbeschreibung, aus. Fast gleichzeitig ging der Anruf beim KDD, unserem Kriminaldauerdienst, ein.

»Ich habe Hilferufe aus der Nachbarwohnung gehört. Meine Frau hat's auch gehört.«

»Wo ist diese Wohnung? Wann war das?«, fragte der Kollege nach.

»Vor zwanzig Minuten. Schießstattstraße 9, zweiter Stock. Und die Frau macht nicht auf. Ich glaub, da ist was passiert.«

»Wie heißen Sie? Und wie heißt diese Frau?«

»Hasenblatt heiß ich. Und die Frau heißt Gerstl, Emma Gerstl.«

Wenig später bestätigte die Streifenbesatzung die Angaben. Die Meldung wurde an uns weitergeleitet. Es bedurfte keiner Worte, Chili und ich waren uns schon einig gewesen, als wir den Namen hörten.

Die Nachbarn wurden ferngehalten, die Wohnung geöffnet. Emma Gerstl ruhte im Schlafzimmer auf dem Bett. Ihre Bluse war zerrissen, der BH lag am Boden, der Unterleib war bekleidet. Rote Flecken am Hals, offener Mund, offene Augen, Finger in den Stoff des Bettbezugs gekrallt. Die Todesursache war eindeutig: Emma Gerstl war erwürgt worden.

Die Fahndung war erfolgreich. Erstaunlich rasch wurde Claus Claussen kurz vor Kufstein von der Bundespolizei aus dem Zug gefischt. In seiner Begleitung befand sich eine junge Frau, die als Mandy, Studentin der Innenarchitektur, identifiziert wurde.

***

Helmut Harms wurde gefasst, als er zu seinem Haus zurückkehrte. »Als Erstes hat er sich nach seinem Hund erkundigt«, berichtete Chili.

Lächerlich war das nicht. Dass er Veronika Hofferbert umgebracht und wie er das angestellt hatte, schockierte uns alle. Will man den Mörder verstehen, muss man sich seine Tat ansehen. Sie deutete auf brutalen Sadismus hin. Und auf eine sorgfältige Planung.

Langsam dämmerte es mir, ich fühlte mich zurückversetzt in meine Zeit beim Bundeskriminalamt. Serienmörder sind es, die ihre Tat so sorgsam planen wie ein Autor seinen Roman. Ich habe im Laufe meiner Tätigkeit beim Amt drei Serienmörder gefasst oder war zumindest Teil des Teams gewesen. Der Mord an Veronika, die Umstände und der Tathergang erinnerten mich stark an jene drei Fälle. Wie der obige Autor betrachten Serienmörder das, was sie tun, als ihre Kunst und verfeinern die Technik im Lauf der Zeit. Diese Überlegungen und das Gift, das Harms verwendet hatte, führten zu der Möglichkeit, ja sogar Wahrscheinlichkeit, mit Helmut Harms einen Serienmörder gefasst zu haben.

Ich ließ mir alle ungeklärten Fälle geben, zunächst deutschlandweit. Es dauerte nicht lange, da wurde ich fündig.

Es gab die grauenhaften Frauenmorde 2009 in Hilfing. Harms lebte zu dieser Zeit dort, fiel aber während der Ermittlungen nicht auf. Auch hier war das eine Opfer, die einundzwanzigjährige Verkäuferin Elfie Backhaus, grässlich verstümmelt gewesen. Der Täter hatte ihr einen Fuß abgehackt und den Fuß in einen Schuh ihrer Mutter gezwängt, als diese noch lebte. Auch die Mutter tötete er, diesmal mit Gift. Auch hier der sexuelle Missbrauch der jungen Frau.

Zwei Jahre später, 2011, der Mord in Spitzweg, einem kleinen Ort im Oberfränkischen. Katharina Schneider war eine sechsundzwanzigjährige Lehrerin für behinderte Kinder und arbeitete in einer Kindertagesstätte. Mit ihren achtundvierzig Kilo und einer Körpergröße von unter einem Meter fünfundfünfzig brachte sie ein seltenes Einfühlungsvermögen für die ihr anvertrauten Kinder mit. Zusammen mit ihrer Schwester lebte sie bei den Eltern in einer Wohnung nahe dem kleinen Stadtpark.

Wie gewöhnlich hatte sie in der Früh um Viertel nach sieben die Wohnung verlassen, um zur Arbeit zu fahren. Gegen halb neun fand Katharinas Mutter die Brieftasche ihrer Tochter im Treppenhaus. Daraufhin rief sie in der Kita an, um Katharina wissen zu lassen, dass man ihre Brieftasche gefunden hatte. Sie erfuhr, dass ihre Tochter an diesem Tag noch nicht zur Arbeit erschienen war. Besorgt durchsuchte sie mit der anderen Tochter und einer Nachbarin das Gebäude.

Am oberen Ende der Treppe zum Dachgeschoss, direkt vor der Speichertür, erwartete sie ein Anblick von überwältigendem Grauen. Katharinas nackte Leiche war mit schweren Wunden übersät. Brüche von Kiefer, Nase und Wangenknochen wurden festgestellt, und alle Zähne waren locker. Arme und Beine waren mit ihrem eigenen Gürtel und ihren Strümpfen gefesselt, der Mörder hatte sich an ihr vergangen. Der Gerichtsmediziner stellte fest, dass sie schon tot war, als man ihr das angetan hatte. Bedeutsam für meine jetzigen Nachforschungen war der Umstand, dass der Mörder die Frau, als sie tot war, über und über mit ihrem eigenen Lippenstift bemalt und diesen dabei offenbar vollkommen aufgebraucht hatte.

Über zweihundert Zeugen waren angehört und sämtliche

bekannten Sexualstraftäter im Großraum der Region überprüft worden. Es kam zu keinem positiven Ergebnis, der Fall blieb – ebenso wie die beiden Hilfing-Morde 2009 – ungelöst. Erst die verblüffenden Parallelen zu unserem aktuellen Verbrechen führten zu Helmut Harms. Er war regelmäßig – so auch zur Tatzeit im Jahr 2011 – bei seinem Onkel in Spitzweg zu Besuch gewesen, der keine dreihundert Meter vom Ort des Verbrechens entfernt lebte.

Auch Harms wurde zu lebenslanger Haft mit anschließender Sicherheitsverwahrung verurteilt. Auch mit ihm hätte ich mich gern über seine Beweggründe unterhalten. Doch er zog es vor, mich nicht im Gefängnis zu empfangen.

***

»Was soll ich mit der herrenlosen Hündin machen?«, fragte Lissy Feyerbach am Telefon. »Mit der aus dem Haus in Krottenmühl?«

»Bring sie zu mir«, sagte Chili. »Ich bin heute Abend voraussichtlich daheim.«

»Du willst den Hund übernehmen?«, tat Lissy überrascht.

»In gewisser Weise ja.«

Das Wiedersehen mit Joe und Lola Ottakring wurde gefeiert. Die Nachbarn waren eingeladen, Chili Toledo bekam einen Ehrenplatz am Tischende. Nach der Suppe entschuldigte sich Chili. »Ich muss mal kurz ans Auto.«

Als sie wiederkam, führte sie einen Hund an der kurzen Leine. Der Hund war zottelig bis über die Augen, vorne weiß, hinten blaugrau, und er hatte weiße Socken.

»Du hast jetzt einen Hund?«, fragte Ottakring erstaunt. »Das ist ein Bobtail, nicht?«

»Ja, auch Old English Sheepdog genannt. Es ist eine Hündin. Aber sie ist nicht meine.«

»Ach, du hast sie in Pflege, die Hündin? Wem gehört sie denn?«

Chili machte eine geheimnisvolle Miene, rümpfte die Nase und hob den Zeigefinger. »Sie gehört dir! Beziehungsweise«, sie wandte sich Lola zu, »euch.«

Es dauerte eine Weile, bis Ottakring begriff. Lola musste ihn anstupsen. »Joe, du kennst dich doch mit Hunden aus. Wie lange hast du den Herrn Huber damals gehabt?«

»Erinnere mich nicht daran«, meinte Ottakring mit betrübter Miene. Er öffnete die Arme »Ich hab auch schon einen Namen für sie. Komm her, Frau Huber.«

Nachwort

Dreizehn Mal habe ich Claus Claussen im Gefängnis besucht. An diesem Platz, den er voraussichtlich erst mit den Füßen voraus wieder verlassen wird. Zu schwer war seine Schuld.

Ich habe eingangs erwähnt, wie wichtig es ist, sich in die Denkweise eines Täters zu versetzen. Dies gilt für die Zeit vor seiner Festnahme, in der wir seiner Spur folgen, ebenso aber auch für die Zeit danach, soweit er willens ist, zu reden. Dies war der Grund für meine Besuche. Ich wollte versuchen, mich durch die Gespräche mit Claussen in seine Lage zu versetzen. Zu denken, wie er denkt, seine Tat zu verstehen und zu empfinden, wie er in diesem Augenblick empfand. Ich wollte, so weit es möglich war, in seinen Fußstapfen wandeln.

Was muss das für ein Mensch sein, der so etwas tut?

So schmerzlich die Antwort auf diese Frage auch sein mag, sah ich es doch als meine Aufgabe an, sie zu finden. Indem ich von Claussen »lernte«, ist es mir heute möglich, dieses Wissen als weiteren Baustein auf die Ermittlungen in zukünftigen Fällen zu übertragen.

Claus Claussen hat zwei Menschen kaltblütig umgebracht, Georg Sojek und Emma Gerstl. Den einen aus Eifersucht, Hass und um einen Nebenbuhler aus dem Weg zu räumen, die andere, um eine Zeugin zu beseitigen. Beide Taten waren geplant gewesen und keine Panikreaktion.

»Wie haben Sie sich dabei gefühlt?«, fragte ich ihn. »In dem Moment, als Sie zugestochen und zugedrückt haben?«

Der Mann sah mich an, als hätte ich ihn gefragt, ob er gut geschlafen hatte. Unrechtsempfinden konnte ich nicht feststellen. Dabei war seine Haltung weder großspurig und arrogant noch reumütig und zerknirscht. Er sprach mit sanfter Stimme, wirkte kühl, analytisch und immer irgendwie abwesend. Tatsächlich war es im Verlauf der Gespräche oft schwierig, ihn zu unterbrechen, um ihm eine Frage zu stellen.

Weinerlich wurde er nur, wenn es darum ging, wie seine Mutter ihn als Kind behandelt hatte. (Sie erinnern sich: Er musste in einem fensterlosen Kellerraum festgebunden an der Heizung schlafen.)

Es ist zugleich traurig und ironisch, dass seine Mutter – »Mariechen Fisch« in Norderby, Nordfriesland – bei ihren Kunden wie auch im ganzen Ort sehr beliebt war, Chili hat das bei ihrer Recherche vor Ort herausgefunden. Man hielt die Mutter für eine gütige, warmherzige Person, zu der man gehen konnte, wenn man Probleme hatte oder sich einfach etwas von der Seele reden musste. Und das taten so einige in Norderby. Doch zu Hause behandelte sie ihren verängstigten Sohn wie ein Ungeheuer.

Du wirst niemals ein besseres Mädchen bekommen, lautete ihre unüberhörbare Botschaft. Kein Mädchen aus der Stadt oder von einer höheren Schule möchte dich kennenlernen und heiraten. Da sie ihn unaufhörlich mit dieser Einstellung konfrontierte, fasste Claussen irgendwann den Entschluss, ihren Erwartungen zu entsprechen. Seine Gier, einen weiblichen Hals zuzudrücken, kam daher, es kostete ihn ungeheure Anstrengung und Überwindung, es nicht zu tun. Gloria hatte noch Glück gehabt, bei Emma ließ er diesem Drang hemmungslos freien Lauf. Ihm wurde das während unserer Gespräche nach und nach selbst bewusst.

Ein sehr entscheidender Einzelfaktor in Claussens Entwicklung war die Phantasie. Als er irgendwann nicht mehr im Keller übernachten musste, erklärte er nach langem Zögern, sei er manchmal nachts auf Zehenspitzen mit einem Hammer zu seiner Mutter geschlichen und habe sich vorgestellt, ihr damit den Schädel einzuschlagen. Schon damals als Jugendlicher habe es ihn große Überwindung gekostet, den Hammer nicht zu heben.

Er hatte gelernt zu hassen.

Vorrangig war es auch Hass, der ihn dazu brachte, Georg Sojek, »den Geier«, mit dem Messer umzubringen. Als Claussen ihn mit Gloria aus dem Haus kommen sah, brach für ihn eine Welt zusammen. Er schwebte unbestimmt zwischen Trauer, Wut und Eifersucht. Doch letztlich war es der reine Hass auf Sojek, der ihn dazu brachte, ihn zu beseitigen, zu dieser Einsicht war Claussen gelangt, als wir uns darüber unterhielten. Dabei hatte der Mann ihm persönlich nichts getan, er hatte nur das Pech, ihm im Weg zu stehen.

Sicher sind Claussens Taten nicht alleinig mit dem Verhältnis zu seiner Mutter zu erklären. Doch einen Schlüssel zu seinen Morden sehe ich in dem lebenslangen Hass auf sie allemal. Claus Claussen war intelligent und arbeitsam. In kurzer Zeit hat er eine Geschäftsidee erfolgreich umgesetzt. Und alles wieder aufs Spiel gesetzt und verloren, indem er hemmungslos seinem inneren Drang folgte, zu töten.

Ich will keinesfalls seine Schuld mildern. Doch wir Ermittler müssen unsere Antennen auf die Beantwortung der Frage nach dem Warum richten. Vielleicht weil wir schon so viele Fälle erlebt haben, sind wir immer darauf bedacht, über das hinauszugehen, was Leute sagen, um herauszufinden, was deren Verhalten tatsächlich bedeutet.

In gewisser Weise sind wir alle Schauspieler, die sich auf eine Rolle vorbereiten. Der Schauspieler liest den Text, der in seinem Rollenbuch geschrieben steht. Das könnte jeder. Aber der Schauspieler will ausdrücken, was zwischen den Zeilen steht, was die Szene eigentlich ausmacht, das ist sein Job.

Die Geschichte der Menschheit kennt zahlreiche Berichte von Verletzungen, die wir denen zufügen, die wir lieben. Gewalttaten kennen wir seit Beginn der Menschheit, sie reichen zurück bis in biblische Zeiten, als Kain seinen Bruder Abel erschlug.

In all meinen Jahren der Mordermittlung bin ich auf keinen einzigen Verbrecher gestoßen, der mit einem intakten Hintergrund aus einem funktionierenden, stützenden Familienverband gekommen wäre. Ich bin überzeugt, dass die überwiegende Mehrheit der Gewalttäter für ihr Verhalten allein verantwortlich ist, ihre Wahl trifft und daher die Konsequenzen ihres Tuns tragen muss. Kriminelle werden

»gemacht«, nicht »geboren«. Das bedeutet, dass es irgendwo auf ihrem Weg eine Person und/oder ein Ereignis gegeben haben muss, die oder das einen zutiefst negativen Einfluss auf sie gehabt hat.

Was muss das für ein Mensch sein, der so etwas tut?

Die Antwort ist nie einfach zu finden.

Hannsdieter Loy
ROSENMÖRDER
Broschur, 240 Seiten
ISBN 978-3-89705-686-2

»Loy versteht es, seinen Figuren dank der authentischen Erzählweise gekonnt Leben einzuhauchen und diese so zu Individuen des täglichen Lebens werden zu lassen. Seine Sprache ist direkt und konfrontiert den Leser unvermittelt mit aufwühlenden Geschehnissen, die Neugier und Lust auf mehr erzeugen.«
Oberbayerisches Volksblatt

Hannsdieter Loy
SPIEL DES TODES
Broschur, 224 Seiten
ISBN 978-3-89705-785-2

»Ein kurzweiliges Lese-Vergnügen, mittendrin Bayerns James Bond.« Münchner Merkur

www.emons-verlag.de

Hannsdieter Loy
SAKRAMENTISCH
Broschur, 208 Seiten
ISBN 978-3-89705-897-2

»Mit seinem trockenen Humor und einem augenzwinkernden Blick auf Land, Leute und typisch menschliche Eigenheiten reichert Loy seine kriminalistische Handlung mit dem rechten Quäntchen Heimatkolorit an. Eine angenehme Groteske, die gesellschaftliche, private und urbayerische Situationen gekonnt karikiert.« Oberbayerisches Volksblatt

Hannsdieter Loy
GRABMOOSALM
Broschur, 240 Seiten
ISBN 978-3-95451-045-0

»Loys Schreibstil – gespickt mit einfallsreichen Wortspielereien, kreativen Metaphern und Vergleichen – wirkt von der ersten Seite an gereift, ja noch ausgeklügelter und geistvoller denn je. Ihm gelingt die Gratwanderung zwischen ausladendem Bilderreichtum und zielgerichteter Direktheit ohne verblümte Umschweife, dafür aber mit der rechten Portion schwarzem Humor.« OVB online

Hannsdieter Loy
JENSEITS DER ALPEN
Broschur, 208 Seiten
ISBN 978-3-95451-164-8

»Nichts für schwache Nerven, aber bester Lesestoff für eingefleischte Krimi-Fans.« Oberbayerisches Volksblatt

»Wieder ein starker und harter Kriminalroman, dessen häufige Wendungen die Spannung zusätzlich verstärken. Trotzdem blitzt immer wieder der Humor auf, den man bei diesem Autor so schätzt.« Rosenheimer Journal

Hannsdieter Loy
FRIEDHOFGASSE 13
Broschur, 192 Seiten
ISBN 978-3-95451-463-2

»Loys schräger, nicht unblutiger Oberbayern-Krimi ist mit ironischem Unterton erzählt. Unterhaltsame Krimikost mit viel Lokalkolorit.« ekz

www.emons-verlag.de